AUTHENTIC

红发安妮系列 之

Goods

小岛上的安妮

[加]露西·莫德·蒙格玛丽 / 著

李华彪 / 译

四川文艺出版社

图书在版编目（CIP）数据

小岛上的安妮 /（加）露西·莫德·蒙格玛丽著；
李华彪译. — 成都 : 四川文艺出版社, 2019.3
（红发安妮系列）
ISBN 978-7-5411-5227-6

Ⅰ . ①小… Ⅱ . ①露… ②李… Ⅲ . ①儿童小说—长
篇小说—加拿大—现代 Ⅳ . ①I711.84

中国版本图书馆CIP数据核字（2019）第025978号

XIAODAOSHANGDEANNI

小岛上的安妮

〔加〕露西·莫德·蒙格玛丽 著

李华彪 译

责任编辑 李淑云
封面绘图 江显英
封面设计 叶 茂
内文设计 史小燕
责任校对 王 冉
责任印制 喻 辉

出版发行 四川文艺出版社（成都市槐树街2号）
网 址 www.scwys.com
电 话 028-86259285（发行部） 028-86259303（编辑部）
传 真 028-86259306

邮购地址 成都市槐树街2号四川文艺出版社邮购部 610031
排 版 四川胜翔数码印务设计有限公司
印 刷 三河市华东印刷有限公司
成品尺寸 203mm×140mm 开 本 32开
印 张 9.75   字 数 230千
版 次 2019年3月第三版 印 次 2019年3月第一次印刷
书 号 ISBN 978-7-5411-5227-6
定 价 22.00元

寻访露西·莫德·蒙格玛丽

◎ 李文俊

1989年的6月，我寻访了一位女作家。这次走得还真够远的，一直去到大西洋西北角圣劳伦斯湾的一个海岛上。这一次我寻访的是加拿大儿童文学作家，《绿山墙的安妮》(*Anne of Green Gables*)一书的作者露西·莫德·蒙格玛丽(Lucy Maud Montgomery)。

我最早知道这位作家的名字，还是得自1986年我国某份报纸上的一篇报道。那篇《渥太华来讯》里说："加拿大青年导演凯文·沙利文将加拿大著名女作家露西·莫德·蒙格玛丽的名著《绿山墙的安妮》改编为电视连续剧，该剧在加拿大广播公司电视台播放，收看人数达550万，超过了其他电视片。"报道里还提到：小说《绿山墙的安妮》发表于1908年，写的是一个孤女的故事。马克·吐温读了这部小说后曾说："安妮是继不朽的艾丽丝之后最令人感动与喜爱的儿童形象。"

1988年的夏天，我出乎意料地看到了《绿山墙的安妮》一书的中译本，马爱农译，中国文联出版公司出版。

我也曾注意过一些书评报刊，却从未见到有文章提到《绿山墙的安妮》的中译本，哪怕是一句。小安妮在中国的遭遇太可怜了。要知道这本书不但在英语国家是一本历久不衰的畅销书，而且被译成数十种文字，拍摄成无声、有声电影，搬上舞台，又改编成音乐喜剧。我一直为安妮在中国的命运感到不平，正因如此，在一次加方资助的学术考察活动中，我报了去蒙格玛丽故乡参观并写介绍文章的计划。

我动身之前仔细阅读了莫莉·吉伦(Mollie Gillen)所著的蒙格玛丽的传记《事物的轮子》（*The Wheel of Things*，1976）一书。下面的叙述基本上都取材于这部著作。

蒙格玛丽出生于1874年11月30日。她出生的地点是加拿大最小的省份爱德华王子岛北部一个叫克利夫顿的小村子。她的父亲是个商人，经常在加拿大中部经商，母亲在小莫德出生21个月后就去世了。莫德只得与外祖父母一起生活，她来到卡文迪许，这也是一个小村庄，离她出生地只有几英里。莫德对大自然的热爱贯穿了她的一生，也在她的作品中得到强烈的表现，这是与她在海岛上度过的童年生活分不开的。这个小女孩在森林、牧场与沙滩间奔跑。美丽的景色也培养了她对美好事物的追求。

母亲早逝，父亲经商在外，她没有兄弟姐妹，无疑有些孤独，她有时会对着碗柜玻璃门上自己的影子诉说心事。小莫德9岁时开始写诗，用的是外公邮务所里废弃的汇单。莫德15岁时写的一篇《马可·波罗号沉没记》在一次全加作文竞赛中得到三等奖。这是她根据亲眼所见的一次发生在海岛北岸的沉船事故写成的。1890年8月，莫德由外公带着来到父亲经商的艾伯特王子城。继母要她帮着带孩子。她不能上学，自然觉得很痛苦。但是她能通过写作把痛苦化解掉。她写了一首四行一节共三十九节的长诗，投稿后居然被一家报纸头版一整版登出来。当时她还不到16岁。她继续投稿，报纸上当时已称呼她为"lady writer"（女作家）

了。不久，她的短篇小说又在蒙特利尔得奖。1891年，父亲把她带回到故乡，此后，在父亲1900年去世前的几年里，父女很少见面。莫德幼年丧母，又得不到父亲的抚爱，她作品中经常出现孤儿形象与孤儿意识，便不是一件偶然的事了。

莫德回到爱德华王子岛后进了首府夏洛特敦的威尔士王子学院，1894年毕业，得到二级师范证书。在岛上教了一年书后，她又进了哈利法克斯的达尔胡西大学学文学。在大学念书时，她仍不断投稿。

1895年7月，莫德得到一级师范证书，她教了两年书。1898年3月，外祖父去世，莫德为了不使外祖母孤独地生活，回到故乡。从这时起除了当中不到一年在哈利法克斯一家报馆里当编辑兼记者兼校对兼杂差，直到1911年外婆去世，她都过着普通农妇的生活。但是不管在什么情况下，莫德都没有停止写作。她仍然不断向加、美各刊物投稿。有时，发表一首诗只拿到两元钱。

说起《绿山墙的安妮》之所以能写成，还得归功于莫德的记事本，她平时看到什么想到什么，就喜欢往本子上涂上几行。有一天她翻记事本，看到两行不知何时写下的字："一对年老的夫妻向孤儿院申请领养一个男孩。由于误会给他们送来了一个女孩。"这两行字启发了她，使她开始写小孤女来到一个不想要她的陌生家庭的故事。莫德把"一对夫妻"改成"两个上了年纪的单身的兄妹"，因为单身者脾气总是有点孤僻，这样，与想象力丰富、快言快语的红头发、一脸雀斑的小姑娘之间的冲突就越发尖锐了。小说的第一、二、三章的标题都是"×××的惊讶"，使读者莫不为小孤女的遭遇捏了一把汗。小安妮也确实因为性格直率、不肯让步与粗心大意吃了不少苦。但是最终的结局还是令人宽慰的。儿童文学作品总不能没有一个"快乐的结局"嘛。

《绿山墙的安妮》在1908年出版，很快就成为一本畅销书，到9月中旬已经4版，月底6版。到1909年5月英国版也印行了15版。1914年，佩奇公司出了一种"普及版"，一次就印了15万册。以后的印数就难以统计了[①]。

在这样的形势下，读者都想知道"小安妮后来怎么样了"，出版社看准了"安妮系列"是一棵摇钱树，蒙格玛丽自然是欲罢不能了。其结果是她一共写了8部以安妮与其子女为主人公的小说。它们按安妮一家生活的年代次序(而不是按出版次序)为：《绿山墙的安妮》(1908年出版，写安妮的童年)、《安维利镇的安妮》(1909，写安妮当小学教师)、《小岛上的安妮》(1915，写安妮在学院里的进修生活)、《白杨山庄的安妮》(1936，写安妮当校长时与男友书信往来)、《梦中小屋的安妮》(1918，写她的婚姻与生第一个孩子)、《壁炉山庄的安妮》(1939，写她又生了五个孩子)、《彩虹幽谷》(1919，孩子们长大的情景)、《壁炉山庄的里拉》(1921，写安妮的女儿，当时在打第一次世界大战)。这样的创作方式自然会使真正的艺术家感到难以忍受。出了第一部"安妮"之后莫德就在给友人的信里说："这样下去，他们要让我写她怎样念完大学了。这个主意使我倒胃口。我感到自己很像东方故事里的那个魔术师，他把那个'精怪'从瓶子里释放出来之后反倒成了它的奴隶。要是我今后的岁月真的被捆绑在安妮的车轮上，那我会因为'创造'出她而痛悔不已的。"

尽管莫德自己这样说，她的"安妮系列"后几部都还是有

---

① 笔者本人就见过中国出版的一种"海盗"影印本，上面没有任何说明。从版式、纸张、封面推测，大约是20世纪40年代上海印制的。

可取之处，其中以《小岛上的安妮》更为出色。作者笔下对大自然景色的诗意描写，对乡村淳朴生活的刻画，对少女的纯洁心态的摹写，还有那幽默的文笔，似乎能超越时空博得大半个世纪以来各个阶层各种年龄读者的欢心。这样的一个女作家不是什么高不可攀的哲人与思想家，而像是读者们自己的姑姑、姐妹或是侄女甥女。给莫德写信的除了世界各地的小姑娘之外，还有小男孩与白发苍苍的老人，有海员，也有传教士。两位英国首相斯·鲍德温与拉·麦克唐纳都承认自己是"安妮迷"。一位加拿大评论家在探讨"安妮"受到欢迎的原因时说，这是因为英语国家的人民喜欢小姑娘。不说英语的民族又何尝不是如此呢？人们在生活与艺术中对天真幼稚避之唯恐不及。但是率直的天真，不扭扭捏捏的天真，却又是一种难以企及的美的境界了。凡人都有天真的阶段，当他们处在这个阶段的时候莫不希望早日脱离，避之唯恐不及；但是一旦走出天真，离天真日益遥远，反倒越来越留恋天真，渴求天真，仰慕天真了。也许正是基于这种心理，连城府极深的政坛老手也希望能有几分钟让自己的灵魂放松放松？也许正是由于这个原因，71岁的马克·吐温给34岁的莫德写去了那样的一封"读者来信"？

　　美学家们对这样的现象可能早已有极为透彻的论述，还是让我回到莫德生平上来吧。她的外祖母于1911年逝世，莫德不愿一个人住在空荡荡的大房子里，搬到几英里外另一个村子去与亲戚一起住，不久便与埃温·麦克唐纳牧师结婚。他们恋爱已有8年，订婚也已有5年了。婚后除了做妻子和母亲(她生了三个儿子，活下来两个)需要做的一切家务事外，她还要担当起牧师太太的一切"社会工作"。

除了8本"安妮系列"之外，莫德还写了自传性很强的"埃米莉"三部曲。当然，还有其他长篇小说、短篇小说集和诗歌、自传之类的作品。莫德是1942年4月24日去世的。丈夫和两个儿子把她的遗体送回到卡文迪许小小的公墓，她的墓碑与如今已成为"蒙格玛丽博物馆"的"绿山墙房子"遥遥相望。

此后便是我去"绿山墙的房子"朝圣的日子了。

"绿山墙的房子"不算大，呈曲尺形，两层，每层也就有四五个房间。我们听完讲解员的话便拾级而上，到楼上去看"小安妮的卧室"。房间里沿墙放着一张硬板床，旁边是一只茶几。

莫德就葬在西边不远的地方。小说里写到的"情人巷""闪光的湖"和"闹鬼的林子"也都在附近。每年都有数以千计的游客慕名而来，其中不少是来验证自己读小说时所留下的印象的。

第二天，我冒着蒙蒙细雨，步行了几英里去看爱德华王子岛大学。校园的气氛有点像旧时上海的沪江大学或圣约翰大学。我在楼里楼外漫步了近1小时，几乎没有见到一个人，似乎是苍天有意安排，让我可以独自与莫德的幽灵相处，细细体味一个未踏进社会的女学生的多彩幻想与美丽憧憬。

我在岛上住了3夜之后按原定日程经由哈利法克斯飞往多伦多。我唯一感到遗憾的是未能看到音乐剧《绿山墙的安妮》，它要到7月才开始上演。

目录

变幻的阴影

"收割结束，夏日逝去。"安妮·雪莉梦幻般地凝望着收割后的田野，吟诵着诗句。她和戴安娜刚才一直在绿山墙的果园里采摘苹果。在辛苦的忙碌过后，眼下，她们正坐在果园的一个角落休息，这里阳光明媚，蓟花的冠毛成群结队，就像飞行舰队一样，搭乘着风的翅膀飘飞而去。"闹鬼的树林子"里的蕨草香味随风飘来，风里仍然带着夏日的香甜。

但是，周围展现出来的都是秋日的景色。大海在远处低沉地咆哮着，野外光秃秃的，金黄色的茎秆偶尔点缀其间。绿山墙下的溪谷里，到处盛开着淡紫色的紫菀。阳光水湖依然是蓝色的，除了蓝，还是蓝，那不是春日里变化无穷的蓝色，也不是夏日里浅淡的蓝色，而是一种清澈、稳重、安详的湛蓝，湖水仿佛超然物外，不受所有的心绪和情感的影响，完全沉浸到一种静谧之中，就连变幻莫测的梦想都无法打破。

"这个夏天是多么美好啊！"戴安娜一面说，一面转动着左手上的新戒指，脸上露出了笑容，"拉文达小姐的婚礼就好像把整个夏季推上了欢乐的高潮。我想艾文先生和艾伦太太现在已经抵达太平洋海岸啦。"

"可我感觉他们已经离开很久了，差不多可以环游整个世界了。"安妮叹了一口气，"真不敢相信他们结婚才刚刚一个星期。一切都变了。拉文达小姐和艾伦夫妇都走了。牧师的住宅里，所有的百叶窗都紧闭着，看上去多么孤独啊！我昨晚从那儿路过，觉得仿佛住在屋里的所有人都逝去了。"

"我们再也找不到像艾伦先生这样好的牧师了。"戴安娜消沉地断言道，"我想，在这个冬季里，这里将会有各种各样的候补牧师，可是在大多数礼拜日根本不会开展布道活动。而你和吉尔伯特也走了——日子将沉闷得可怕。"

"弗雷德会留在这里的。"安妮狡黠地对她旁敲侧击。

"林德太太什么时候搬到绿山墙来？"戴安娜问道，好像根本没有听见安妮的话。

"就在明天。很高兴她要搬过来了，不过这又是一个变动。昨天我和玛莉拉把客房里的所有东西都清理好了。可你知道吗？我很讨厌这么做。当然，这样想是很愚蠢的——但好像我们真的在亵渎神灵呀。我一直都把那间年代久远的客房看作是一块圣地。当我还是小孩子的时候，我就觉得它就是世界上最好的客房了。你还记得吗？我那时多么强烈地渴望着到客房里去睡觉啊——它太神圣了，简直就不是绿山墙的客房。噢，不对，不是这样的！那不是敬畏，而是恐惧——我恐惧得眼睛都不敢眨一下。玛莉拉让我跑腿拿什么东西时，我从不敢随随便便地穿过那间房屋——真是这样的，我甚至是踮起脚走的，而且要屏住呼吸，就跟在教堂里一样，当我走出这个房间时，就会感到如释重负。房间里挂着乔治·怀特菲尔德和威灵顿公爵的画像，就分别挂在镜子的两侧。这面镜子是整幢房子里唯一一面不会使我的脸变形的镜子。每当我在房间里，尤其是我壮着胆照镜子的时候，这两张画像就一直皱着眉头严厉地盯着我。而玛莉拉竟敢去打扫这个房间，真是让我惊讶不已。而现在，房间不仅被打扫得干干净净的，而且被完全搬空了。乔治·怀特菲尔德和威灵顿公爵的画像已经被驱逐到楼上的走廊去了。'这个世界的辉煌就此终结了。'"安妮总结完，哈哈大笑起来，但是笑声中带着些许的遗憾。亵渎我们旧日的圣地，这种感觉并不愉快，就算是我们已经长大，不再有圣地的幻想，但我们仍然不想打扰童年的记忆。

"等你走了后，我会是多么孤独啊。"戴安娜已经感叹了一百次了，"想想看，你下个星期就要走了！"

"可是现在我们还在一起呀。"安妮愉快地说，"我们千万不能让下个星期抢走了我们这个星期的快乐。我自己也很讨厌去想离开的事情——我和这幢房子结下了多么深厚的感情啊。说到孤独，最该感叹的是我呀。你留在这里，还有很多老朋友陪伴着你——更重要的是，还有弗雷德在你身边！而我只能孤零零地待在一群陌生人中间，一个人也不认识啊！"

"不过你除了吉尔伯特——还有查理·斯劳尼。"戴安娜模仿着安妮的腔调，同样狡黠地说。

"当然，查理·斯劳尼会给我带来很大的慰藉。"安妮不无讽刺地说。这两个闺秀一点都不含蓄，纵声大笑起来。戴安娜十分清楚安妮对查理·斯劳尼的看法，但是，尽管她们俩私下里无话不谈，可是安妮对吉尔伯特·布里兹的态度，戴安娜却一无所知。事实上，就是安妮自己也搞不明白。

"据我所知，男孩子们会住在金斯波特的另一边。"安妮继续说，"我很高兴就要去雷德蒙了。我相信自己很快就会喜欢上那里。不过在起初的几个星期里是不可能喜欢的。我在上奎恩学校时，整天盼着周末好回家，以此来自我慰藉，等我到了雷德蒙，连这点安慰也没有了。圣诞节太遥远了，就好像是一千年以后的事情。"

"一切都在变化——或者是即将发生变化。"戴安娜十分伤感地说，"我有一种感觉，所有的东西都再也不会变回原来的样子了，安妮。"

"我想，我们来到了人生的岔路口。"安妮沉思着说，"我们必须要面对它。你想过没有？戴安娜，当我们还是小孩子的时候，总是幻想长大成人会多么美好，也许我们长大了，会真有这么好呢！"

"我不知道——有些事情的确很美好。"戴安娜回答说，她又抚摸着戒指，露出一丝浅浅的微笑。那微笑使安妮突然觉得自己被疏远了，她一下感觉自己是多么幼稚。戴安娜接着说："但是还有更多的事情让我困惑不解。有时候我觉得自己好像真的长大了，可这种感受让我很害怕，我情愿放弃一切，只求让自己重新变回一个小女孩。"

"我想我们会慢慢习惯长大成人的感觉。"安妮愉快地说，"随着我们逐渐长大，再也不会有很多意外的事情发生了——然而不管怎样，意外的事情可以给生活添加些乐趣。我们已经十八岁了，戴安娜。再过两年，我们就是二十岁啦。当我还是十岁的时候，我觉得二十岁就是开始衰老的年龄了。过不了多久，你就会变成一位严肃沉稳的中年主妇，而我则变成了一个老姑娘，和善的安妮阿姨。我会在假期时来拜访你。你的家里永远都会为我留出一席之地的，对吧，亲爱的戴？当然，我不是指客房——老姑娘就别指望睡客房啦，只需给我一间走廊尽头或者是客厅角落的小房间，我就很知足啦！"

"你真是满口胡言乱语，安妮。"戴安娜放声大笑道，"你不但会出嫁，而且还会嫁给一位英俊、富有、出众的男士——在整个安维利，所有的客房对你来说都显得太寒酸了——而且你会对你年轻时的这帮朋友不屑一顾。"

"那真是太糟糕了，我的鼻子很好看呀，我真担心自己用鼻子来嗤什么东西，会把鼻子弄坏呢。"安妮轻轻地拍着漂亮的鼻子，说道，"我可没有很多好看的五官拿来随便糟蹋的，所以呀，哪怕我嫁给了吃人岛的国王，我也不会对你嗤之以鼻的，戴安娜。"

两个姑娘又爆发出一阵欢笑，然后她们分手了，戴安娜回到果园坡，而安妮前往邮局去了。安妮发现邮局有封信在恭候她。信里的内容让她兴奋不已，直到吉尔伯特·布里兹在阳光水湖的桥上遇到她时，她的眼里仍然闪耀着光芒。

"普里西拉·格兰特也要去雷德蒙呀。"她兴奋地喊道，"真是太棒啦！我一直都盼望着她能去，可是她觉得她父亲不会同意的。没想到他居然同意了，这样我们就能住在一起了。有普里西拉这样的老朋友在我身边，我觉得自己就能面对一支旌旗蔽日的大军，甚至是由雷德蒙所有教授组成的方队。"

"我想我们都会喜欢上金斯波特的。"吉尔伯特说，"他们告诉我，那是一个漂亮的古城，还有全世界最美丽的自然公园。我听说里面的景致美轮美奂啊。"

"我不知道那里的景致会不会——可不可能——比这里更美丽。"安妮低柔地说道，用她那可爱迷人的眼睛四下环顾。对于这双眼睛的主人来说，不管在他乡的星空下有多么美丽的土地，"家"永远都是世界上最美丽的地方。

他们倚靠在旧池塘的桥栏上，深深地陶醉在如梦似幻的暮色之中。正是在这个地方，那次安妮假扮成伊莱恩公主，躺在一艘小船里漂向亚瑟王的宫殿，不料小船渐渐下沉，安妮在吉尔伯特的帮助下，最终才狼狈地爬出船。美丽的紫色晚霞染红了西边的天空，月亮已经升上来了。在明月的映照下，流淌的水面泛起梦幻般的银辉。这两个年轻人沉浸在往事的回忆中，心底泛起了甜蜜的涟漪。

"你怎么不说话了呢，安妮？"吉尔伯特终于开口问。

"我担心开口说话或者是随便乱动，眼前的这些美景就会马上消失。"安妮轻声说道。

突然，吉尔伯特将自己的手放在桥栏上那只纤细白皙的手上。他栗色的眼眸变成了深黑色，他那仍然带点孩子气的嘴唇微微张开，想倾诉在他灵魂中悸动的梦想和希望。但是，安妮抽出手，迅速转过身去。暮色中的甜蜜完全被打破了。

"我得回家了。"她对此装出毫无察觉的样子，煞有介事地说，"玛莉拉下午有点头疼，而且我敢肯定，那对双胞胎一定又干了什么可怕的坏事。我真不该在外面待这么久。"

她不停地絮絮叨叨，说的都是些鸡毛蒜皮的事情，就这样一直走到通往绿山墙的小路上，而可怜的吉尔伯特连插嘴说一个字的机会都没有。当他们分手后，安妮长长地舒了口气。自从在回音蜗居的花园里发生了吉尔伯特向她表白的短暂一幕后，安妮就对吉尔伯特感到极其不自然，内心泛起了不为人知的羞涩。在他们多年来的同学情谊中，某种陌生的东西直驱而入，直接威胁着这种情谊。

"以前，当我看到吉尔伯特离开时，我从来没有感到高兴过。"当安妮独自一人沿着小路走过去时，她内心一半是愤怒，一半是难过，她想，"如果他再这么胡来的话，我们的友谊就会彻底完蛋。这种纯真的友谊不能被毁——我决不允许它被毁掉了。噢，为什么男孩子就不能理智一些呢？"

安妮心里泛起阵阵不安。她依然能感觉到吉尔伯特在自己手上轻轻一压留下的暖意。就在短短的一秒钟里，他把手轻轻地覆盖在自己手上，那种感觉至今依然令她怦然心动。她担心这种感觉并不理智。可更不理智的是，这种感觉并不让人难受——三天前她参加白沙镇的舞会，当她在舞池边休息时，和查理·斯劳尼坐在一起，查理也做出过类似吉尔伯特的举动，可她的感受却截然相反。安妮回想起那次讨厌的经历，不禁打了个寒战。不过，当她迈进绿山墙温馨舒适的厨房时，所有那些狂热的追求者的问题都被她抛到九霄云外了。就在这个原本无忧无虑的厨房里，一个八岁的小男孩正在沙发上伤心地号啕大哭。

"怎么啦，戴维？"安妮把他抱起来，问道，"玛莉拉和朵拉到哪儿去了？"

"玛莉拉领着朵拉睡觉去了。"戴维啜泣着说，"我哭是因为朵拉在地窖外的台阶上摔了下来，摔了个倒栽葱，鼻子上的整块皮都擦伤了，还——"

"喔，好了，别为这个哭啦，小乖乖。当然啦，你为她感到难过，但是哭鼻子也帮助不了她的。她明天就没事了。哭鼻子从来都不能帮助任何人，戴维乖，况且——"

"我不是因为朵拉摔进地窖里才哭的，"戴维打断了安妮好心的说教，更加悲伤地说，"我是因为没能亲眼看到她掉下来才哭的。在我看来，我总是错过些这样或那样好玩的事情。"

"噢，戴维！"安妮真想大笑起来，不过她强行忍住了这个不合时宜的冲动，"你瞧瞧，可怜的朵拉从台阶上摔下来，而且还受了伤，你竟然还把这个叫好玩的事情？"

"她伤得并不厉害。"戴维辩解道，"当然了，如果她摔死了，我肯定会真正难过的，安妮。不过我想我们凯西家的人结实得就像布列维家的人一样，不会轻易死掉的。上周星期三，赫博·布列维从干草垛上摔下来，他滚过斜坡上的大头菜地，一直滚到牲口棚里。那里养着一匹可怕的烈性野马，他正好滚到野马的脚下，遭到了野马的突然袭击。但是他并没有死，只是摔断了三根骨头。林德太太说过，有些人你就算用剁肉的斧头也砍不死的。林德太太明天就要来了吗，安妮？"

"是的，戴维，我希望你要听话，对她好一些。"

"我会很乖很客气的。不过，晚上是她带我去睡觉吗，安妮？"

"也许是吧。怎么啦？"

"因为，"戴维非常坚定地说，"如果是她带我上床，我就不会像在你面前一样，当着她的面说我的祷告词了，安妮。"

"为什么不说呢？"

"因为我认为，在陌生人面前对上帝说话是不合适的，安妮。如果朵拉愿意，她可以当着林德太太说她的祷告词，但是我不会。我要等她走了后我才会说。这样做可以吗，安妮？"

"好吧，只要你保证不会忘记祷告就行，戴维乖。"

"噢，我肯定不会忘记的，我敢打赌。我觉得说祷告词是件很好玩的事情。但是我一个人说不如在你面前说那样好玩啊。我真想你留在家里，安妮。我真搞不懂，你为什么要丢下我们离开这个家呢？"

"我也不想这样做啊，戴维。但是我觉得自己必须要离开。"

"如果你不想走，那就不走吧。你已经是大人了。等我长大后，要是我不想做的事情，我一件也不会做的，安妮。"

"戴维，在你的一生中，你会发现自己总是在做自己不愿意做的事情。"

"我不会的，"戴维断然否认道，"你等着瞧吧！我现在不得不做我不喜欢的事情，因为就算我不愿睡觉，你和玛莉拉也会送我上床的。不过等我长大后，你们就不能这么做了，而且再也不会有人对我说不准干这个，不准干那个。那样我该多么快活呀！对啦，安妮，米尔迪·鲍尔特说，他妈妈对他讲，你上大学是为了追一个男人。是这样吗，安妮？我很想知道。"

在那一刻里，安妮觉得怒火中烧。接着她笑了，她提醒自己说，鲍尔特太太粗俗的想法和言语伤害不了她。

"不是的，戴维，不是这样的。我是去学习，去成长，去了解更多的东西。"

"是些什么东西呢？"

"'鞋子、大船和封蜡，还有包心菜和帝王世家。'"

安妮吟诵着诗句。

"但是，如果你真想追一个男人的话，你该怎么做呢？我很想知道。"戴维追问到底，很明显，这个话题对他来说更感兴趣。

"你最好去问鲍尔特太太。"安妮不假思索地回答道，"我想，对于追男人这种事情，她可能比我知道得更多。"

"等下一次见到她，我一定问问。"戴维很认真地说。

"戴维！你敢！"安妮大声呵斥道，她意识到自己犯了个错误。

"可是，你刚才就是这样告诉我的呀。"戴维很委屈地辩解道。

"你该上床睡觉去了。"安妮命令道，她用这种方式来摆脱困境。

等戴维上床以后，安妮慢慢走向维多利亚小岛，独自一人坐在那里，身上覆盖着由忧郁的月光精纺出来的夜幕。而在小溪和微风的二重奏中，身边的流水在欢快地流淌着。安妮一直很喜欢这条小溪。在过去的日子里，她用晶莹的溪水编织出了许多的幻想。她忘记了那些因失恋而憔悴的小伙子，忘记了恶毒的邻居散布的流言蜚语，忘记了少女自身的所有烦恼。在幻想的国度里，她航行在故事的海洋里。"孤寂仙岛"那遥远的海岸线闪着光芒，海水冲刷着海岸。那就是传说中沉没的阿特兰岛，也是极乐世界之所在。在夜晚星空的指引下，她驶向心中的梦幻天堂。在那些梦幻里，她比现实世界更加富有，因为见过的事物从此过去，而未见的事物却能永恒存在。

秋日的荣耀

接下来的一周飞逝而过，用安妮的话来说，塞满了不计其数的"收尾的事务"。必须到别人家去作告别拜访，也接受别人的告别拜访，至于这些拜访是否令人感到愉快，主要取决于被拜访者或者拜访者的态度，如果他们真心地理解安妮的志向，拜访就很愉快，如果他们认为她因为要上大学而变得趾高气扬，并且认为有责任该"杀杀她的傲气"，这样的拜访就会很不愉快。

安维利乡村促进会为庆祝安妮和吉尔伯特上大学而举办了一场告别晚会，地点选择在杰西·派伊家里，之所以选择这里，一方面是派伊家的房子很大，方便开展活动，另一方面是出于派伊家姑娘们的强力推荐，如果拒绝了她们的好意，大家担心派伊家的姑娘们不会善罢甘休。晚会的时间并不长，派伊家的姑娘们也和善可亲，言行举止十分得体，并没有破坏晚会的融洽氛围——这和她们往日的性情大相径庭。杰西也一反常态，显得特别和善——她甚至非常谦卑地对安妮说：

"你的新衣服太适合你了，安妮。真的，你穿上它，看上去几乎可以称得上漂亮啦。"

"承蒙夸奖，感激不尽啊。"安妮回答说，眼里跳动着光芒。她的幽默感已经大大增强了，有些言辞在她十四岁时会给她带来伤害，而现在只是她的娱乐材料。杰西不禁开始怀疑，安妮那双眼睛中满是对自己的嘲讽。不过，当她和格蒂下楼时，对格蒂说了几句悄悄话："安妮·雪莉就要上大学去了，她会比以前更加摆臭架子了——你等着瞧吧！"说完这话，她就感到心理平衡了。

所有的"老伙计"都在这里。他们身上洋溢着欢乐和热情，还有年轻人的无忧无虑。戴安娜·巴里面色红润，笑起来露出个可爱的小酒窝，忠实的弗雷德像影子一样紧跟在她的身后。简·安德鲁斯显得整洁、睿智和朴素。鲁比·格丽丝穿着一件乳白色的丝质上衣，金色的头发上别着红色的天竺葵头饰，看上去比平时更加亮丽，更加楚楚动人。吉尔伯特·布里兹和查理·斯劳尼总想靠近安妮，而安妮却一直在躲避他们。卡丽·斯劳尼看上去脸色苍白，神情忧郁，据说是因为她父亲不让奥利弗·金博尔靠近她的家。穆迪·斯伯金·迈克菲逊的脸还是像原来那样浑圆，一对招风耳还是像原来那样突出。比利·安德鲁斯整晚都坐在一个角落里，总是欣喜愉快地望着安妮·雪莉，咧着嘴笑。他有着一脸的雀斑，不管谁和他说话，他都会点头微笑。

安妮事先就知道这个晚会，但是她并不知道，自己和吉尔伯特作为促进会的创始人，接受了隆重无比的"赞美词"，并且荣获了"尊重的象征"——安妮得到的是一卷莎士比亚戏剧，而吉尔伯特获得的是一支自来水笔。穆迪·斯伯金用布道般的神态，用最庄严的声调宣读着"赞美词"，当中那些赞美的话语让安妮非常吃惊，也非常高兴，她灰色眼眸里闪动着光芒，眼眶里无声地浸出了泪水。她忠诚于促进会的事业，并为之付出了艰辛的努力，会员们对她的努力表示了诚挚的感谢，这深深地温暖了她的心。所有的会员都是那么善良，那么友善，那么快乐——就连派伊家的姑娘们也有她们的优点，在那一时刻，安妮对整个世界都充满着热爱。

安妮对这个晚上感到非常满意，但是在晚会结束时，一切美好的感受都被毁掉了。当大家在月光笼罩的露台上吃晚餐时，吉尔伯特的老毛病又犯了，他对安妮说了些深情的话。安妮为了惩罚他，故意对查理·斯劳尼亲切无比，并答应让他陪自己走回家去。然而她发现，这个报复行为并没有伤害到其他人，反倒让她这个实施者受到了深深的伤害。吉尔伯特轻松地赢得了鲁比·格丽丝的允许，陪同她愉快地回去了，他们漫步在静谧清爽的秋夜里，安妮甚至能听到他们欢快的谈笑声。显然他们很愉快，而自己却快被查理·斯劳尼烦死了。查理一路上说个没完没了，但说的事情没有一件是中听的，一点儿趣味也没有。安妮只是偶尔漫不经心地回答说"是的"或者"不是"。她的脑海里始终回想着这个晚上鲁比是多么漂亮。月光下查理的眼睛是多么突出——甚至比白天更明显——归根结底，这个世界并不像她在晚会上想的那样美好。

当她发现自己已经独自待在自己的房间里时，她真是谢天谢地，她对自己说："我只是累着了——这才是让我难受的真正原因。"并且她真的相信，事情就是这样的。然而，第二天傍晚，当她看到吉尔伯特迈着他特有的坚定敏捷的步伐，大步穿过"闹鬼的树林子"，越过古老的木桥时，她的内心深处涌起一阵小小的欢愉，就像是从某个不为人知的秘密泉眼里涌出的泉水一样，在她的心里潺潺流动。看来，吉尔伯特最终还是不打算和鲁比·格丽丝共度这最后一个晚上了！

"你看上去很疲倦，安妮。"他说。

"我的确很累，但是更糟糕的是，我很烦躁。我整天都在收拾行李，做些缝缝补补的活儿，所以我很累，但更让我郁闷的是，有六个妇人轮番到这里来跟我道别，每个人都成功地对我进行了一番说教，这些话似乎把我生命的色彩都抹去了，只留下了一片灰暗、凄凉和沉闷，就像十一月的早晨那样了无生机。"

"这些老妇人真是可恨！"吉尔伯特温和地评论道。

"哦，不是，她们不是这样的，"安妮很认真地说，"这就是问题所在。如果她们都只是可恨的老妇人，我不理会她们就行了。可是她们都很和蔼，善良，像母亲一样的慈爱。她们都喜欢我，我也很爱她们。正因为如此，她们对我说过的话，所暗示的内容，才会像千钧重担一样压在我头上。她们要让我明白，她们一致认为，我一定是疯了，竟然想去雷德蒙拿一个文科学士学位。她们这样说了后，我就一直在想，我是不是真的疯了。彼得·斯劳尼太太叹着气说，她希望我能咬紧牙关坚持下去，直到把书读完。我马上就看到了四年以后的自己，一个虚脱倒地的牺牲品，神经衰弱，无可救药。埃本·莱特太太说，在雷德蒙读四年，会花上很大一笔钱，这话让我联想到，为了我这个愚蠢的行为而浪费掉玛莉拉的钱，简直犯下了不可饶恕的罪。佳斯勃·贝尔太太说，她真心希望不要让大学生活毁了我自己，因为很多人都在大学里堕落了。这让我从骨子里觉得，等我从雷德蒙毕业归来，我将变成一个让人难以忍受的家伙，自以为什么都知道，把安维利的所有人都不放在眼里。以利沙·莱特太太说，她知道雷德蒙的女学生，尤其是住在金斯波特的，个个穿得花里胡哨，目中无人，她猜想我在这些人中间会感觉不舒服的。这让我看到了自己的形象，一个寒酸的乡下姑娘，备受冷落，衣着过时，穿着鞋尖钉铜的老式靴子，拖着沉重的步伐穿行过雷德蒙富丽堂皇的大厅。"

安妮讲完了这番话，笑了笑，但是笑声中掺和着叹息。她是那么敏感，对任何意见都会仔细掂量，即使是那些她不太尊重的人，对他们所持的意见同样也会认真对待。就在此时此刻，她感到生活是多么索然无味，雄心壮志就像是烛火一样被扑灭了。

"你根本不用在意她们说的话，"吉尔伯特反驳道，"你心里很清楚，虽然她们都是好人，但是她们的视野是多么狭窄。在她们看来，凡是谁胆敢做了她们从未做过的事，就是令人厌恶的，就会受到上天的惩罚。你是安维利第一个上大学的姑娘。你也知道，所有的先行者都曾被认为是精神错乱的家伙。"

"噢，我知道。可是'感觉'和'知道'是很不一样的。你告诉我的一切，我的常识也这样告诉过我了，但是有时候，常识对我不起作用。非常识的感受占据着我的灵魂。真的，当以利沙太太走后，我几乎都没有心情去收拾剩下的行李了。"

"你只是累了，安妮。好了，把这些统统都忘掉吧，跟我出去走走——去散散步，从屋后穿过湿地，到树林的那一头去。那里应该有一件东西，我想让你去看看。"

"应该？难道你不确信它到底在不在那儿？"

"是的，我不知道。我觉得它应该在，春天我还在那儿见过呢。我们假扮成两个小孩子吧，让我们沿着风的路径前行。"

他们快快乐乐地出发了。安妮还记得前一个晚上的不愉快，所以对吉尔伯特非常友善；而吉尔伯特也学聪明了，只是乖乖地扮演着同窗好友的角色，不再掺和其他的意思。林德太太和玛莉拉从厨房的窗口看着他们。

"终有一天他们会成为相称的一对。"林德太太非常满意地说。

玛莉拉微微地皱了皱眉头。虽然她心底里也这么想，可是她不大乐意听到林德太太谈论这事，因为林德太太总是想当然地评价，并且用家长里短的嚼舌头的方式来谈及这事。

"他们都还只是小孩子。"玛莉拉简短地说。

林德太太和善地笑了。

"安妮已经十八岁了。我在这个年龄的时候已经都结婚啦。玛莉拉，我们这些老家伙总以为孩子们永远长不大，为他们操心太多了，就是这么回事。安妮是个年轻女人，吉尔伯特是个男人。他完全拜倒在了安妮脚下，这个谁都能看出来。他是个好小伙，安妮不可能比他做得更好。我真希望她在雷德蒙读书时，不要把什么罗曼蒂克之类的糊涂想法塞进脑袋里去。我不喜欢那种男女合校教育的学校，从来都不喜欢。"林德太太严肃地总结说，"在那种学校里，男女学生除了调情，就没干过别的正经事。"

"他们肯定还是会学到一点东西的。"玛莉拉微笑着说。

"学的东西少得不能再少啦，"雷切尔·林德太太嗤之以鼻，"不过，我想安妮会好好学习的。她从来都不轻浮，并不是只知道调情的姑娘。但她并不欣赏吉尔伯特的全部价值，就是这么回事。噢，我很了解姑娘们的！查理·斯劳尼也对她非常着迷，可是我决不会建议她嫁给斯劳尼家的人。当然啦，斯劳尼家的人很友善，非常诚实，也受人尊敬。但说一千道一万，他们终究是斯劳尼家的。"

玛莉拉点点头。"斯劳尼家的人就是斯劳尼家的"这样的话会让外人听得一头雾水，但是她能听明白。每个村子都会有这样的一个家族，他们可能都很友善，非常诚实，也受人尊敬，但是他们就是斯劳尼家的，而且永远都是，尽管他们说话时也是用人类的舌头，甚至是天使的舌头，但是他们就是和别人很不一样。

快乐的吉尔伯特和安妮并不知道，他们的将来已经被雷切尔·林德太太安排好了。他们正在"闹鬼的树林子"的树荫下漫步。前方的小山丘累累硕果，大地沐浴在琥珀色的落日余晖中，映衬着红蓝相间的澄澈天空。远处的云杉树林呈现出澄亮的青铜色，在落日的映照下，投下长长的身影，在山地的草坪上画出一道道栅栏线。围绕在他们身边的，是微微的风儿，它们在冷杉枝头吟唱着，听来都是秋日的曲调。

"现在这片树林里真的有鬼魂出没——那都是往日记忆变成的幽灵。"安妮说。她弯下腰，采了一束蕨草，霜冻把它的叶子漂成蜡白色。"我似乎感觉到，我和戴安娜还是从前的小孩子，依旧在这里玩耍，薄暮时分，坐在仙女泉旁边，和幽灵们约会。你知道吗？每当黄昏时分我从这条小路走过，总会感到毛骨悚然，而且会簌簌发抖。我们曾经幻想出一个极其恐惧的幽灵——那是一个被谋杀的小孩，这个幽灵会跟在你身后，爬到你的背上，把冰冷的手指放在你的手上。我承认，时至今日，每当夜幕降临后，我来到这里时，都还是忍不住会想象它在我身后鬼鬼祟祟地迈着碎步。我不害怕穿白衣服的女鬼、没有脑袋的男鬼，也不怕骷髅，但我现在很后悔想象出这个小孩的幽灵，真希望它根本就不存在。玛莉拉和巴里太太气得七窍生烟。"说到这儿，安妮想起这些往事，忍不住大笑起来。

远远望去，湿地尽头的树林被点染成了紫色，缀着轻薄的蛛网。他们走过一片云杉树林，这些云杉树皮粗糙坚硬，还带有很多节瘤，显示出它们顽强的生命力。接着又走过一个山谷，山谷是向阳的，被太阳照得很暖和，山谷的周围长满了枫树。就在这里，他们发现了吉尔伯特所要寻找的那个"东西"。

　　"嗨，就在这里。"吉尔伯特很高兴地说。

　　"一棵苹果树——长在这么偏远的地方！"安妮兴奋地叫喊起来。

　　"是啊，在离果园足有两公里远的地方，就在这些松树和山毛榉的中间，竟然长出了这棵苹果树，而且它还结出了可食用的苹果。今年春天，我有一天来到这儿发现了它，当时它开满了白色的花朵。于是我决定秋天再来一趟，看看它能不能结出果实。瞧，枝头上结出了累累果实，而且那些苹果看上去漂亮极了——有着冬季苹果的茶色，但又带着淡淡的红晕。大多数野生的苹果都是青色的，一点也不诱人。"

　　"我想，这是多年前偶然撒落的一颗种子，在这里生根、发芽、成长起来。"安妮梦幻般地说，"现在，它长得多茂盛啊，在这些陌生的树种中间傲然挺立着，这个勇敢坚定的家伙！"

　　"这边有棵倒下来的树，上面的苔藓就像是一个垫子。坐吧，安妮——这可是这片林地的王座呢。我爬到树上去摘些苹果。它们长得太高了——这棵树不得不努力往上长，这样才能沐浴着阳光。"

　　事实证明，苹果味道鲜美极了。在茶色的果皮下面，是雪白雪白的果肉，微微带着点红晕。而且，它们除了有正宗的苹果味，还带着一种野性十足的诱人味道，这是任何果园里的苹果都不可能拥有的。

"就算伊甸园里那招致不幸的苹果也不可能比这更好吃了。"安妮评价道，"不过，我们应该回家了。你瞧，三分钟前还是暮色笼罩，而现在已经满地月光。我们没能看到两者转化的那一时刻，真是太可惜了。不过那样的时刻永远也抓不住的，我想。"

"我们绕过湿地，从情人之路回家吧。你现在感觉还是像刚出发时那样郁闷吗，安妮？"

"不。对于一个饥渴的灵魂来说，那些苹果就是神赐的甘露啊。我想自己会爱上雷德蒙，会在那里度过四年的美好时光。"

"那么四年之后——又会怎么样呢？"

"噢，在四年结束后，又将会出现一个弯道的。"安妮轻快地回答，"我不知道绕过那个弯道会是什么——我也不想知道。不知道也许会更好。"

夜幕下的情人之路是个可爱的地方，在月亮淡淡的清辉中，这里显得非常静谧，还带着神秘的朦胧感。他们在愉悦的气氛中漫步在情人之路上，两人保持着友好的静默，谁也不想出声。

"要是吉尔伯特一直都能像今天晚上这样，那该有多么美好，多么简单啊。"安妮想。

吉尔伯特看着走在身边的安妮，她那素淡的衣服和苗条优雅的身材，使得吉尔伯特联想到了白色的鸢尾花。

"我真的不知道，能不能让她爱上我。"他想着，胸中涌起一阵强烈的剧痛，有着自我毁灭的挫败感。

送别和欢迎

　　星期一早上，查理·斯劳尼、吉尔伯特·布里兹和安妮·雪莉离开了安维利。安妮本来期待着会有一个好天气。戴安娜要驾车送她去火车站，这是她们最后一次共同驾车了，她们希望能愉快地度过这一时光。可是，当周日晚上安妮上床睡觉时，东风围绕着绿山墙一个劲儿地呻吟着，这个不祥的预兆在第二天早上变成了现实。安妮醒来时，发现雨点在拍打着她的窗户，池塘灰色的水面布满了环状的水纹，水纹不断在扩散。山丘和海洋在薄雾中若隐若现，整个世界看起来都昏暗沉闷。在了无生机的灰色晨雾中，安妮穿好了衣服，为了能赶上搭乘客船的火车，必须早点动身。她努力控制住自己的眼泪，否则就会情不自禁地涌出来。她就要离开这个亲切温馨的家了，她心里非常清楚，除了假期能回到家里寻求短暂的庇护外，她就要永远地离开这里了。一切都和从前不一样了，回来度假与生活在这里有着天壤之别啊。噢，所有的一切都是那么的亲切可爱——那间带阳台的白色小卧室，那是专供少女时代的姑娘做各种好梦的地方，还有那窗边年迈的"白雪王后"、山谷中的小溪、仙女泉、"闹鬼的树林子"，还有情人之路——在这些数不清的亲爱的地方，都保留着旧日时光的记忆。到了别的地方，她还会真正快乐起来吗？

　　这天早晨的早餐，是绿山墙最悲伤的一顿早餐。戴维吃不下饭，只是伏在他的粥盘前，不加掩饰地大哭起来，这也许是他生平第一次这么做。其他人似乎都没有什么胃口，只有朵拉除外。她无所顾虑地吃光了她的那份早餐。朵拉就像是那位谨慎小心又长生不老的夏洛特，是一个几乎不会受到外界干扰的幸运儿。当别人用百叶窗抬着夏洛特热恋的爱人经过时，她还能"继续切着面包和黄油"。无论多么紧急的情况都很难扰乱朵拉平静的生活。安妮要走了，她当然也很难过，可是，有什么理由不去尝尝烤面包上的煎蛋呢？根本没有理由啊。所以朵拉看到戴维吃不下，就帮他吃掉了。

　　戴安娜驾着马车，非常准时地出现在了绿山墙，从雨衣里露出了一张红润脸蛋，上面冒着热气。不管怎样，现在都必须道别了。林德太太从她的房间走出来，真诚地拥抱了安妮，并告诫她说，不管她要做什么，都首先要当心身体。玛莉拉却显得很生硬，没有一滴眼泪，轻轻地吻了吻安妮的脸颊，说希望在安妮安顿好后，她们能收到她的来信。一个马虎的观察者可能会得出这样的结论，说安妮的离去对玛莉拉来说是无足轻重的——可要是观察者碰巧仔细观察了玛莉拉的眼睛，他就不会下这种结论了。朵拉拘谨地吻了安妮，并挤出了两滴装饰性的小泪珠。自从大家起身离开餐桌时，戴维就一直躲到后门廊的台阶上哭泣，现在他根本不愿意出来对安妮说再见。当他看到安妮朝他走来时，他马上跳了起来，飞快地冲上后屋的楼梯，躲进衣柜里，无论如何都不肯出来。当安妮离开绿山墙时，戴维那刻意压抑的哭声一直在她耳边萦绕。

在去布莱特河车站的路上，大雨滂沱，一刻也不曾消停。卡莫迪也通火车，但是那条支线火车并没有和搭乘客船的列车相通，所以她们必须去布莱特河赶火车。当她们到达车站时，查理和吉尔伯特已经等候在站台上，火车的汽笛已在鸣叫了。时间仓促，安妮仅够买票和行李检查。然后她匆匆地和戴安娜道了别，赶紧登上火车。她真希望能跟戴安娜一起回安维利去，她知道自己会患上严重的思乡病。噢，夏季已经结束，就要告别那欢乐的日子了，这凄凉的雨水，就像是老天在为失去的时光而哭泣！要是没有这场雨该多好啊。安妮心情郁闷，哪怕有吉尔伯特的同行也不能给她带来丝毫安慰，主要原因是查理·斯劳尼也在这里，而斯劳尼家的人脾气古怪，人们在天气好的时候还能勉强容忍他们，而在雨天里是绝对无法忍受的。

　　但是，当客船喷着蒸汽从夏洛特敦的港口驶出后，情况开始好转了。雨停了，金光四射的太阳开始从云层缝隙中露出脸来，在灰色的海面上洒下黄铜色的光辉。耀眼的光芒照亮了迷雾，露出了岛上的红色海滨，这预示着将会是一个晴朗的天气。然而，查理·斯劳尼很快就晕船了，他不得不去底舱待着。只剩下安妮和吉尔伯特还留在甲板上。

　　"所有斯劳尼家的人只要一出航就会晕船，我真为此感到高兴。"安妮很无情地想，"如果查理也站在这里，假装很伤情地回望，我想我肯定没有机会临别眺望'故乡的泥土'了。"

　　"太好了，我们出发了。"吉尔伯特语气平淡地说。

　　"是的，我感觉自己就像是拜伦笔下的'恰尔德·哈洛德'①——不同的是，我看到的并不是我'故乡的海岸'。"安妮说着，快活地眨动着灰色的眼睛，"我想，我看到的应该是新斯科舍②。不过，一个人'故乡的海岸'应该是他最热爱的那片土地，对我来说，它就是古老而美好的爱德华王子岛。我很难相信，我并不是从小就在这里生活的。我来这儿时只有十一岁，那之前的十一年就像一场噩梦。七年前，我乘坐这艘船渡过了海峡——那个晚上，是斯宾赛太太带我从霍普镇来的。那时的情景依然历历在目，我穿着那件丑陋的旧棉绒衣裳，戴着顶褪了色的水手帽，怀着强烈无比的好奇心，仔细探究着甲板和船舱。那天晚上天气真好，爱德华王子岛的红色海滨在阳光下光彩夺目。而现在，我再一次穿越这个海峡。唉，吉尔伯特，我真希望自己能爱上雷德蒙和金斯波特，但我知道自己肯定做不到。"

"你的豁达乐观跑哪儿去了，安妮？"

"孤独和思乡的洪水已经把这些完全吞没了。我三年前就盼着去雷德蒙——而梦想成真的时候——我却希望自己不要去！哦，没关系！我要尽情地大哭一场，然后又会变得豁达乐观的。我必须大哭一场，'作为一种告别'——我现在要等一等，等我躺在了公寓的床上时，不管它在哪儿，我要好好哭一场。然后，安妮又将是原来那个安妮了。我现在很想知道，戴维是不是已经从衣柜里出来了。"

他们又转乘火车。当火车抵达金斯波特时，已经是晚上九点

---

① 拜伦的长诗《恰尔德·哈洛德游记》中的人物，该诗共分四篇，于1812到1818年间发表，描绘了一位名叫哈洛德（其名"恰尔德"是古代的一个称号，指侍封爵的贵族子弟）的年轻人背井离乡独自游历的所见所想。
② 加拿大的一个省名。

了。他们发现自己已经走进了一个熙熙攘攘的车站里，车站蓝白色相间，分外抢眼。安妮顿时感到手足无措。不过一分钟后，普里西拉冒出来，一把把她拽住。普里西拉在星期六就到金斯波特了。

"你在这儿呀，亲爱的！我想你一定很疲倦了吧，我星期六晚上到这里时也是疲惫不堪的。"

"疲倦？普里西拉，你就别提啦！我累坏了，又毫无经验，土里土气的，好像只有十岁的样子。发发慈悲吧，快把你这个已经崩溃的可怜家伙带到哪个地方歇歇脚，好让她好好休息一下。"

"我现在就带你去我们的寄宿公寓。我在外面准备好了马车。"

"有你在这儿，真是谢天谢地啊，亲爱的普里西拉。如果你不在这里，我想我此时此刻只能坐在箱子上号啕大哭了。在这喧闹的陌生人群中，能看到一张熟悉的面孔，真是令人欣慰啦！"

"那边是吉尔伯特·布里兹吗，安妮？这一年他长得太高啦！我在卡莫迪教书的时候，他还只是个小男孩的样子。另外那个当然该是查理·斯劳尼了。他一点变化也没有——也不可能有改变的！他看起来跟出生时没什么两样，等他到了八十岁时，肯定还是这副模样。走这边，亲爱的。再走二十分钟我们就到家了。"

"家！"安妮感叹道，"你是说，我们会去一幢糟糕透顶的寄宿公寓，住进一间更加糟糕的公寓房间，外面是一个肮脏无比的后院。"

"那不是糟糕透顶的寄宿公寓，我亲爱的安妮小姐。这是我们的马车，跳上去——车夫会帮你拿行李的。嗯，不错，那是寄宿公寓——但是与同类的房子相比，这幢的条件是最好的。你晚上好好睡一觉，等明天早晨不再这么忧郁时，你也会认同我的看法。它坐落在圣约翰大街，是一幢灰色的石砌房子，房子很大，老式的建筑风格。只是离雷德蒙稍微远了点。它曾经是一个大人物的居所，不过圣约翰大街已经被时尚抛弃了，现在那里的房子只能追忆往昔的好时光了。那些房子实在是太大了，所以住在里边的人不得不接受寄宿者，好填满房子的空间。至少，我们的女房东就是因为这个原因，很迫切地笼络我们。她们特别好客，安妮——嗯，我说的是我们的女房东。"

"房东家有多少人？"

"两个。汉娜·哈维小姐和艾达·哈维小姐。她们都是五十年前出生的，是一对双胞胎。"

"看来，我这辈子跟双胞胎很有缘分啊。"安妮微笑着说，"我到哪儿都能遇见双胞胎。"

"噢，她们现在已经不是双胞胎了，亲爱的。三十岁以后就不再是了。汉娜小姐越来越苍老，这很糟糕，可是艾达小姐却始终停留在三十岁的状态，这更加糟糕。我不知道汉娜小姐会不会笑，我迄今为止从来没有见她笑过。而艾达小姐则笑得合不拢嘴，这真的很糟糕。不过，她们都是善良的好心人。她们每年都会接收两个寄宿者，因为汉娜小姐的经济头脑里绝不能忍受'房间空置的浪费'——倒并不是因为她们缺钱不得不这样做。从前天我到这里开始，艾达小姐已经把这样的话对我说过七遍了。至于我们的房间，你说得没错，那确实是公寓卧室，而且我的那个房间看出去确实是后院。你的房间在前面，对着古老的圣约翰墓园。墓园就在街对面。"

"听上去真让人毛骨悚然。"安妮打了个寒战，"我想我宁愿看后院的风景。"

"噢，不，你不会害怕的。等着瞧吧。古老的圣约翰墓园是个迷人的地方。它很久以前是墓园，而现在已经不是墓园了，它成了金斯波特的一个景点。我昨天到里面去逛了个遍，感觉非常愉快。那里有一堵巨大的石墙，周围有一排排高大的树木环绕着。墓园里到处都是一排排的树木，还有些奇形怪状的古老墓碑，上面刻着古雅但又很古怪的墓志铭。你肯定会去那里看书的，安妮，等着瞧吧。当然啦，现在没有死者安葬在那儿，不过在几年前，人们为了纪念在克里米亚战争①中牺牲的新斯科舍士兵，在这里修建了一座美丽的纪念碑，它正对着大门入口。用你惯常的话来说，那里有'想象的空间'。你的行李终于到了——而且男孩子们要来道晚安了。我真的必须跟查理·斯劳尼握手吗，安妮？他的手总是冰凉，而且像鱼一样滑腻。得邀请他们时不时过来看看我们。汉娜小姐严肃地告诉我说，每个星期里，允许我们有两个晚上可以接待'年轻绅士的拜访'，但是这些绅士们要在合理的时间离开。艾达小姐微笑着要求说，请务必确保不要让他们坐到她那美丽的垫子上。我承诺说一定会注意的，可只有老天知道，这里还有什么别的地方可供他们坐下，因为每样东西上都放有垫子，除非他们都坐在地板上。艾达小姐甚至在钢琴上也放了一个精致的百带丽花边②的垫子。"

听到这里，安妮忍不住放声大笑起来。普里西拉快活的唠叨达到了预期的效果，使安妮高兴了起来，思乡病暂时也消失了。当安妮最终发现自己独自待在小卧室里时，重新涌上心头的思乡

---

① 克里米亚战争是1853—1856年的一场重要的国际战争。交战的一方是俄罗斯，另一方是奥斯曼帝国、法国、英国和皮德蒙特——萨丁尼亚。
② Battenburg，百带丽，一种服饰风格，起源于16世纪的意大利。

之情已不再那么强烈了。她走到窗边，眺望着外面，楼下的街道光线朦胧，一片寂静。在街道对面，是古老的圣约翰墓园，在纪念碑巨大石拱顶部那个黑乎乎的巨大狮子头后面，一轮圆月悬挂在树梢上，大地沐浴在如水的月光中。安妮有些困惑，她有些怀疑，是否真的是今天早上才离开绿山墙的。经过一天的长途跋涉和各种经历，她感觉已经过了很长一段时间了。

"我想，就是这个月亮，现在还正俯视着绿山墙呢。"安妮思绪万千，"不过，我不要去想这些——这样会让我更想家的。我甚至已经不打算大哭一场了。我要把这场大哭推迟到一个更合适的季节。现在，我要冷静而理智地上床睡觉去。"

四月的女郎

　　金斯波特是一个古老幽雅的小镇，它的历史可以追溯到早期殖民时代。这个小镇如今依旧沉浸在古老的氛围中，就像是一个漂亮的老姑娘仍然还穿着她年轻时流行的衣服款式。虽然小镇处处都能看到现代化的萌芽，可是在心灵深处，它依然故我。有趣的遗迹随处可见，而历史在这里留下了众多的浪漫和传奇，为其增添了更多的光环。在印第安人不断侵扰着殖民者的生活，使得殖民者不再高枕无忧时，这里便变成了荒野边陲的前哨站。然后，它成为英法两国的争夺之地，有时被这一方占领，有时又被另一方夺走，每次争夺，交战的双方都会给它烙上新的伤疤。

　　金斯波特的公园里，有一座高高的石砌塔楼，上面涂满了游客的字迹。小镇前面的山丘上，有一座法国古堡垒，不过已经破烂不堪了。在公共广场上，还有几门年代久远的大炮。也许这个小镇还有更多的历史遗迹，等待好奇的人们去发现。不过最讨人喜欢、也最有趣的，要数小镇中心的圣约翰墓园了。墓园里的两侧，是安静的街道，街道旁坐落着老式的房屋，而墓园外的两侧，则是喧闹繁华的现代化大道。金斯波特的每一个居民，不管他如何自命不凡，都会因为拥有圣约翰墓园而备感自豪，因为，他们的家族中至少有一位先辈安葬在这里。古怪的墓碑歪歪斜斜地立在墓地上面，或者是扑倒下来保护着墓地，墓碑上记录着那位先辈的主要历史事迹。大部分古老的墓碑都没有多少艺术色彩或者经过精心雕刻，绝大部分都只是用当地的棕色或灰色的石头简单雕琢而成，只有极少数是精雕细琢。一些墓碑上刻有头骨和交叉的骨头，这种恐怖的装饰图却常常和小天使的头像一起出现。许多墓碑都倒伏在地，损毁殆尽。几乎每一块石头都饱经时间的咬噬，一些墓志铭已经消失不见了，而另外一些也变得模糊不清，要想辨别上面的文字非常困难。由于有一排排的榆树和柳树环绕着墓园，并将墓园分割成块，所以这里荫翳遍地，宁静清幽。在那些树荫下，躺着无忧无虑的人们，伴着头顶上微风和绿叶的浅吟低唱，这些打着瞌睡的人们丝毫不会受到墓园外车马喧闹声的干扰。

第二天下午，安妮首次来到古老的圣约翰墓园，在这里闲逛了一番。她和普里西拉上午去了雷德蒙学院，办理完新生注册手续，然后就无事可做了。姑娘们庆幸自己逃了出来，因为被一大群陌生人包围着让人并不愉快，很多人看上去都不像是本地的。

"女新生"三五成群，稀稀拉拉地站着，彼此之间斜目而视；而这个时候，同龄人中更聪明的"男新生"已经抱成了团，站在入口大厅的大楼梯上，用他们年轻的肺部，使出最大的肺活量，拼命地大喊大叫，表达着心中的喜悦，也以此来挑战他们的宿敌，那些二年级的学生。几个二年级学生高傲地走来走去，用极其蔑视的眼光看着楼梯上那些"乳臭未干的小孩子"。四处都不见吉尔伯特和查理的踪影。

"竟然有这么一天，我会因为见到一个斯劳尼家的人而备感亲切，真是大大出乎意料啊。"她们穿过校园，普里西拉说，"如果我现在看到了查理那突出的眼珠，我几乎会欣喜若狂地迎上去。不管怎样，那双眼睛至少我是熟悉的。"

"噢，"安妮叹息着说，"当我站在那儿，等着轮到我去注册时，那种感受我真的无法形容——我是那样的无足轻重，就像是巨大的水桶里那渺小的一滴水。这种无足轻重的感觉已经够糟的了，但更难以忍受的是，我将会一直这样待下去，我永远都不会、也不可能成为什么重要人物，这就是我当时真真切切的感受——好像我是隐身的，别人根本看不到我一样，一些二年级的学生甚至可能会踏到我的身上来。我知道，我将默默无闻地走向坟墓，不会受到谁的尊重，也不会受到赞颂，更没有谁会为我哭泣。"

"等到了明年，"普里西拉宽慰她说，"那时候我们就能像他们任何一个二年级学生一样了，看上去目空一切，老于世故。毫无疑问，感到无足轻重确实很不愉快，但是我觉得这总比我现在的感觉好多了，我感觉自己硕大而笨拙——我感觉自己好像塞满了整个雷德蒙校园，这就是我的感受——我想，这是因为我比人群中任何一个人都要高出足足五厘米。我并不担心二年级学生会从我身上踏过去，我担心他们会认为我是一头大象，或者是土豆吃得太多，成为一个处处是庞然大物的岛上的居民标本。"

"我想问题在于，巨大的雷德蒙学院不像小巧的奎恩学校，这是我们很难接受的。"安妮说，她试图用昔日达观的精神碎片来遮掩她流露出来的不快，"离开奎恩学校时，我们认识那里的每一个人，而且也有自己的立足之地。我想，在我们潜意识里，我们都期望要像在奎恩学校那样来开始在雷德蒙学院的生活，而现在我们觉得，脚下的土地已经松动了。我真感到庆幸，林德太太和以利沙·莱特太太并不知道、也永远不会知晓我现在的内心感受，否则她们会兴高采烈地宣称说：'我早就告诉过你啦！'而且会相信末日即将到来。但恰恰相反，我们在这里的生活才刚刚拉开序幕呢。"

"说得没错，这听起来才像是安妮的风格呀。我们很快就会熟悉这里，适应这里，一切都会好起来的。安妮，你注意到了没有？那边有个姑娘，从早上起就一直孤独地站在女更衣室门口——就是那个棕色眼睛、嘴唇弯弯的漂亮姑娘。"

"是的，我注意到了。我特别留意她，因为她看起来是唯一一个与我一样感到孤独和无助的人。我还有你在身边，而她却是一个人。"

"我想她大概也觉得孤单吧。有好几次我看着她动了动脚步，好像要向我们这边走过来，但是她最终还是放弃了——她很羞怯，我想。我希望她能大胆地走过来。如果我不是感到自己像头大象，我就会走到她身边去。可是所有的男孩子都在大厅的楼梯上叫叫嚷嚷的，我不能拖着笨重的身躯穿过大厅。她是我今天见到的最漂亮的新生，但也许这种偏爱是靠不住的，在雷德蒙的第一天，可能漂亮也是虚幻的东西。"普里西拉笑着说道。

"吃过午饭，我要去古老的圣约翰墓园走走。"安妮说，"虽然我知道，墓园并不是个能让我精神振作起来的好地方，但那是唯一一个我能进去的小树林，我必须去看看树木。我要坐在一个旧墓碑上，闭上眼睛，想象自己正待在安维利的树林里的情形。"

然而，安妮并没有这样做，因为她在古老的圣约翰墓园里发现了太多有趣的东西，她的眼睛一直睁得大大的。她们从大门入口进去，走过那朴素无华的巨型石拱，英格兰式的巨大石狮就盘踞在石拱顶部。

> 英克曼山中野荆棘上的血迹尚未风干，
> 这个荒野高地的大名从今就将广为流传。

安妮吟诵着诗句，瞻仰着石拱，激动得浑身发颤。她们发现自己进入了一个清凉柔和的绿色世界，微风在这里舒心地轻唱着。墓园过道上长满了茂盛的青草，她们沿着过道来回漫步，读着古雅的长篇墓志铭。这样的墓志铭是在有很多闲暇时光的年代雕刻出来的，而现在已经没有多少闲暇了。

"'这里安息着阿尔伯特·克拉福德先生，'"安妮读着一块破损的灰色墓碑，"'多年以来，他都是金斯波特皇家军械的看守人。他一直在军中效命，直至一七六三年和平时代的到来，因健康原因而退伍。他是位勇敢的军官，是最称职的丈夫，是最慈爱的父亲，是最忠诚的朋友。他于一七九二年十月二十九日与世长辞，享年八十四岁。'这像是为你写的，我亲爱的普里西拉。这里面充满了'想象的空间'。他经历了如此多的冒险，这样的一生过得多么充实啊！至于他的个人品质，我相信这是人类史上最好的颂词。我不知道他尚在人世的时候，人们是否会告诉他，称赞他是一个出色的人。"

"这儿还有一个，"普里西拉说，"听听——'纪念亚历山大·罗斯，他在一八四零年九月二十二日与世长辞，享年四十三岁。感谢他二十七年来的忠诚服务，谨立此碑，以示我的感激之情，我一直把他当作我的朋友对待，他是完全值得信任和依赖的。'"

"多么感人的墓志铭啊。"安妮评价道，"我觉得这是最好的墓志铭。从某种角度来说，我们都在为别人服务，如果我们的忠诚和值得信赖的品质能刻在墓碑上面，我们就没有别的要求了。这儿还有一块让人伤痛的灰色小墓碑，普里西拉——'纪念我最疼爱的孩子。'这里还有一个，'谨立此碑，以纪念那位葬于别处的亡魂。'我很想知道那座无名坟墓在哪里。真的，普里西拉，现在的墓园根本不可能这么有趣。你说得没错——我会经常来这里的。我已经爱上它了。我看这里并不是只有我们两个人——有个姑娘在大道的尽头。"

"是啊，我想她就是今天早上我们在雷德蒙看到的那个姑娘。我已经看了她五分钟了。足足有六次她都试着往这边走，但每次迈开脚步又转身回去了。她如果不是极度害羞，就是有什么别的顾虑。让我们去会会她吧。我想，在墓园里结识她要比在雷德蒙容易得多。"

她们沿着长长的绿色拱廊朝着那个陌生人走去。那个姑娘坐在一棵大柳树下的灰色墓碑上。她确实非常漂亮，有一种灵动的、超常规的、摄人魂魄的美丽。栗色的头发像绸缎一样柔顺光泽，圆圆的脸蛋娇嫩无比，像熟透的苹果一般红润光鲜。棕色的眼睛睁得大大的，像天鹅绒一样柔和，上面挑着两条奇特的黑色眉毛。弯弯的嘴唇像玫瑰般娇艳。她穿着时髦的棕色套装，裙子下面露出一双时尚小巧的鞋子。头上戴着淡粉色的帽子，帽子上环绕着棕色的金花环，显示出一种毋庸置疑但又无法形容的魅力，这肯定是一位女帽艺术家的杰作。普里西拉突然感到了一阵刺痛，她想到自己的帽子只是在乡下女帽铺子里剪裁出来的。而这时安妮也感到了不愉快，她的上衣是自己缝制的，林德太太对衣服稍加了一番修饰，比起这个陌生姑娘的时髦服装，自己的手工衣服显得实在是太土气。在那一刻，两个姑娘恨不得转身离开。

但是她们已经走完拱廊，停下脚步，并且转向那块灰色墓碑了。要撤退已经来不及了，那个棕色眼睛的姑娘已经断定，她们想过来和自己说说话。她马上一跃而起，伸开双臂，向她们迎了过来，脸上带着欢乐和友好的笑容，丝毫看不出有羞怯和顾虑的样子。

"噢，我真想知道你们俩是谁，"她迫不及待地叫嚷起来，"我特别想知道。今天上午在雷德蒙看见了你们。你们说说看，那里是不是很糟糕呀？当时，我真的觉得，自己还不如留在家里结婚算了。"

安妮和普里西拉没想到她会得出这样的结论，不禁大笑起来。棕色眼睛的姑娘也放声大笑。

"我真是这样想的。你们要知道，我真有可能结婚的。噢，来吧，让我们坐在这块墓碑上，互相认识一下。这并不困难。我知道我们会相互喜欢的——今天上午在雷德蒙第一次见到你们时，我就明白这一点了。当时我真想径直走过去，拥抱你们俩。"

"你为什么没有这么做呢？"普里西拉问。

"只是因为我下不了决心。我对自己的事情老是拿不定主意——优柔寡断的毛病一直折磨着我。每当我刚决定要干一件事情时，自己马上又从骨子里冒出一个想法，觉得做另外一件事情才是正确的。这真是太糟糕了，可是我天生就是这样，有些人为此还责怪我，但都没有用。所以今天上午，虽然我很想过去和你们说话，但是我一直下不了决心。"

"我们以为你太害羞了。"安妮说。

"不，不是这样的，亲爱的。羞怯算不上菲利帕·戈顿——或者简称菲尔——的众多毛病之一，或者说众多优点之一。你们现在就叫我菲尔吧，请问你们的尊姓大名？"

"她是普里西拉·格兰特。"安妮指着普里西拉说。

"而她是安妮·雪莉。"普里西拉回指着安妮，说道。

"我们来自爱德华王子岛。"两人异口同声说。

"我来自新斯科舍的博林布鲁克。"菲尔说。

"博林布鲁克！"安妮惊叫起来，"哎呀，我是在那儿出生的呢！"

"真的吗？噢，那归根结底，你应该算做是个'蓝鼻子'①啦。"

"不，不是这样的。"安妮辩解道，"丹·欧康纳不是说过吗？一个人在马棚里出生，但这并不意味着他就是一匹马。我彻头彻尾都是岛上的人。"

"嗯，不管怎么说，你在博林布鲁克出生，这点让我很高兴。我们成了某种意义上的邻居，对吧？我喜欢有这样的关系，因此，当我把秘密告诉你们时，我不会觉得是在告诉陌生人。我必须要把秘密都说出来。我没法守口如瓶——再怎么努力也做不到，这是我最糟糕的缺点，当然，我还有一个缺点，那就是我前面说过的优柔寡断。你们相信吗？——我为了决定来这里穿什么衣服好，就足足想了半个小时——就为了到这儿，到一个墓园来！刚开始的时候，我决定戴那顶插有羽毛的棕色帽子，可刚一戴上，我就觉得这顶软边的粉色帽子会更合适。而当我把粉色的

---

① 蓝鼻子，Bluenose，指新斯科舍人。

帽子戴上并且别起来后，我又觉得棕色的帽子更好看。最后我把它们并排放在床上，闭上眼睛，用别针去扎，扎到哪顶就戴哪顶。别针扎到了粉色的帽子，所以我就把它戴上了。它还算好看吧？告诉我，你们认为我看起来怎么样？"

她的语气是那么的严肃认真，可提出的问题却是如此幼稚天真，普里西拉听了不禁又笑起来。而安妮紧紧握住菲尔的手，认真地说：

"今天上午我俩一致认为，你是我们在雷德蒙见到的最美丽的姑娘。"

菲尔弯弯的嘴唇闪出一个弯弯的笑容，露出了洁白细小的牙齿，显得特别迷人。

"我自己也是这么认为的，"她接下来的说法让人惊讶不已，"可是我需要别人观点的支持。我甚至不能判断自己的美丑。上一秒钟还觉得自己很漂亮，而下一秒钟就开始痛苦地感觉到自己很丑陋。而且，我还有一个可怕的老舅婆，她总是悲伤叹息地对我说：'你以前是多么可爱的小孩呀。可孩子一旦长大了，变化太大了，这多么让人奇怪啊！'我喜欢姨妈，但特别讨厌舅婆。如果你们不介意的话，就请经常对我说，我很漂亮。如果我相信自己很漂亮，感觉就会舒服多了。而且如果你们也需要这样，我同样会乐意帮忙的——我可以心安理得地这样对你们说。"

"谢谢。"安妮笑道，"可是普里西拉和我都坚信自己长得很好看，不需要别人来向我们保证，所以就不用劳烦你了。"

"哦，你在嘲笑我。我知道，你认为我特别虚荣，虚荣得让人生厌，可是我并不是这样的。我没有丝毫的虚荣心。只要其他姑娘值得赞誉的话，我从来不会吝惜对她们的赞誉之词。真高兴能认识你们。我是星期六来这里的，从那天起，我想家都快想死了。这种感觉太可怕了，对吧？在博林布鲁克我算是个重要人物，可在金斯波特，我什么都不是！我时常能感受到自己的灵魂变得有些忧郁了。你们住在哪里？"

"圣约翰大街三十八号。"

"太棒啦。哎呀，我就住在沃莱斯大街的拐角处。不过我不喜欢我的寄宿公寓，里面阴郁凄凉，而且我的房间正对着肮脏的后院，那里是世界上最肮脏的地方。还有那些猫——嗯，到了晚上，虽然并不是金斯波特的猫全体出动了，但至少有一半在那儿聚会。我喜欢睡在炉边地毯上的猫，它们在温暖柔和的炉火前打着呼噜。可是半夜里在后院活动的猫完全是截然不同的动物。我住在那里的第一个晚上，哭了整整一宿，那些猫也叫了一夜。你们应该看看那天早上我的鼻子。那时我多么希望自己从来没有离开家呀！"

"如果你真是个优柔寡断的人，你是如何下定决心来雷德蒙的呢？"被逗乐的普里西拉问道。

"上帝保佑啊，亲爱的，我可没有作任何决定。那都是我爸，他希望我到这里来学习。在这件事情上，他是毫不动摇的——至于他为什么要这么做，我一点也不清楚。想到我为了获得文科学士学位而来这里学习，这似乎太荒谬了，不是吗？当然并不是因为我做不到，我的头脑很灵活的。"

"噢！"普里西拉含混地应了一声。

"就是这样的。不过要使用大脑却非常困难。而且，拿到学士学位的人都是博学、庄重、睿智、严肃的——他们肯定是这样的。我极不情愿来雷德蒙。我这么做只是为了取悦我的父亲，他是个非常可爱的人。另外，如果我待在家里，我知道我不得不谈婚论嫁。妈妈一直都这样想的——态度非常坚决。妈妈一向是个坚决果断的人。可是我真的很反感在接下来的几年里就要谈婚论嫁。我想在结婚之前，好好享受生活。虽然让我成为一名文科学士的念头很可笑，但是让我成为一名已婚的妇人，这种想法更加荒谬，不是吗？我才十八岁呀。所以，我做出决定，宁愿来雷德蒙学习，也不愿意和人结婚。再说了，我该如何决定到底嫁给哪个男人呢？"

"有那么多可供选择的吗？"安妮笑道。

"一大堆呢。男孩子们都对我喜欢得要命——他们真是这样。不过只有两个人比较合适，其他的要么太年轻，要么太穷了。你们知道，我肯定要嫁个有钱人。"

"为什么呢？"

"亲爱的，你们能够想象得到的，我怎么会成为一个穷人的妻子呢？有用的事情我一件也做不出来，而且我非常奢侈。噢，对，我的丈夫必须有成堆成堆的钱。这样一来，可供挑选的就缩减为两人了。可是要让我在两人中做出选择，这和在两百人中做出选择没什么两样。我非常了解我自己，不管我和哪一个结婚，我这一生都会后悔没有选择另外一个。"

"难道你……不爱……他们中的任何一个吗？"安妮有些犹豫。对于她来说，要和一个仅一面之交的人谈论私密事，她显得有些难以启齿。

"老天啊，当然不，我不会爱上任何人的。我心里没有爱，而且，我也不想去爱。我想，恋爱会使你彻底沦为奴隶，而且还会增加男人的力量，让他伤害到你。我很害怕这样。噢，不，阿勒克和阿隆佐都是很可爱的男孩子，他们两个我都喜欢，但是我真不知道自己更喜欢哪一个。问题的关键就在这里。当然啦，阿勒克非常英俊，而且我肯定不会嫁给一个丑男人。他脾气也很好，还有可爱的黑色鬈发。他太完美了，完美得根本挑不出缺点。但是我相信自己不会爱上一个如此完美的丈夫。"

"那么，你为什么不嫁给阿隆佐呢？"普里西拉认真地问。

"想想看，要和一个叫阿隆佐的人结婚！"菲尔悲哀地说，"我相信自己根本没法忍受他。可是他有一个希腊式的漂亮鼻子。在这个家庭里，总算有个鼻子还算好看点，这对他们来说真是个巨大的安慰。我并不指望我的鼻子长得好看点。到目前为止，我的鼻子还是我们戈顿家族的样式，但是我担心随着年龄的增长，我的鼻子可能会有向拜尼式发展的趋势。每天我都会忧心忡忡地检查一番，确信它还是戈顿式的。我妈妈是拜尼家的人，有着标准的拜尼式鼻子。等你们看到她后就会明白的。我特别喜欢漂亮的鼻子。你的鼻子特别好看，安妮·雪莉。阿隆佐的鼻子和你的不相上下。可是，阿隆佐！不，我拿不定主意。如果我能像选帽子一样来做个选择——让他们并排站在一起，我闭上眼睛，用别针戳过去——这样就太容易啦。"

"当你离开他们来到雷德蒙，阿勒克和阿隆佐是怎么想的？"普里西拉询问道。

"哦，他们都满怀希望。我告诉他们要等着我，一直等到我能独立作决定时再说。他们都心甘情愿为我守候。你们知道，他们都对我顶礼膜拜。在这期间我准备好好享受一番生活。我期盼着在雷德蒙会有成堆的追求者。要知道，没有追求者我会很不开心的。可是，难道你们不觉得，那些新生平凡得要命吗？在新生中我只见到了一个真正英俊的小伙子。在你们来之前，他已经走了。我听见他的同伴叫他吉尔伯特。他的那个同伴眼睛向外突出，突得太厉害了。咦，你们该不是要走了吧，姑娘们？别走呀。"

"我想我们必须要走了。"安妮非常冷淡地说，"太晚了，而且我还有很多事情要做。"

"但是，你们俩会来看我的，对吧？"菲尔伸出手，把她们挽在一起，问道，"也会让我去看你们吧？我想成为你们的好伙伴。我特别喜欢你们俩。我的这种轻浮并没有让你们感到讨厌，是吧？"

"不是非常讨厌。"安妮笑了，为了回应菲尔的握手，她也诚恳地握了对方的手。

"你们要知道，我并不像外表看上去那么愚蠢。上帝创造了菲利帕·戈顿，你们就按照上帝的旨意接纳她，接纳她所有的缺点吧。我相信你们会渐渐喜欢上她的。这个墓园难道不是一处可爱的地方吗？我真希望自己将来能埋葬在这里。我以前还没有注意到那儿还有个坟墓——就是那个铁栏杆里面——噢，姑娘们，看啊，看那儿——墓碑上说，这是个海军士官生的坟墓，他在"仙龙"号和"切萨匹克"号的交战中①牺牲。想象一下吧！"

安妮在铁栏杆外停住了脚步，看着那破损的墓碑，突如其来的激动使得她的脉搏剧烈地跳动起来。这座古老的墓园，连同它葱郁蔽日的大树和长长的林荫道统统从她的眼前消失了。取而代之的，是近一个世纪前的金斯波特海港。一艘巨大的三帆战舰从水雾中缓缓驶出，战舰上飘扬着光彩夺目的英格兰星条旗。在这

---

① 1813年美国和英国展开了伊利湖之战，美国军舰"切萨匹克"号与英国皇家海军"仙龙"号进行决斗，英国舰长詹姆斯·劳伦斯战死。

艘战舰后面，跟随着另外一艘战舰，一位英雄的躯体静静地躺在舰尾的甲板上，身上覆盖着属于他自己国家的星条旗，他就是英勇的劳伦斯。时间老人已经翻回了岁月的篇章，那时英军"仙龙"号胜利地返回海港，被俘获的"切萨匹克"号成为它的战利品。

"灵魂归来吧，安妮·雪莉——归来吧。"菲尔大笑起来，拉着她的胳膊，"你跟我们已经相隔百年啦。归来吧。"

安妮回过神来，叹息一声，她的眼睛温柔地闪着光芒。

"我一直都很喜欢那个古老的故事。"她说，"虽然英国赢得了战争的胜利，但我之所以喜欢它，却是因为那个英勇的败军之将。这座坟墓似乎把那段历史带到我们身边，而且是如此的真切。这个可怜的士官生只有十八岁。他'英勇作战，身受重伤，光荣牺牲'——他的墓志铭就是这样写的。一个士兵所期待的正是这个。"

安妮在转身离开前，摘下戴在头上的一小束紫罗兰，把它轻轻地放在这个坟墓上，以纪念这位在海上大决战中牺牲的男孩子。

"嗯，你怎么看待我们的这位新朋友？"当菲尔离开她们后，普里西拉问安妮。

"我喜欢她。虽然她的言行都很荒谬，但是她身上有种特别可爱的东西。她的话语听起来很愚蠢，但是正如她自己所说的那样，我相信她并不是真有那么愚蠢。她是个可爱迷人的小孩子——我不知道她会不会真正长大。"

"我也喜欢她。"普里西拉坚定地说，"她就像鲁比·格丽丝一样，喋喋不休地谈论着男孩子。但是听鲁比的谈论，总是让我很生气，或者是感到恶心。但是对于菲尔，我只想宽容地一笑了之。你说，这是为什么呢？"

"因为两人是完全不同的，"安妮深思着说，"我想，这是因为鲁比对男孩子了解得一清二楚，她在玩着示爱与调情的游戏。而且当她夸耀自己的追求者时，你能感受到，她这样做是故意在你的伤口处撒盐，显示你的追求者不及她的一半多。而听菲尔谈论她的追求者，就像是在听她谈论伙伴。她把这些男孩子看作她的好伙伴，希望他们追随着她，这样她就会很开心。这仅仅是因为她喜欢成为公众人物，希望别人把她当成公众人物。就算是阿勒克和阿隆佐——从这以后，在我的潜意识里，再也不会分开思考这两个名字了——在她的眼里，他们仅仅是两个希望和自己玩一辈子的伙伴而已。我很高兴遇到了她，也很高兴我们去了古老的圣约翰墓园。我相信，在今天下午，我灵魂的一小部分已经扎根在金斯波特的土壤中了。我希望如此。我不喜欢'独在异乡为异客'的感觉。"

家里的来信

在接下来的三个星期里，安妮和普里西拉感到自己仍然是"他乡异客"。接着，一切看起来都有了中心——雷德蒙、教授、班级、同学、学习和社会活动。生活不再是由琐碎的片段组合而成，一切变得富有规律。新生们也不再是孤立个体的集合，而是组成了年级，有了年级的灵魂、年级的呼声、年级的兴趣、年级的憎恶和年级的志向。在一年一度的文科竞赛中，他们击败了二年级，赢得了比赛，也赢得了所有年级学生的尊重，赢得了广泛好评，这让他们信心倍增。在过去的三年里，总是二年级学生赢得竞赛。而这一次，胜利的光环落到了新生的旗杆上，这要归功于吉尔伯特·布里兹战略性的领导能力。他在竞赛中运筹帷幄，采用了一些全新的策略，大大挫败了二年级的斗志，新生横扫千军，将胜利果实收入囊中。为了奖赏吉尔伯特，他被推选为新生的年级主席，这是一个责任重大的光荣职务——至少新生们是这样认为的——同样也有很多人对这个职务梦寐以求。他还被邀请加入了兰博会——雷德蒙女生平等互助会——这对于一年级的学生来说，是一个前所未有的荣耀。作为入会的准备工作，他即将面临一场严酷的考验。他必须戴上女式的太阳帽，系上做饭用的庸俗花哨的印花布大围裙，在金斯波特的主要商业街闲逛一整天。他愉快地这样去做了，并且每当遇上相识的女士时，他还优雅地摘下太阳帽致敬。查理·斯劳尼没被邀请加入兰博会，他告诉安妮说，他简直不明白布里兹怎么能这样做，他自己绝对不能接受这样的奇耻大辱。

"想象一下，查理·斯劳尼系上印花布围裙，头戴着太阳帽，"普里西拉咯咯地笑道，"完全是他老祖母的翻版。而吉尔伯特穿上这套行头，却像穿着他自己的衣服，散发着男子汉的魅力。"

安妮和普里西拉突然发现，自己已经进入了雷德蒙社交圈子的中心。她们之所以能迅速取得这个成绩，在很大程度上要归功于菲利帕·戈顿。菲尔有一个富有的名人父亲，她来自一个血统纯正的古老新斯科舍家族，再加上她的美貌和魅力——每个遇见她的人都会感受到这种魅力——她很快就打开了雷德蒙的所有社交圈、俱乐部和年级会。而她不管去哪儿，她都要拉上安妮和普里西拉。菲尔非常崇拜她们，尤其崇拜安妮。她的灵魂是忠诚的，也是幼小的，像水晶一样透明，没有沾染上任何势利的习气。看来她潜意识中的座右铭就是："爱我，就得爱我的朋友。"她带着安妮和普里西拉，没费任何周折就进入了她日益扩大的社交圈。两位安维利女孩惊讶地发现自己在雷德蒙的社交道路一帆风顺，喜不自禁。这让其他的大一女生对此满怀忌妒，羡慕不已。她们没有菲尔的大力支持，所以在大学生活的第一年，注定要处在一切活动的边缘地带。

安妮和普里西拉一直对生活持严肃态度，在她们眼里，菲尔虽然有点儿另类，却是个有趣可爱的宝贝。而且正如她自己说的那样，她的头脑"非常灵活"。她究竟在何时何地抽出时间来学习，没有人能搞得懂。她似乎整天都在追求各种好玩的事情，在她的家庭晚会上，慕名而来的拜访者络绎不绝。人们所能想象到的各种追求者，在她那儿统统都能找到。百分之九十的男新生和其他年级的大半男生都在为博她一笑而争得不可开交。对这些追求者，菲尔天真地感到高兴，每发生一件征服男孩子的事件，她就会饶有兴趣地向安妮和普里西拉描述起来，她的评价也许会让那些可怜的追求者感到面红耳赤。

"阿勒克和阿隆佐看来还没有遇到真正的竞争者。"安妮带着嘲弄的口吻评价道。

"一个也没有。"菲尔非常赞同，"每个星期我都给他们两个写信，告诉他们我这边这些小伙子的一切情况。我敢肯定他们一定会很开心的。当然啦，我喜欢的那个家伙我却得不到。吉尔伯特·布里兹根本不正眼瞧我一眼，他偶尔会瞥我一眼，但在他的眼里我就像一只小猫，他只想轻拍我几下。个中原因我知道得一清二楚。我应该怨恨你的，安妮女王。我真的应该恨你，但是我却疯狂地爱着你，一天见不到你，我就痛苦万分。你跟我以前认识的姑娘都不一样。当你认真地看着我时，我感觉自己是多么卑微轻佻啊，我渴望自己变得更好，更聪明，更坚强。于是我痛下决心，要洗心革面。但是，只要有一个好看的男孩来到我的面前，我就把所有的决心抛诸脑后。大学生活真的很精彩，对吧？想起入学的第一天，我是那么的讨厌大学生活，那是多么可笑啊。但是如果不是那样，我就不可能真正与你相识。安妮，请你对我再说一遍，说你有一点点喜欢我，我渴望听到这句话。"

"我大大地喜欢你——我觉得你是个可爱、甜美、迷人、温柔、善良的小——猫——咪。"安妮大笑着说，"但我很不明白，你到底怎么腾出时间来学习的？"

菲尔肯定抽出了时间来学习，在那一年，她的每门功课都遥遥领先。雷德蒙有位脾气暴躁的老数学教授，他一向反对男女同校，坚决抵制学院招收女学生，可就算是他也难不倒菲尔。除了英文课外，她在大一女生中各方面都出类拔萃，安妮·雪莉在英文方面把她远远地抛在了后面。安妮觉得第一年的学习非常轻松，这在很大程度上要感谢在过去的两年里，她和吉尔伯特在安维利坚持不懈的学习。也正是这个原因，她有了更多的空闲时间，去参加她十分喜爱的社交活动。但是，她每时每刻都思念着安维利和那里的朋友们。对于她来说，每个星期最快乐的日子莫过于收到家中来信。直到她收到家中的第一封来信，她才开始觉得自己可能会爱上金斯波特，能够在这里舒适地生活。在这之前，安维利好像远在千里之外，这些来信一下子缩短了金斯波特和安维利的距离，也把往日和今日的生活紧密地联系在一起，使得两种生活浑然一体，不再是被无情地割裂为两部分，彼此独立存在。第一次收到六封信，分别来自简·安德鲁斯、鲁比·格丽丝、戴安娜·巴里、玛莉拉、林德太太和戴维。简的来信是无可挑剔的铜版体^①，每个"t"都有精美的横划，每个"i"都精准地加了圆点，但是一句让人感兴趣的话都没有。关于学校的事情她只字未提，但是那正是安妮迫切想知道的事情。简也根本没有回答安妮在前一封信里提出的问题。她只是告诉安妮她最近钩织出了多长的花边、安维利近来的天气情况、她打算怎么做她的新衣

---

① 铜版体，一种老式的手写体，笔画匀称，字体倾斜，字母间相互连接。

服，以及她头疼时是什么感觉之类的话题。鲁比·格丽丝写了一封热情洋溢的书信，她哀叹安妮的离去，告诉安妮自己无时无刻不在思念她，她还询问雷德蒙的小伙子长得怎么样，这封信的最后则详细描述了自己和不计其数的崇拜者之间的各种悲惨经历。这是一封无伤大雅的可笑书信，安妮本来想一笑了之，但是书信末尾加了一条附言，让安妮心中泛起了波澜。"从吉尔伯特的这些来信判断，他似乎在雷德蒙过得很愉快。"鲁比写道，"我看查理并不怎么喜欢雷德蒙。"

由此看来，吉尔伯特一直在给鲁比写信！好哇！当然，他完全有这个权利，只是……安妮并不知道，是鲁比先给吉尔伯特写了信，而吉尔伯特仅仅出于礼貌给她回了信。安妮轻蔑地把鲁比的信丢在了一边。她开始读戴安娜的来信，直到她读完这封清新愉快的书信，她才把鲁比带来的刺痛完全抛开。戴安娜的信中关于弗雷德谈得多了些，但除此之外，还写满了有趣的事，安妮在读信的时候，仿佛又回到了安维利。玛莉拉的信显得拘谨呆板，毫无色彩，几近单纯，好像完全没有了流言蜚语和情绪波动。然而不知为什么，这封信却给安妮送来了一缕清风，让她感受到了绿山墙那健康简朴的生活气息，古老祥和的味道，还有绿山墙对她始终如一的永恒之爱。而在林德太太的米信里，满纸都是教堂里的新闻。由于不用操持家务了，林德太太有更多的时间投身于教堂事务中去，她已经把整个身心献给了这些活动。安维利的布道坛上牧师职务空缺，来了些候补牧师，林德太太对那些拙劣的"替补"们愤慨不已。

她在信中尖刻地写道：

我认为如今进神学院的通通都是傻瓜，瞧瞧他们派来的候补牧师们，还有他们在布道时讲的那些乱七八糟的东西！足足有一半鬼话连篇，而且更糟糕的是，听上去根本没有教义的味道！眼下这个是所有派来的人之中最糟的。他大多数时候手里拿着经文，嘴里却说着其他的东西。他还说，他相信并不是所有的教外人士都会永远沉沦下去。这是什么想法呀！如果是这样，我们奉献给那些去国外的传教士的钱就全白费了，就是这么回事！上礼拜日晚上，他宣布说下个礼拜日做"漂浮的斧头"①的布道。我觉得他最好把自己的布道限制在《圣经》的范围内，少去涉及那些耸人听闻的内容。如果一个牧师不能在《圣经》中找到布道的内容，情况就太糟糕了，就是这么回事。你加入了哪个教堂，安妮？我希望你能定期上教堂。人们一旦离开了家，就很可能对教堂事务漫不经心了，而且我知道大学生在这方面做得太差了，真是罪孽深重啊。我听说许多大学生竟然在礼拜日忙着学习。我希望你没有沉沦到这种地步，安妮。要想想你是如何被抚养成人的。另外，交朋友一定要慎重。你永远都不知道大学里都有些什么样的东西。他们外表可能像绅士一样彬彬有礼，但是内心却贪婪得像匹饿狼，就是这么回事。你最好不要跟不是岛上来的年轻人打交道。

　　我忘了告诉你那天牧师到这里来拜访时发生的事情，那是我见过的最滑稽的事情了。我对玛莉拉说："要是安妮也在家，她一定会大笑一场的，信不信？"就连玛莉拉也笑

---

① 《圣经·列王记下》记载，以利沙施展神力，使斧头从河中漂浮上来。

了。你要知道，这个牧师是个矮胖子，长着两条罗圈腿。嗯，哈里森先生家的那头老猪——就是又高又壮的那头——这天又到绿山墙这边溜达来了，它闯进院子，钻进后门廊，我们一点儿也没有察觉。当它晃到门口时，牧师也正好出现在了那里。那头猪吃了一惊，想夺路而逃，可是摆在它面前的，除了那两条罗圈腿的中间，就没有别的空隙了，所以它就朝两腿中间猛地直冲过去，可是猪太大，而牧师太小了，所以猪一下子把牧师拱了起来，把他驮在背上逃走了。牧师的帽子飞到了这一边，而手杖则甩到了另一边。我和玛莉拉刚好走到门口。他脸上惊恐的神情我永远都忘不了。而那头可怜的猪也吓得半死。以后只要我读到《圣经》中猪疯狂地冲下峭壁、投身大海的那一章节，我眼前就会浮现出哈里森先生的猪驮着牧师冲下山坡的场面来。我猜想这头猪一定认为魔鬼在它背上，而不是在它体内。幸好当时那对双胞胎不在家，不能让他们看到一个牧师如此狼狈不堪，毫无尊严可言。快到小溪的时候，牧师跳了下来，也可能是被摔下来的。那头猪发疯似的蹚过小溪，冲上岸，穿过树林逃走了。我和玛莉拉跑下山坡，扶着牧师站了起来，掸掉他衣服上的泥土。所幸他没有受伤，但是快给气疯了。看起来他认为我和玛莉拉应该对这一切负责，虽然我们告诉他那头猪不是我们的，而且整个夏天我们也被它弄得心烦意乱，但是他依然气冲冲的。再说了，他干吗要从后门进屋呢？你永远不会见到艾伦先生这么做。要找到一个像艾伦先生这样的好牧师恐怕要等上很长时间，而且能否找到还是个未知数。从这以后我们就再也没有见过那头猪的踪影了，并且我相信以后再也见不着它了。

安维利的一切都很平静。绿山墙并没有我想象的那么寂寞。今年冬天我会开始缝制下一条装棉絮的被子。塞拉斯·斯劳尼太太缝了条苹果叶花纹的，很好看。

当我觉得自己需要寻找点儿刺激时，我就会读一读我侄子从波士顿送来的报纸，上面有关于各种谋杀的审判。以前我没有这种习惯，但是读那些审判是件挺有趣的事。美国一定是个糟糕透顶的地方，我希望你永远都不要去那里，安妮。而且现在女孩子满世界游荡也是件可怕的事情，这总让我想起约伯书中四处游荡的撒旦。我想上帝也从来没有这样的想法，让女孩子到处游荡，就是那么回事。

自从你走了以后，戴维的表现很不错。有一天他干了坏事，玛莉拉惩罚他一整天都要穿着朵拉的围裙。他气坏了，结果把朵拉所有的围裙都割破了。因此我打了他的屁股，他又去追赶我养的公鸡，把它活活累死了。

迈克菲逊他们已经搬进我的房子了。迈克菲逊太太是个很出色的女管家，对事情特别挑剔。她把我所有的六月百合连根铲除了，因为她说这些花儿把院子弄得乱糟糟的。那些百合是我们结婚的时候，托马斯亲手种下的。她的丈夫看上去是个好人，但是我看她就是个差点儿嫁不出去的老姑娘，她自己无法面对这样的事实，就是那么回事。

学习别太辛苦了，要记住天气一转凉，就把防寒内衣穿上。玛莉拉很为你担心，但是我告诉她，你比我曾经所想象的还要理智得多，不会出什么乱子。

戴维的信从一开始就在喊冤叫屈。

　　亲爱的安妮，请写信告诉玛莉拉，叫她当我钓鱼的时候，别再把我绑在桥兰（栏）杆上。她这么做，别的男孩子都在嘲笑我。你不在家，这里太冷清了，但是在学校里恨（很）好玩。简·安德鲁斯比你还要凶。昨天晚（晚）上我用一个水手灯笼把林德太太吓坏了。她恨（很）生气。她生气的原因是我追赶她的老公鸡，让它到处转圈圈，最后它倒下来死掉了。我不想让它倒下来死掉的。它怎么会死呢，安妮？我很想知道。林德太太把它扔进了猪圈。她木（本）来可以卖给布莱尔先生的。布莱尔先生现在买好（新鲜的）死公鸡，没（每）只五交（角）钱。我停（听）见林德太太请牧师来为她做祷告。她到底干了多坏的坏事呢，安妮？我很想知道。我有了个风筝，尾巴非常好看，安妮。米尔迪·鲍尔特昨天在学校给我讲了一个恨（很）好的故事。它是正（真）故事。上个星期的一天晚（晚）上，老乔伊·莫赛和里昂在树林里打牌。牌就放在树桩上。一个大个子黑人走过来，他比树都还要高，他是一个人，他抢过牌和树桩，轰的一生（声）就小（消）失了，那生（声）音就像打雷一样。我敢打赌，他们一定下（吓）坏了。米尔迪说那个黑人就是老哈瑞。是不是他呢，安妮？我很想知道。斯潘赛维尔的金博尔先生病得厉害，得去医完（院）。请原谅我，当我问玛莉拉这个医完（院）拼写得队（对）不队（对）时，玛莉拉说他是去疯人完（院），而不是别的医完（院）。他认为自己身体里有条蛇。如果你身体里有条蛇会是什么感觉，安妮？我很想知道。劳伦斯·贝尔太太也生病了。林德太太说这全是因为她对自己的身体想得太多了。

　　"我真不知道，"安妮一边折叠起信纸，一边想着，"林德太太对菲尔这种人会有什么看法呢？"

在公园里

　　"今天下午你们准备怎么消遣啊，姑娘们？"一个星期六下午，菲尔跳进安妮的房间，询问她们。

　　"我们准备到公园里走走。"安妮回答说，"我本来应该待在家里，把衣服缝完的。但是在这样的好天气里，我没法安心做事。空气里有种东西渗入了我的血液，使我的灵魂悸动不已。我的手指会战抖，针脚会缝得歪歪斜斜的，所以打算到公园里去，看看松树，让自己放松放松。"

　　"这个'我们'除了你和普里西拉，还包括其他人吗？"

　　"是的，还包括吉尔伯特和查理。如果能够把你包括在内，我们会很高兴的。"

　　"但是，"菲尔哀怨地说，"如果我跟着一起去，就得当灯泡，这对于我菲利帕·戈顿来说，真是一次全新的体验。"

　　"那好啊，增加点新体验吧。来吧，世上总有些人不得不充当灯泡，你今天将切身体验到这些可怜的灯泡的感受。但是，你的那些受害者们在哪里呢？你可以带一个来呀。"

　　"噢，我对他们厌烦透了，我今天根本不愿意让他们当中的任何一个来打扰我。另外，我感觉有点忧郁——只是淡淡的、很容易排解的那种忧郁，当然还没有严重到眼前一片漆黑。上个星期我给阿勒克和阿隆佐写了信。我把信放进信封里，在上面写上地址，但是我没有封口。那天晚上发生了一件有趣的事情。我的意思是说，阿勒克会觉得这很有趣，而阿隆佐就不会这样认为了。我当时有点匆忙，所以就把给阿勒克的信——我以为是给他的——从信封里抽出来，写下了一行附言，然后急忙赶到邮局去，把两封信寄出去了。今天早上我收到了阿隆佐的回信。姑娘们啊，我把附言写在了给他的信上，他给气坏了。当然啦，他会原谅我的——就算他不原谅，我也满不在乎——可是这事毁坏了我今天的心情。所以，我想到亲爱的你们，想到这里来让自己高兴高兴。等足球赛季开始后，我星期六下午就没有空闲了。我热爱足球。比赛的时候，我要戴上绚丽多彩的帽子，穿上代表雷德蒙学院色彩的条纹毛衣。可以肯定的是，远远看上去，我一定像个活动的理发店招牌。你知不知道，你的吉尔伯特已经当选为新生足球队的队长了？"

"知道，他昨天晚上来告诉我们了。"普里西拉看出安妮有点儿生气，便接口答道，"昨晚他和查理来过这儿。我们事先得知他们要来，于是便辛辛苦苦地把艾达小姐的垫子全都收起来，放在他们看不见或者够不着的地方。而那个带凸绣的最精美的垫子，原来是放在椅子上的，我把它扔在椅子后面那个角落的地板上。我想它在那儿会很安全。可是你相信吗？查理·斯劳尼走到那把椅子旁边，注意到椅子后面的垫子，郑重其事地把它捡起来，放在椅子上，整整一个晚上他都坐在这张垫子上。那张垫子被踩踏得，真叫一个惨啊！今天早上，可怜的艾达小姐依然面带微笑，但是，噢，她的语气里却满带责备，她问我，为什么允

054.

许别人坐在上面？我告诉她我没有那么做——那也是迫不得已的事，斯劳尼家的人就是那样顽固，非要把垫子放在椅子上才能坐，我根本没办法。"

"艾达小姐的垫子让我神经紧张。"安妮说，"上个星期她又做了两张新的，她们生活中的每一寸地方都塞满了垫子，到处都是刺绣品。实在没地方容纳垫子了，她索性就把垫子立着靠在楼梯转角平台的墙上。这些垫子老是翻倒下来，如果我们摸黑上下楼梯，总是会被它们绊倒。上个礼拜日，当戴维斯博士为所有海上冒险的人祈祷时，我一直暗自为房客们祈祷，祈祷他们的房东不再对垫子抱有狂热的爱。好啦，我们准备好了，而且我看到男孩子们正从老约翰大街过来了。你愿意加入我们吗，菲尔？"

"我愿意，如果我能和普里西拉和查理走在一起，灯泡的亮度还是可以忍受的。你的那个吉尔伯特真是太迷人了，安妮，但是他为什么老是和那个金鱼眼在一起呢？"

安妮愣住了。虽然她并不喜欢查理·斯劳尼，但他是安维利镇的人，在她看来，外人没有权利嘲笑他。

"查理和吉尔伯特一直都是好朋友。"安妮冷冷地说，"查理是个好男孩，你不该因为他的眼睛而看不起他。"

"别跟我说这些！他的确是个好男孩！但他上辈子一定干过坏事，这辈子受到上天惩罚，才长了这样一双眼睛。今天下午我和普里西拉要好好戏弄他一番，我们将当面捉弄他，还让他不明真相。"

安妮把这两个家伙称为"堕落的二人组合"，毫无疑问，她们实施了这个可爱的恶作剧。所幸的是，斯劳尼毫无察觉，他竟然觉得自己相当出色，完全配得上这两位漂亮的女同学，尤其是菲利帕·戈顿这位年级美女。她们的恶搞给安妮留下了深刻的印象，让她意识到，有些人往往会过高地估计自己。

在他们身后不远处，吉尔伯特和安妮漫步而行，欣赏着秋日午后的宁静之美，这种美丽驻留在公园的松树下，停留在港湾周围蜿蜒攀爬的公路上。

"这里静谧得就像一篇祷告词，不是吗？"安妮说着，仰头望着明媚的天空，"我多么喜爱这些松树啊！它们似乎深深扎根在历史长河的所有传奇之中。偶尔跑到公园来和它畅谈一番，一定神清气爽。在这里我总是感到心旷神怡。"

吉尔伯特吟诵着诗句：

> 沉浸于高山的幽静，
> 像是承蒙神旨的召唤，
> 所有的烦恼一扫而空，
> 就像松针飘落，狂风漫卷。

他说道："在这些松树面前，我们小小的抱负似乎显得微不足道，不是吗，安妮？"

"我想，当我遭遇到极度的痛苦时，我会到松树林这里来寻求安慰的。"安妮梦幻般地说道。

"我希望你永远不会遭遇到极度的痛苦，安妮。"吉尔伯特说。他无法将身边这位快乐活泼的姑娘同悲伤联系起来。他并没有意识到，那些能够飞越高山之巅的人有时候也会跌入深谷之中，那些能深切地感受到欢乐的人也能敏感地体会到痛苦。

"但是这种遭遇是必然的——只是迟早的事情。"安妮文采飞扬地说，"生活就像是刚举到我嘴边的漂亮酒杯，但是杯中一定盛着苦涩——每一杯都是如此。总有一天，我会尝到自己的那份苦涩。但是，我希望自己能坚强面对，勇敢地接纳它。而且我希望那份苦涩不是源自我的过错。你还记得吗？上个礼拜日晚上，戴维斯博士曾经说过——上帝给我们带来的痛苦会让我们感到愉悦和力量，而我们的愚蠢或是恶行带给自己的痛苦却难以承受。不过，在这样一个美好的下午，我们不应该讨论痛苦，而应该尽情享受生活的乐趣，不是吗？"

"如果我有办法的话，我愿意将一切痛苦驱逐出你的生活，只给你留下幸福和快乐，安妮。"吉尔伯特说，他的话语里暗含着"前途很危险"这种味道。

"你这样想就很不明智了。"安妮急忙辩驳道，"我相信没有一些痛苦和考验，生活就不能走上正确的道路，生活也不完整的——不过，我想很可能是因为生活得太舒适了，我们才会这样来看待痛苦。走吧——他们已经到亭子那边去了，正向我们招手呢。"

他们都在小亭子里坐下来，看着秋季里的落日，有着深红色的火焰，周围镶着淡淡的金边。在他们视野的左边，金斯波特巍然耸立着，城堡的屋顶和尖塔云烟氤氲。右边静静地躺着港湾，处处点染着粉红和金黄的颜色，一直延伸到日落的地方。在他们的正前方，水面波光粼粼，像绸缎般柔顺，闪着银灰色的亮光。在更远处，光秃秃的威廉姆岛在迷雾中若隐若现，就像一只健壮的牛头狗，在守卫着小镇。岛上的灯塔像颗冷酷的星星，从迷雾中透出微微的亮光，与地平线尽头的那一座灯塔遥相呼应。

"你们曾经见过如此浓墨重彩的地方吗？"菲尔问道，"我不是特别喜欢威廉姆岛，就算是喜欢，我也没法去那儿。瞧城堡顶上的那个卫兵，就在那面旗帜下。看上去他就像是从浪漫故事里走出来的，不是吗？"

"说到浪漫故事，"普里西拉说，"我们最近一直在寻找石南花——不过，当然一朵也没有找到。我想，可能是季节太晚了。"

"石南花！"安妮惊讶地说，"石南花不是生长在美国的吗？"

"在整个大陆，只有两个地方长有石南花。"菲尔说，"一个地方是这个花园，另一个是新斯科舍的某个地方，确切的地点我忘了。在某一年，著名的高地军团——黑色警卫团①，曾经来这里扎营。当春天来临，士兵们抖落被褥中间的稻草时，一些石南花种子也就在此扎下了根。"

"噢，多么让人欣喜啊！"安妮着迷地说。

"我们绕道从斯波福特大街回家吧，"吉尔伯特建议说，"我们可以去看看那些'富有的贵族们住过的体面房子'。斯波福特大街是金斯波特最好的住宅区。除非是百万富翁，一般的人是不可能在那里建造房屋的。"

"噢，那就走吧。"菲尔说，"在那儿我想让你看一幢漂亮得迷死人的小房子，安妮。那不是百万富翁建造的，出了公园的第一幢就是它。当斯波福特大街还是一条乡间小路时，那幢房子就已经在那了。它真是天造之物——简直不是搭建出来的！我对街上的那些房子根本不感兴趣，它们都太新了，就像盘子一样光亮照人。但这幢小房子——还有它的名字——如梦如幻，等会

---

① 为18世纪著名的英格兰军团。

儿你自己瞧吧。"

他们走上栽着松树的小山，从公园里就能看到那幢房子。在斯波福特大街的尽头，在与一条平坦的大道交会之处，有一幢白色的小房子，房子两侧栽着松树，松树平伸出手臂，护卫着低矮的房顶。房屋外墙上覆盖着红色和金色的藤蔓，透过藤蔓，绿色的百叶窗依稀可辨。房屋前面是个小小的花园，围着一道低矮的石墙。虽然眼下已是十月了，但是花园中芳香依旧，种满了可爱的花卉和灌木，有甜五月、青莴、柠檬美女樱、香雪球、矮牵牛花、金盏花和菊花，宛如人间天堂。一条用鱼骨形方砖铺成的小路从大门一直延伸到前廊。整个院落像是从遥远的乡村移植到这里来的，它显得超凡脱俗，它的旁边是一座宫殿，其主人是一名烟草大王，相比之下，这座草坪环绕的宫殿就显得矫揉造作，粗俗不堪。正如菲尔所说，这就是天造之物和人造之物的差别。

"这是我见过的最可爱的地方，"安妮惊喜交加，"它使我想起了愉快而有趣的往日生活。它甚至比拉文达小姐的石屋更可爱，更别致。"

"我想让你特别注意的是它的名字。"菲尔说，"看——围着拱门的墙上，用白色的字母写着名字，'派蒂小屋'。这简直迷死人了，对吧？尤其是在这条街上，充斥着'松林山丘'、'榆树坡林'和'香柏农舍'这类的名字，那个名字就别出心裁了。'派蒂小屋'，让你产生无穷无尽的遐想！我爱死它啦。"

"你知道派蒂是谁吗？"普里西拉问。

"我已经打听过了，这个房子的主人是个老姑娘，名叫派蒂·斯波福特。她和她的侄女住在这里，她们大概在这里住了几百年了——也许没这么长的时间，安妮，夸张手法只是诗歌感情的表达方式。我听人说过，那些有钱人多次试图买下这块地——你们知道，现在这块地很值钱的——可是派蒂无论如何也不肯卖出。就在房子后院的后面，还有一个苹果园——如果你们再走过去一点儿就能看到的——那可是斯波福特大街上真正的苹果园呢！"

"今天晚上我会梦到派蒂小屋的。"安妮说，"不知为什么，我感觉自己好像就属于这个地方。我不知道自己有没有机会进屋去看看。"

"这是不可能的。"普里西拉说。

安妮神秘地笑了。

"是的，不可能。但是我相信终将会发生的。我有一种奇怪而可怕的感觉——如果你们愿意，可以把它称作预感——我和派蒂小屋将会相互熟悉起来的。"

又回家啦

刚来雷德蒙的三个星期似乎漫长无边，但是接下来的时间却飞速流逝。雷德蒙的学生还没有回过神来，他们发现自己已经面临圣诞假期前期末考试的痛苦折磨了。不管是一帆风顺，还是磕磕绊绊，大家最终都胜利地过关了。新生年级的桂冠荣誉由安妮、吉尔伯特和菲利帕共同包揽，三人的成绩不分伯仲，菲利帕考得相当棒。查理·斯劳尼总算是有惊无险地通过了，然后他做出一副踌躇满志的样子，好像他的各科成绩都遥遥领先似的。

"明天晚上的这个时候，我就已经在绿山墙了，这真是难以置信啊。"在动身回家前的那个晚上，安妮说，"但是我确实就要回家了。而你，菲尔，你就要回到博林布鲁克去，同阿勒克和阿降佐在一起了。"

"我很渴望见到他们。"菲尔啃着巧克力，承认道，"你知道，他们确实是很可爱的男孩子。这个假期我会无休无止地跳舞、兜风和狂欢。我永远都不会原谅你的，安妮女王，因为你不愿意和我一起回家去度假。"

"你的'永远'只意味着三天时间，菲尔。非常谢谢你邀请我——而且我也希望有一天能去博林布鲁克，但是今年不行的——我必须回家。你不知道我是多么渴望回家去。"

"你不会玩得开心的。"菲尔轻蔑地说，"我猜想，你们那里只有那么一两个缝纫聚会，还有那些无聊的流言蜚语四处流传。你会无聊死的，孩子。"

"在安维利会这样？"安妮觉得她的话有些好笑，不以为然地问道。

"是的。但如果你跟着我回家，你会过得灿烂辉煌的。博林布鲁克将会为你疯狂的，安妮女王——为你的头发、你的举止，还有，噢，你的一切！你是如此的与众不同，你会大获成功——我则沐浴在你折射出的光辉之下——'虽然不是玫瑰，但我甘当绿叶，陪衬着妖艳的玫瑰。'不管怎么说，来吧，安妮。"

"你给我描绘了一幅很诱人的社交成功图，菲尔，但我也要描绘一幅图画，并不比你的逊色。我要回到一个陈旧的乡村农舍去，以前它的外墙是绿色的，而现在已经褪色了。房屋周围是掉光叶子的苹果园。屋前低洼处流淌着一条小溪，远处是十一月的冷杉树林，我曾经在那里倾听着风雨的手指轻轻扫过林间，那是弹奏竖琴的声音。附近还有一个池塘，在眼下这个时节里，它显示出了灰色，一片宁静。屋里住着两位年迈的妇人，一位又高又瘦，一位又矮又胖。那里还有一对双胞胎，一个是乖孩子的典范，另一个人则是林德太太说的'捣蛋鬼'。在走廊尽头的楼上，有一个小小的房间，那里依然萦绕着各种旧日的梦幻，房间里还有一张铺着厚羽绒垫的漂亮大床，在睡过寄宿公寓的床垫后，家里的那张床简直奢华极了。我描绘的图画你喜欢吗，菲尔？"

"看起来有点沉闷无聊啊。"菲尔扮了个鬼脸说道。

"噢，但是我省去了画龙点睛的一笔，"安妮轻柔地说，

"那里还有爱，菲尔——忠诚而温柔的爱，在全世界其他任何地方我都没有找到过这样的爱——那是始终为我守候的爱。这使得我的图画变成了一幅杰作，不是吗？尽管它的颜色并不那么鲜艳。"

菲尔默默地站起来，扔掉手里的那盒巧克力，来到安妮面前，抱住了她。

"安妮，我希望我能像你一样。"她认真地说。

第二天傍晚，戴安娜驾着车在卡莫迪车站迎接安妮，然后她们在宁静而深邃的星空下驱车回家。当车子驶上小路时，绿山墙呈现出一派节日的景象。每扇窗户都闪耀着亮光，光芒投射出来，驱散了黑暗，就像"闹鬼的树林子"里黑色背景下火红的鲜花。在院子里，有一堆篝火在熊熊燃烧，两个快乐的小身影围着篝火手舞足蹈，当马车刚转到白杨树下时，其中一个身影发出了非常怪异的尖叫。

"戴维说那是印第安人在战场上的号叫。"戴安娜说，"这是哈里森先生雇的那个男孩教他的。戴维为了用这个来欢迎你，最近一直在不断练习。林德太太说这叫声已经折磨得她神经衰弱了。你要知道，戴维总是偷偷溜到她背后，然后大喊一声。他还决定烧一堆篝火来迎接你。两个星期前他就堆起了干树枝，还一直缠着玛莉拉，要在点火前泼些汽油。从现在这个气味闻起来，我想玛莉拉终于同意了。不过林德太太直到最后一刻都还在坚持说，如果同意戴维这么干，他一定会把自己和大伙儿一块烧死的。"

说话的这段时间，安妮已经下了车，戴维欣喜若狂地搂着她的双腿，就连朵拉也靠过来拉着她的手。

"这堆篝火是不是很棒呀，安妮？让我给你展示一下，瞧我怎么把火挑旺——看见火花了吗？我是专门为你做的，安妮。因为我很高兴你回来了。"

厨房门打开了，在屋内灯光的映照下，玛莉拉消瘦的身影显得很黑。她倒宁愿在阴影中与安妮会面，因为她害怕自己会因为高兴而哭出来——她，刻板压抑的玛莉拉，怎么能如此不体面地显露出深邃的情感呢？林德太太在她的身后，跟往常一样慈祥、和善、安详。安妮曾告诉过菲尔，在绿山墙里有为她守候的爱，现在这份带着祝福和甜蜜的爱紧紧地拥抱着她，包裹着她。归根结底，没有什么能比得过素日的牵挂、往日的好友，还有古老的绿山墙！当他们在丰盛的晚餐桌旁坐下来时，安妮的双眼闪着光芒，两颊绯红，笑声像银铃一样清脆，她多么激动啊！而且，戴安娜也会留下来过夜的。这多么像旧日可爱的时光呀！还有那印着玫瑰花蕾的餐具，使得整个餐桌熠熠生辉！有玛莉拉在，一切的张罗都让人称心如意。

"我想今晚你和戴安娜会聊个通宵的。"当姑娘们上楼时，玛莉拉取笑她们说。玛莉拉的情感不小心流露后总会用这些语言来掩饰自己。

"正是呀，"安妮欣然认同说，"不过我得先带戴维去睡觉，他坚持要这样。"

"当然啦，"当他们穿过门厅时，戴维说，"我还是需要有人来听我说祷告词，一个人做祷告太不好玩了。"

"你并不是一个人在做祷告，戴维，上帝总是和你在一起，在倾听你的声音。"

"嗯，可是我看不到他呀。"戴维反驳道，"我想对一个我看得见的人说祷告词，但是我不能对林德太太或者玛莉拉说，就是这样的！"

然而，就在戴维穿好他的灰色法兰绒睡衣之后，他似乎并不急于开始祷告。他站在安妮面前，赤裸的双脚慢慢交互滑移着，一副犹豫不决的样子。

　　"来吧，亲爱的，跪下来。"安妮说。

　　戴维走过来，把头埋在安妮的膝盖上，但是他并没有跪下来。

　　"安妮，"他用含混不清的声音说，"我根本不想祷告。这一个星期来我都不想祷告了。我——我昨天和前天晚上都没有做祷告了。"

　　"为什么呢，戴维？"安妮温柔地问道。

　　"如果我告诉了你，你——你该不会气得发疯吧？"戴维哀求道。

　　安妮把这个穿着灰色法兰绒睡衣的小身子抱到自己的膝盖上，将他的头揽入自己的臂弯。

　　"每当你向我说实话时，我'气得发疯'过吗，戴维？"

　　"没——没有，你从来都不生气。但是你会很伤心，这更糟糕。如果我把事情告诉了你，你会非常伤心的——而且你会为我感到羞愧的，我想。"

　　"你是不是又做了什么淘气的事情，戴维，所以才让你不能做祷告了？"

　　"不，我什么淘气的事情都没做——还没有做的。但是我很想做。"

　　"是什么事情呢，戴维？"

　　"我——我想说一个脏字，安妮。"戴维努力挣扎一番，终于大着胆子说了出来，"上个星期的一天，我听见哈里森先生雇的那个男孩子说过那个字，从那以后，我每时每刻都想说出来——就连做祷告的时候也想说。"

"那就说出来吧，戴维。"

戴维很惊讶，扬起烧得绯红的脸蛋：

"但是，安妮，那是个很脏很脏的字。"

"说吧！"

戴维再次疑惑地看了她一眼，然后压低了声音，说出了那个很脏的字。紧接着，他又把脸埋在了安妮的身上。

"噢，安妮，我再也不会说它了——永远不会。我再也不想说了。我知道这个字很脏，但是我没想到它这么——这么……我没想过会是那样的。"

"是的，我相信你再也不想说它了，戴维——再也不会想起它了。如果我是你，我就不会和哈里森先生雇的男孩子混到一起。"

"他能发出很棒的战场号叫呢。"戴维有点遗憾地说。

"但是你跟着他，脑袋里也塞满了脏字，对吧，戴维——那些字会毒害你的头脑，会把那些美好高贵的字词给挤掉的。"

"是的。"戴维眯着眼睛想了一会儿，说道。

"那么你就别和那些说脏话的人在一起玩了。现在你感觉能说祷告词了吗，戴维？"

"噢，是的。"戴维说着，急切地从安妮的怀抱里滑下去，跪在地上，"我现在马上就能说祷告词了。我现在也不会害怕说，'否则就让我死去，再也不会醒过来。'当我想着要说那个脏字时，我很害怕说这句话。"

这天晚上，安妮和戴安娜也许把她们彼此想说的话全都一股脑儿说出来了，不过她们私下的交谈无据可查。早餐的时候，她俩双眸明亮，容光焕发，那副表情就像是经历了纵情狂欢或者是深度忏悔似的。到现在为止，这里还没有下过雪，但是当戴安娜越过古老的木桥，向家里走去时，雪花开始纷纷扬扬飘落下来，洒向苍茫而干枯的田野和森林，洒向沉沉入睡的大地。很快，远处的山坡和小丘披上了一层薄纱，就像是白色的幽灵，变得有些模糊不清。它们仿佛是娇弱苍白的秋姑娘，在头上披了雾一般的新娘面纱，在焦急地等待着她的冬日新郎。终于下了雪，他们总算有了一个白色的圣诞节。在绿山墙的第一天，安妮过得非常愉快。上午收到了拉文达小姐和保罗寄来的信件和礼物，安妮在绿山墙的厨房里拆开来细细地品读着，厨房里弥漫着香味，戴维说这是"漂亮的味道"，他兴奋地闻个不停。

"拉文达小姐和艾伦先生已经在他们的新家安顿下来了。"安妮向大家报告说，"我相信拉文达小姐肯定过得非常快活——我从她来信中就可以看出来。另外这里还有夏洛塔四号的留言，她一点儿也不喜欢波士顿，得了可怕的思乡病。拉文达小姐希望我在家的这些天抽空去一趟回音蜗居，看看垫子湿润发霉没有，并让我生火驱赶走湿气。我想下个星期让戴安娜和我一起过去，我们可以在西奥德拉·迪克斯家过夜。我很想见见西奥德拉。对了，路德维克·斯彼德还总是去看她吗？"

"据说是的，"玛莉拉说，"而且他会继续这么做的。大家已经没有兴趣去猜想他们的关系将如何发展了。"

"如果我是西奥德拉的话，我就会去催催路德维克的，就这么回事。"林德太太说。毫无疑问她肯定会这么做的。

菲尔也写来了一封信，信上是她特有的潦草字迹，满纸说的都是阿勒克和阿隆佐，他们说了什么，他们做了什么，还有他们见到她是什么样的表情。菲尔写道：

但是，到底该嫁给哪一个呢？我仍然下不了决心。真希望你能来替我拿个主意。一定得有人帮我作决定。当我看见阿勒克的时候，我的心猛地一跳，我想，他应该就是最合适的人了。然后，当阿隆佐来时，我的心又用力跳了起来。所以我的心也不能为我指明方向，虽然根据我曾经读过的小说，心应该有这个特异功能的。可是，安妮，你的心只会为真正的白马王子而跳动，对吧？肯定是我的心出了什么重大的毛病。不过我玩得非常开心。我多么希望你也在这儿呀！今天下雪了，我真是高兴坏啦！之前我真担心要过一个绿色的圣诞节，我憎恨绿色的圣诞节。你知道，如果圣诞节是一个脏兮兮的灰绿色玩意儿，就像是一百年前被遗弃的东西，而且还一直被泡在了水里，它就叫作绿色的圣诞节！别问我为什么。正如邓德雷里勋爵所说的那样，"有些事情无人能理解"。

安妮，你有没有经历过这样的情况，当你登上了一辆有轨电车，却发现自己没钱买票？那一天我可真的遇上了。那真是太糟糕啦。在我上车的时候，我清楚记得自己带了一枚五分钱的硬币，我想它是在外套左边的口袋里。等我舒舒服服地坐下以后，我伸手去摸。硬币不在那儿。我打了个冷战。我摸了摸另外的那个口袋。还是没有。我又打了个冷战。然后我摸遍了里面的小口袋，空空如也。我连着打了两个冷战。

我摘下手套，放在椅子上，把所有的口袋又搜了一遍，还是不见踪影。我站起身来，使劲抖动一番，然后在地板上仔细搜寻。车上坐满了人，全是看完歌剧回家的人。他们都瞪着眼睛看我，但我根本没心情去关注这种小事。

可是我仍然找不到我的硬币。我得出了结论，一定是我把它放到了嘴里，一不小心就吞下去了。

我不知道该怎么办了。我担心售票员会不会停下车子，不顾我的屈辱和羞愧，将我赶下车去？有没有可能说服他，让他相信我只是个粗心大意的受害者，而不是个试图撒谎逃票的没有道德廉耻的家伙？我多么希望阿勒克和阿隆佐就在车上啊。但是他们都不在这里，因为我不让他们跟着我。如果我没提出这样的要求，车上会跟来几十个小伙子的。售票员已经走近了，可是我仍然没有想好该怎么对他说。每当我想好了一句解释的话，但马上又觉得没人会相信这话的，我必须另外想一句。看起来我除了相信上帝外，已经无计可施了。而上帝给我的全部安慰就是，我感觉自己很像那个老妇人，当风暴来袭时，船长告诉她只能相信万能的上帝了，她惊叫起来："噢，船长，有那么糟糕吗？"

所有的希望都已经破灭了，售票员已经把盒子伸向了我旁边的乘客，就在认命的那一刹那，我猛然想起自己把那个万恶的硬币放在哪里了。我终究没有把它吞下去。我轻轻地把它从手套的食指里勾出来，塞进了盒子里。我对着每个人微笑，觉得这个世界真是太美好了。

拜访回音蜗居，是这个假期众多愉快出行中最愉快的一次。安妮和戴安娜带着午餐桶，穿过山毛榉树林，踏着旧日的道路来到回音蜗居。自从拉文达小姐举行了婚礼后，这幢石屋就一直紧闭着，现在她们打开了大门，再度让清风和阳光涌进屋来，小小的房间里再次闪耀着火光。拉文达小姐那玫瑰盏中的香气依然弥漫在空气中。拉文达小姐再也不会轻快地走进屋来，棕色的眼睛就像星星一样明亮，闪耀着热情的亮光。扎着蓝色蝴蝶结的夏洛塔四号再也不会咧嘴大笑，从门口蹦蹦跳跳地走进来。那个脑袋里满是各种精灵古怪的保罗，再也不会在这附近闲逛玩耍了，这一切真是难以置信啊。

"我真觉得自己有点儿像幽灵，在月光的映照下重访旧日时光。"安妮笑着说，"让我们出去看看，回音精灵还在不在家。拿上那把旧锡号，它仍然在厨房门的后面。"

回音精灵们都在家。它们飘过白河，依旧像往日那样，声音如银铃般清脆，变幻莫测。当回音不再应答时，姑娘们再次锁上门。冬天落日带来了橘红和橙黄的色彩，在这半个小时的美丽余晖中，姑娘们离开了回音蜗居。

安妮的首位求婚者

旧的一年并没有在橘红与橙黄交织的落日中以及绿色的晨光中悄然离去。恰恰相反，它裹挟着呼啸的狂风而至，咆哮的暴风雪席卷而来。新年到来的那个夜晚，和平常一样，暴风雪席卷过冰冻的草地和黑洞，像迷失的动物一样，围绕屋檐痛苦地呻吟着，驱赶着雪花猛烈地撞击着战抖的窗棂。

"在这样的夜晚，人们喜欢蜷缩在毛毯底下，回忆自己的幸福时光。"安妮对简·安德鲁斯说。简下午来到绿山墙，和安妮度过了整个下午，并且留下来过夜。但是，当她们在安妮门廊尽头小小的房间里，蜷缩在毛毯下面时，简考虑的并不是她自己的幸福。

"安妮，"她非常严肃地说，"我想跟你说件事，可以吗？"

因为安妮昨天晚上参加了鲁比·格丽丝的聚会活动，所以她感到很困倦。她只想早点睡觉，而不是听简讲述私房话，她确信自己会厌烦那些事的。她并没有丝毫的预感，完全不知道简要说些什么。也许是简也订婚了。有谣传说，鲁比·格丽丝和斯潘赛维尔的那位教师订婚了，听说所有的姑娘都被那位教师迷得神魂颠倒。

"过不了多久，我就是我们'旧日四重奏'中，唯一没有品尝过爱情滋味的少女了。"安妮昏昏欲睡地想着，然后大声回答道，"当然可以。"

"安妮，"简更加严肃地说，"你认为我的弟弟比利怎么样？"

听到这个意想不到的问题，安妮惊讶得直喘气，脑海一片混乱，思绪在无助地挣扎着。老天，她认为比利·安德鲁斯怎么样？她从来没有想过关于他的任何事情——那个长着圆脸、显得有些憨、没完没了对人微笑、脾气很好的比利·安德鲁斯。会有人想过比利·安德鲁斯吗？

"我——我不太明白，简，"安妮结结巴巴地说，"你的意思——准确的意思是？"

"你喜欢比利吗？"简直率地问。

"怎么——怎么啦——是的，我喜欢他，当然。"安妮喘着气说道，心里掂量着自己说的是不是真心话。确切地说，她并不讨厌比利。但是，当比利出现在她的视线范围之内时，安妮对他漠然置之，难道这就足以算作是表达喜爱的积极态度吗？简到底想要说什么呢？

"你愿意让他做丈夫吗？"简不动声色地问。

"丈夫！"安妮为了好好思量自己对比利·安德鲁斯的准确态度，她索性从床上坐了起来，而现在她猛然跌落到枕头上，感到完全窒息了，"谁的丈夫？"

"当然是你的，"简回答说，"比利想娶你为妻。他一直都疯狂地迷恋着你——而现在，爸爸把山上的农场已经过继到了他的名下，再也没有什么能阻挡他结婚了。可是他太羞涩了，甚至不敢亲口问你是否愿意嫁给他，所以他让我来问你。我很不愿意做这事，可是他扰得我不得安宁，只好答应他说，在合适的时机问问你。你怎么想呢，安妮？"

这是一个梦吗？是那些曾经做过的一个噩梦吗？在噩梦中，你发现自己与一个你憎恶的、或者是陌生的人订婚了，或者结婚了，而你却根本不明白这究竟是怎么回事。不，她，安妮·雪莉，正躺在自己的床上，头脑清醒，简·安德鲁斯在她身边，正冷静地替自己的弟弟比利求婚呢。安妮不知道自己应该苦恼地翻滚到地上，还是应该高兴地放声大笑，但是她两样都不能做，因为自己绝对不能伤害简的感情。

"我——我不能嫁给比利，你知道的，简。"她试着透了口气，"唉，我从来没这种想法——从来没有的！"

"我想也没有。"简承认说，"比利总是太过羞涩了，不知道要对姑娘们献殷勤。但是，你再好好考虑一下，好吗，安妮？比利是个好小伙。哪怕他不是我兄弟，我也会这么说他的。他没有什么坏毛病，是个干活的好手，他是你值得依靠的人。'一鸟在手胜过二鸟在林。'他让我告诉你，如果你要坚持读书，他愿意等到你读完大学再谈婚论嫁，不过他希望在今年春耕开始前把婚结了。我知道，他对你一直都很好的，另外，你知道，安妮，我希望我们俩成为好姐妹。"

"我不会嫁给比利的。"安妮态度坚决地说，她现在头脑已经完全清醒过来了，她甚至感到有点气恼，这也太荒谬了，"不用再考虑了，简。在这方面，我对他没有任何感情，你必须告诉他这一点。"

"嗯，我也觉得你不会答应的。"简放弃了努力，叹了口气，感觉自己已经尽力了，"我告诉过比利，我认为没必要问你的，可是他坚持让我这么做。那好吧，你已经下定决心了，安妮，希望你不要后悔。"

简的语气非常冷淡。她十分清楚，比利被安妮迷得神魂颠倒，可是他根本没有机会劝说安妮嫁给他。不过，她又有点儿怨恨安妮·雪莉，说到底，她安妮也只是个被人收养的孤儿，在这里无亲无故，竟然拒绝了她的兄弟——安维利镇安德鲁斯家族的成员。"嗯，有时候，骄傲是倒霉的开头。"简愤愤地想。

想到简说过的话，自己居然可能会因为没有嫁给比利·安德鲁斯而感到后悔，安妮在黑暗中无声地笑了。

"希望比利不会为此感到伤心难过。"安妮柔声说道。

简挪动着身子，好像在用力地摆动搁在枕头上的脑袋。

"哦，他不会因为这个而心碎的。在这一点上，比利非常理智。他也很喜欢内蒂·布列维的，而且我妈妈希望比利能娶她，而不是其他人。内蒂是管家的能手，生活非常节俭。我想，只要比利确信你不会嫁给他了，他就会去娶内蒂。请不要把这事告诉别人，好吗，安妮？"

"当然不会的。"安妮说。她根本不愿意出去到处宣扬，说比利·安德鲁斯想娶她，而且，不管怎么说，他更喜欢自己，而不是内蒂·布列维的。内蒂·布列维！

"现在我想我们最好还是睡觉吧。"简提议说。

简很快就轻松入睡了。虽然她在很多方面并不完全像麦克白①，但是她却一样干了蓄意谋杀的事情，她谋杀了安妮的睡眠。

---

① 麦克白，莎士比亚1606年所创作的悲剧《麦克白》中的主人公。

那位被求婚的闺秀一直清醒地躺靠在枕头上，直到天色微明，不过她沉思的事情一点儿也不浪漫。然而，等到第二天早上，她才有机会纵声大笑一场。简在告辞时，声音和举止还透露出一丝冷淡，因为安妮居然如此不识抬举，竟断然拒绝了与安德鲁斯家族联姻的这份荣耀。等简走后，安妮退回到自己的房间，关上房门，最终才放声大笑起来。

"要是能和人分享这个笑话该有多好啊！"她想，"但是我不能这么做。就算没有向简发誓要保守秘密，我也只能告诉戴安娜一个人，但现在我却不能告诉她了。她会把每一件事情都讲给弗雷德听——我知道她老是这么做。唉，生平第一次有人向我求婚了。我想这种事情迟早都会发生的——但是让我始料未及的是，这种事情居然还要通过一个中间人来完成，这真是太有趣啦——但是，不知为什么，我微微有种被刺痛的感觉。"

虽然安妮并没有把这种感觉说清楚，但是她心里非常清楚，这种刺痛感是源自何处。她曾经秘密地幻想，当有人第一次向她提出这个请求时，那会是多么神圣。在那些梦幻中，这一幕总是非常浪漫，非常美丽。"那个人"会是高大帅气的，有着黑色的双眸，外表俊朗，而且他的话语很有感染力。如果他真是白马王子，她会欣喜地回答"我愿意"。如果不是，她则会表示抱歉，回绝的语言很漂亮，但是会让他不再苦苦纠缠她。如果是后一种情形，她的拒绝将表达得非常优雅，那种情形也不逊色。他会亲吻她的手，告诉她，她将是自己永恒的爱人，终生不渝，然后他就离开了。这一幕将成为最美丽动人的回忆，既让人为之骄傲，又带着一丝伤感。

而现在，这本该使人激动的经历变得如此可笑，除了可笑，其他的什么也没有留下。比利·安德鲁斯让他姐姐来替他求婚，原因是他的父亲把山上的那块农场给了他；而且如果安妮不"把他当成丈夫"，就轮到内蒂·布列维了。那就是给你的浪漫，是对你浪漫幻想的报复！安妮放声大笑——然后又叹了口气。在少女时代那小小的梦幻里，一朵鲜花就此凋谢。是不是这种痛苦的经历会持续不断，直到幻想里所有浪漫的事情都变得单调无趣为止呢？

一个不受欢迎的求爱者和
一个受欢迎的朋友

雷德蒙的第二个学期就像第一个学期那样，飞快地就溜走了——"事实上嗖的一声就没影了。"菲尔说。安妮在整个学期充分享受着各方面的乐趣——参加刺激的年级对抗赛，结识有益的新朋友并加深友谊，尝试令人愉快的小小社交活动，为加入的各种社团努力工作，不断开阔视野，提高兴趣。她在学习上非常刻苦，因为她已经下定决心，要赢得英文学科的索伯恩奖学金。如果能赢得这笔奖学金，就意味着下一年她回到雷德蒙上学时，不必动用玛莉拉微薄的积蓄了——安妮决心不去动用那笔钱。

吉尔伯特也在全力以赴争取一项奖学金，但是他仍然能抽出大量时间，频繁拜访圣约翰大街三十八号。无论安妮参加什么校园活动，他都积极地充当安妮的护花使者。安妮也知道，他俩的名字总是成双成对地出现在雷德蒙的谣言中，她对此非常生气，但却又无可奈何。她不能把吉尔伯特这种老朋友撇在一边。如今，吉尔伯特突然变得明智而机警，紧随在她身边，这有助于帮助她对付那些别有用心的雷德蒙小伙子。那些年轻人总是试着对安妮套近乎，恨不能取代吉尔伯特的位置，站到那位苗条的红发姑娘身边，欣赏她那如夜空星星般迷人的灰色眼眸。在菲尔的一年级生活里，那些参加征服菲尔角逐的受害者们，一直都心甘情愿地簇拥在菲尔身边，他们从来不曾留意过安妮。但是，一年级中有一个聪明的瘦高个子，二年级中有一个笑口常开的矮胖子，三年级中有一个博学的高个子，他们都喜欢来拜访圣约翰大街三十八号，在堆满垫子的客厅里，与安妮高谈阔论着"理论"和"主义"，以及其他轻松愉快的话题。虽然吉尔伯特对他们很反感，但是他言行谨慎，再也不敢大胆表白对安妮的爱恋，以免被安妮驱逐出门，给那些人以可乘之机。在安妮面前，他又变成了在安维利读书时的同窗男孩，这样他才拥有自己的立足之地，才有机会给那些已经进入竞争名单的求爱者以迎头重击。平心而论，安妮把吉尔伯特当作亲密无间的好伙伴，她为之非常高兴，她对自己说，很明显，吉尔伯特已经抛弃了那些不理智的念头——不过她花了很长时间，暗自琢磨吉尔伯特态度为什么发生了变化。

在那个冬天，只发生了一起令人不快的事。一天晚上，查理·斯劳尼挺直腰板坐在艾达小姐最心爱的垫子上，问安妮是否愿意"有朝一日成为查理·斯劳尼太太"。在经历了比利·安德鲁斯委托中间人来求婚的经历后，安妮对此并没有感到特别震惊，要不然，她那浪漫的天性必将遭遇严重打击，美好的梦想将再次令人心碎地破灭。不过她还是感到很气恼，因为她觉得自己从来没有给查理任何暗示，鼓励他干出这种事情来。但正如雷切尔·林德太太曾经轻蔑地评论那样，对一个斯劳尼家的人还能有什么期待呢？查理浑身上下流露出来的态度、语气、神态和用语，都散发着斯劳尼家族特有的味道。"他仿佛是在颁发巨大的荣誉证书"——不管那证书究竟是什么。可是安妮对这一荣誉无动于衷，她尽量委婉体贴地拒绝了他的要求——因为即使是斯劳尼家族的人，也不应该过度伤害他们的感情——然后，斯劳尼家族的特性更加显露无遗。很明显，查理并没有如安妮想象的那样，安然成为一个被拒绝的求婚者。相反，他变得非常生气，并形之于色，还气急败坏地说了几句令人反感的话。安妮的怒火也不可遏止地冒了上来，她反唇相讥，只说了几句尖刻的话，就刺穿了斯劳尼家那特有的保护层，直中查理的要害。查理抓起帽子，满脸通红，冲出屋子。安妮则冲上楼梯，中途两次被艾达小姐的垫子绊倒，然后回到房间，扑倒在床，屈辱和愤怒的眼泪夺眶而出。她竟然与一个斯劳尼家的人争吵，这难道不是自取其辱吗？查理·斯劳尼说的那些话，怎么能让她如此生气呢？噢，这才是真正地屈辱——比成为内蒂·布列维的"情敌"更让人难以忍受！

"希望永远也不要见到这个讨厌的家伙了。"她埋在枕头里啜泣着，耿耿于怀地想道。

事实上，安妮无法避免与他见面，但是，愤怒的查理刻意保持着距离，避免走得太近。艾达小姐的垫子从此免遭他的蹂躏。当他在街上，或者在雷德蒙的大厅遇见安妮时，他依旧鞠躬致意，但是态度冷淡到了极点。在那之后，这两位同窗老友的关系始终处于这种紧张状态，一直持续了将近一年的时间！然后，查理将他受伤的情感转移到了另外一个女生身上，那是个圆脸、塌鼻、蓝眼、脸色红润的二年级小个子女生，她珍爱着那份门当户对的感情。从此以后，查理原谅了安妮，并自降身份，以一种施恩者的态度对她客气起来，并试图向安妮表明，安妮失去了很重要的东西。

有一天，安妮激动地冲进普里西拉的房间里。

"你瞧，"她将一封信扔到了普里西拉的面前，叫嚷着说，"是斯特拉的来信——明年她就要来雷德蒙了——你认为她的主意怎么样？我觉得要是能够实现，那简直太棒啦。你觉得我们能够实现吗，普里西拉？"

"最好等我知道那是个什么主意后，我才能告诉你。"普里西拉说。她把拉丁文辞典扔在一边，拿起了斯特拉的信。斯特拉·梅纳德是她们在奎恩学校的一位好友，毕业后一直在学校教书。她在信中写道：

> 但是我打算放弃教书了，亲爱的安妮。我准备明年去上大学。因为我学完了奎恩学校三年的功课，所以能直接从大学二年级开始读。我厌烦了在落后的乡村学校教书，将来我要写篇文章——《乡村女教师的奋斗》，写的是我苦恼的现实生活。人们似乎都一致觉得，我们非常幸运，除了每个季度领取薪水，什么活也不用干。我的文章将披露这个事实，唉，如果哪个星期没人对我说"干着不费力的活儿，却拿着大钱"这种话，我会觉得我应该"最及时地"感谢上帝。"嗯，你挣钱太轻松了。"一些纳税人降贵纡尊地对我说，"你要做的事情不过就是坐在那儿听听课。"当初我还会据理力争，但现在我学聪明了。事实很难更改，但正如某个聪明人评价的那样，事实并不及谬误的一半顽固。所以，我现在只是高傲地笑笑，用沉默来代替争辩。唉，在我的学校里，一共有九个年级，而且我每门课都得教一点儿，小到探

究蚯蚓的内部构造，大到研究太阳系的构造。我最小的学生只有四岁——他妈妈送他到学校来，是为了"别让他在家里挡路"，最大的有二十岁——他"突然醒悟到"上学读书、学习知识，要比耕田轻松多了。我拼命将所有的东西都塞进每天的六个小时中。我想起一个故事，说一个小男孩被迫读人物传记，他抱怨说："我还没有弄懂前面说的是什么，又得去琢磨后面说的玩意儿了。"如果我教的学生们觉得自己就像那个小男孩，我一点儿也不奇怪，我感觉自己也是那样的。

还有我收到的那些信，安妮！汤米的妈妈写信告诉我说，她坚决不让汤米来上算术课了。汤米还在学简单的减法，而约翰尼·约翰逊已经在学分数了，但是约翰尼还不及她的汤米一半聪明，她搞不懂这是为什么。苏西的爸爸想弄明白，为什么苏西写信总有一半的字词会拼写错。还有迪克的姨妈写信说，希望我给迪克换个座位，因为他的同桌布朗是个坏小孩，教他说脏话。

至于钱的方面——唉，我不想提起它了。众位神仙先创造出了这个乡村女教师，然后他们就渴望摧毁她！

好啦，发了一通牢骚，感觉舒服多了。总的来说，我还是很喜欢过去的这两年，但是我要去雷德蒙了。

现在，安妮，我有个小小的计划。你知道我对寄宿公寓是深恶痛绝的。我已经过了四年的寄宿生活，简直厌烦透了，接下来的这三年我再也不想忍受这样的日子。那么，你、我，还有普里西拉，为什么不凑在一起，在金斯波特合租一个小房子，自己独立生活呢？这样比其他任何方式都经济划算。当然我们需要一个人帮着管家，我已经有了个合适的人选。你们曾经听我提起过詹姆西娜姨妈，对吧？虽然她的名字不好听，但她是世上最可爱的姨妈。她没法不可爱！她叫作詹姆西娜，是因为她的父亲叫詹姆斯，这位父亲在她出生前一个月在大海里淹死了。我常叫她詹姆西姨妈。嗯，她唯一的一个女儿前不久结婚了，去了国外的教区。詹姆西娜姨妈一个人住在大房子里，非常孤独。如果我们需要她，她就会来金斯波特为我们管家，而且我知道，你们俩都会喜欢上她的。一想到这个计划我就心潮澎湃，我们将拥有多么美好的独立生活啊。

如果你和普里西拉赞成这个计划，你们就可以在金斯波特四处转转，看看能不能在今年春天找到合适的房子，这对于你们来说难道不是个好主意吗？这比等到秋天再找房子要好得多。如果你们能找到带有家具的房子，那当然再好不过了。但如果没有，我们，再加上一些家里带阁楼的朋友们，就能凑一些家具的。无论如何，你们一旦做出决定，请尽快写信告诉我，好让詹姆西娜姨妈为下一年早作安排。

"这个主意不错。"普里西拉说。

"我也这么认为。"安妮兴致勃勃地说，"当然我们目前的房子挺不错的，但无论如何，寄宿公寓并不等同于家。所以我们要赶在考试来临前，立即着手找房子。"

"要找到真正合适的房子，我觉得太难了。"普里西拉警告说，"别抱太高的期望，安妮。好地段好房子的价钱会远远超出我们的承受能力。我们大概只能寄希望于一幢简陋的小屋子，同街的邻居都是些默默无闻的人，我们只能用室内的生活来弥补户外的活动。"

她们按照计划开始寻找房子。事实证明，要找到完全符合期望的房子实在是太困难了，甚至比普里西拉所想象的还要难。空房子倒是不少，带有家具的，没有家具的；要么太大，要么又太小了；这个太贵，那个离雷德蒙又太远了。考试开始了，很快又结束了，这个学期的最后一个星期到了，而她们那幢被安妮称作"梦中小屋"的房子依然是空中楼阁。

"我看只能放弃了，等到秋天来了再说。"普里西拉疲惫不堪地说。那是四月里明媚的一天，微风习习，天空湛蓝，她们在公园里漫步，港湾柔滑的水面波光粼粼，水面上弥漫着珍珠色的薄雾。"等到了秋天，也许就能找到一间遮风挡雨的棚屋，就算找不到，毕竟还有寄宿公寓可去。"

"不管怎样，现在我不想为这事而烦恼，那会白白糟蹋这么可爱的下午。"安妮说着，兴奋地环顾四周。清冽的空气中隐隐飘荡着松香的香味，天空澄澈湛蓝，天似穹庐。"春天正在我的血液里欢歌，空气中飘浮着四月的诱惑。我看着眼前的景物，心里涌出了各种梦幻，普里西拉，那是因为正吹着西风。我迷恋西风，它歌唱着希望和欢乐，不是吗？东风吹来的时候，我总是想到屋檐上悲伤的雨滴和灰色海岸边忧愁的浪花。将来我老了，东风一定会勾起我的思乡病。"

"当你第一次脱下毛茸茸的冬装，像这样穿着春天的衣服，踏青远足，难道不快乐吗？"普里西拉也笑了起来，"难道你不觉得自己焕然一新了吗？"

"春天里一切都是崭新的，"安妮说，"春天里一切欣欣向荣。每年春天都各不相同，总有一些特有的东西，形成特有的甜美情致。瞧那小池塘边的草多绿呀，还有那柳芽儿多么生机盎然。"

"考试结束了——假期很快就要开始——就在下个星期三。下星期的今天，我们就回家了。"

"我真高兴。"安妮梦幻般地说，"我想做很多事。我想坐在后院走廊的台阶上，感受微风吹过哈里森先生的田地；我想在'闹鬼的树林子'里找寻蕨草，在紫罗兰山谷里采摘紫罗兰。你还记得我们金色的野餐吗，普里西拉？我想聆听青蛙的歌唱，白杨的低语。但我已经学会了同时去爱金斯波特，很高兴秋天又能回到这里。如果没有赢取索伯恩奖学金，我就不准备来了。我不能动用玛莉拉微薄的积蓄。"

"能找到房子就好啦！"普里西拉叹息着说，"看，那边就是金斯波特，安妮——房子，到处都是房子，可没有一幢是属于我们的。"

"别说了，普里西拉，'没发生的总是最好的'。像古罗马人那样，我们会找到房子的，甚至自己会建造一间房子。在这样的一天里，我快乐的词典里没有'失败'这个词语。"

她们在公园里消磨到日落时分，欣赏着春天惊人的奇迹、辉煌和美景。然后，跟往常一样，她们沿着斯波福特大街往回走，这样她们便能开心地欣赏一番派蒂小屋。

"我有一种感应，一件神秘的事即将发生——'从我拇指的刺痛就能预感到'。"当她们走上斜坡时，安妮说，"我有一种童话故事般的美好感觉。哎呀——哎呀——哎呀！普里西拉·格兰特，看那儿，告诉我是不是真的，还是因为我的眼睛花了？"

普里西拉望过去。安妮的手指和眼睛并没有欺骗她。在派蒂小屋的拱门上，挂着一块方正的小招牌，上面写着："出租，配有家具。有意者请入内详谈。"

"普里西拉，"安妮轻声说，"你觉得我们有可能租下派蒂小屋吗？"

"不，不可能。"普里西拉断言说，"这件事来得太巧了，不可能是真的。如今是不会发生童话故事的。我不抱任何希望，安妮。失望会让人难以承受的。我们一定付不起她们要的价钱。请记住，这里是斯波福特大街。"

"无论如何，我们一定要试试看。"安妮坚定地说，"今天太晚了，不方便去拜访，但我们明天会来的。噢，普里西拉，如果我们能得到这个可爱的居所，那就太幸福了！自从我见到它的第一眼起，我就觉得自己的命运会同派蒂小屋联系在一起。"

派蒂小屋

　　第二天傍晚，安妮和普里西拉坚定地走上了鱼骨形方砖铺成的通向小花园的小路。四月的风正在松树林中演奏着圆舞曲，跳跃的知更鸟使得灌木丛充满了生机——它们是些活泼可爱的家伙，体态丰满、个头健硕，在小径上器宇轩昂地迈着大步。姑娘们怯生生地摁响了门铃，一位上了年纪、表情严肃的女仆把她们迎了进去。一进门便是间宽敞的起居室，在欢快跳动的小小炉火旁，坐着两位女士，她们都上了年纪，表情看上去都很严肃。看起来一位在七十岁上下，另一位在五十岁左右，除了这一点，两个人看上去几乎没有任何差别。在金属镜架的眼镜后面，两人都有着超大的蓝色眼睛；两人都戴着软帽，披着灰色的围巾；两人都不紧不慢、不休不止地忙着针线活；两人都不慌不忙地晃着摇椅，看着姑娘们，一言不发；两人的正后方都摆放着一只白色的大瓷狗，绿色的耳朵，浑身遍布着圆圆的绿色斑点。那两只狗立刻吸引了安妮的兴趣，它们看上去就像派蒂小屋中一对孪生的守护神。

　　有好一阵子，没有人开口说话。姑娘们太紧张了，不知道该说些什么，而那两位老妇人和大瓷狗似乎也没有交谈的意向。

安妮环顾着这个房间。多么可爱的房间啊！另一扇门直接通向松树林，知更鸟毫不避生地站在门边的台阶上。地板上铺着手织的圆垫，跟玛莉拉在绿山墙做的一模一样，但这种垫子在别的任何地方，甚至在安维利，都被认为已经过时了。而现在它们居然出现在这斯波福特大街上！擦得锃亮的老式大钟在角落里发出响亮而肃穆的嘀嗒声。壁炉架上方有一个小巧可爱的橱柜，在橱柜玻璃门的后面，古雅的瓷器在闪着微光。墙上挂着古老的相片和黑白半身画像。角落里有一段通向楼上的楼梯，在最低的首个转弯处，有一扇长窗，窗前放着一把舒适诱人的椅子。所有的一切同安妮的想象完全吻合。

这时，沉默已经变得难以忍受了，普里西拉捅了捅安妮，暗示说她必须开口说话了。

"我们——我们——看见了你的那个牌子，说这幢房子要出租。"安妮轻声对着那位最老的妇人小声说。毫无疑问，那位妇人就是派蒂·斯波福特小姐了。

"哦，是的。"派蒂小姐说，"我们本来准备今天把那个牌子摘下来的。"

"那么——那么我们晚了一步，"安妮沮丧地说，"你们已经租给别人了，是吗？"

"不是，而是我们不打算出租了。"

"哦，太遗憾了。"安妮忍不住叫了起来，"我太喜爱这个地方了。我真心希望我们能租下它。"

这时，派蒂小姐放下了针线，摘下眼镜，擦了擦镜片，然后重新戴上，首次以看待人类的眼光打量着安妮。另一位妇人一丝不差地跟着做了一遍，简直像是镜子中的影像。

"你说你喜爱这个地方。"派蒂小姐加重语气说，"是指你真的喜爱它，还是说你只是喜欢它的样子？现在的姑娘们总是喜欢夸大其词，根本没法知道她们真实的意思。在我年轻的时候可不是这样的。在那个时候，姑娘们不会用那种表示'爱母亲'或'爱救世主'的语气说自己'爱大头菜'。"

安妮问心无愧。

"我确实喜爱这个地方。"她轻柔地说，"自从去年秋天我第一次看到它，我就爱上它了。我和两位大学好友想在下一年自己独立生活，不再住寄宿公寓了，所以我们在寻找可供出租的小屋。当我看到这幢房子要出租时，别提有多高兴啊。"

"如果你喜爱这个地方，我就租给你。"派蒂小姐说，"本来我和玛利亚今天决定放弃了，因为前来租房的那些人我们一个也不喜欢。我们不是必须要出租它的。就算不出租，我们也付得起去欧洲的旅费。有租金的话会让我们更宽裕一点儿，但是我不能为了钱，而把我的房子交到那些想租房子的人手中。你和那些人不同。我相信你确实喜爱它，会好好对待它的。那就租给你了。"

"不知道——不知道我们能不能付得起你要的租金。"安妮有些踌躇地说。

派蒂小姐说出了租金额度。安妮和普里西拉面面相觑，普里西拉摇了摇头。

"恐怕我们付不起这么多。"安妮压抑下了自己的失望之情，"你知道，我们只是些女大学生，我们很贫寒。"

"你们认为你们付得起多少呢？"派蒂小姐停下手中的针线活，问道。

安妮说出个数目。派蒂小姐庄重地点了点头。

"那就可以了。我告诉过你,我并不是非要出租不可的。我们并不富有,但是去欧洲的费用已经足够了。我从来没去过欧洲,也从没期待或者是想过要去过那儿。但是我的侄女,玛利亚·斯波福特,就是坐在旁边的那个,热切地想去欧洲走走。唉,你们知道,像玛利亚这样的年轻人是不能独自去进行世界旅行的。"

"是的——我——我想也不能。"安妮含混着说。她看出派蒂小姐非常诚挚,神情严肃认真。

"当然不能,所以我得陪着一起去,好照看她。我也期望旅途愉快。我七十岁了,但并不厌倦生活。我敢说,如果在这之前我能想到这个主意,我早就去欧洲了。我们会在外面待上两年,也许是三年。我们六月动身,到时候会把钥匙留给你们,我们把一切都收拾好,方便你们搬进来,搬来的具体时间你们自己定。我们会带走一些特别珍爱的东西,把其他东西都留下来。"

"你们会把瓷狗留下吗?"安妮怯生生地问道。

"你希望我留下它们吗?"

"噢,的确,是的。它们太可爱了。"

派蒂小姐脸上露出愉快的神情。

"我特别喜爱这两只狗。"她自豪地说,"它们已经有一百多岁了。五十年前,我兄弟亚伦从伦敦把它们带回来,从那以后,它们一直就坐在壁炉的两侧。斯波福特大街是以我兄弟亚伦的名字命名的。"

"他是个大好人。"玛利亚小姐说,这是她首次开口说话,"唉,现在你们找不到他这样的人了。"

"他是你的好叔叔，玛利亚。"派蒂小姐很明显动了感情，"你应该记着他。"

"我会永远纪念着他。"玛利亚小姐庄重地说，"我能看见他，此时此刻他就站在这炉火前，把手放在衣摆下面，正笑吟吟地看着我们呢。"

玛利亚小姐掏出手帕，擦拭着眼睛，不过，派蒂小姐果断地从情感的旋涡中抽身出来，重新回到眼前的事务上来。

"如果你们答应会小心对待这两只狗，那我就把它们留在原处。"她说，"它们名叫戈狗和迈戈狗。戈狗面朝右边，迈戈狗看着左边。还有最后一件事，我想你们不会反对把这屋子叫作'派蒂小屋'，对吧？"

"是的，我们完全不会反对。我们认为这个名字是这屋子最动人的一个方面。"

"我看得出来，你很有判断力。"派蒂小姐说，话语里感到非常满意，"你相信吗？所有那些来租房子的人都在想，他们能不能在居住期间把门上的名字去掉。我态度强硬地告诉他们，名字与房子是不可分割的。自从我兄弟亚伦在遗嘱中把这房子留给了我，它一直就叫作'派蒂小屋'，而且在我和玛利亚的有生之年里，它将始终叫这个名字。在我们死后，下一任房主可以根据自己的喜好，叫什么愚蠢的名字都可以。"派蒂小姐总结说。听她的语气，仿佛在说："在我们死后——那就是世界末日了。"派蒂小姐又说，"现在，在我们双方认定成交前，你们何不在屋子里转转，四处参观一下？"

听了这话，两位姑娘兴奋极了。在宽大的客厅旁边，是厨房和一间小卧室。楼上有三个房间，一个大的，两个小的。安妮特别喜欢其中一个小房间，在那儿能看见屋外的大松树，她希望自己能住在这个房间里。小房间的墙上贴着淡蓝色的墙纸，房间里放着一张小巧的老式梳妆台，上面还带着一个烛台。这里有一扇窗户，上面装着菱形的玻璃，窗户上挂着蓝色的薄纱窗帘，窗帘下面放着一把椅子，那将是学习和梦想的理想王国。

"所有的一切太完美了，我担心一觉醒来，发现这只是夜里短暂的一个梦。"当她们离开小屋时，普里西拉说。

"派蒂小姐和玛利亚小姐可不是梦想出来的人物。"安妮放声大笑，"你能想象她们'世界之旅'的情形吗？尤其是她们还戴着软帽，披着围巾。"

"我想她们在真正旅行的时候，会把那些东西摘下来的。"普里西拉说，"但是我敢肯定，无论她们走到哪儿，都会随身带着针线活，她们根本不可能与之分离开。她们会一边参观威斯敏斯特大教堂①，一边忙着针线活，我对此确信不疑。而在那个期间，安妮，我们则会住在派蒂小屋里——住在斯波福特大街上。我觉得自己现在就像个百万富翁。"

"我觉得自己像一颗欢唱的晨星。"安妮说。

那天晚上，菲利帕·戈顿悄悄溜进了圣约翰大街三十八号，扑倒在安妮的床上。

"姑娘们啊，亲爱的，我累死啦。我觉得自己就像那个没有

---

① 威斯敏斯特大教堂，正式名称为"圣彼得联合教堂"，坐落在英国伦敦议会广场西南侧。它最初由笃信宗教的国王"忏悔者"爱德华一世于1050年下令修建，1065年建成。现存的教堂为1245年亨利三世时重建，以后历代都有增建。威斯敏斯特大教堂既是英国国教的礼拜堂，又是历代国王举行加冕典礼、王室成员举行婚礼的大礼堂，还是一个国葬陵墓。

国家的人——还是那个没有影子的人①？我记不清了。不管怎么说，我一直都在收拾行李。"

"我猜啊，你这么累，是因为拿不定主意先收拾什么，或者是不知道该把行李放在哪里。"普里西拉大笑着说。

"没——错呀。我使出浑身解数才把所有的东西塞进箱子里，并且让房东太太和她的女仆坐在箱子上面，我才把它锁上了。然后我发现自己把告别会上要用的所有东西都塞到了最底层。我只好打开锁，把收拾好的东西全都翻乱了，花了一个小时，我才把要用的东西掏了出来。每抓住一件都好像是我要找的东西，我就使劲把它拽出来，可一看往往不是我想要的。不，安妮，我并没有说脏话呀。"

"我又没有说你啊。"

"嗯，你的表情就是那个意思。但我承认我的思想已经濒临骂人的边缘了，那可会亵渎神灵的呀。我的脑中一片冰凉——除了哼哼、叹气、打喷嚏，我什么也干不成。对于你们来说，这种痛苦是不是很矫情啊？安妮女王，求求你说点什么，让我振作起来吧。"

"想想下星期四晚上，你就会重新回到阿勒克和阿隆佐所在的那片土地了。"安妮提醒她说。

菲尔沮丧地摇了摇头。

"不，你这样说就显得我更矫情了，当我头脑一片冰凉时，我不需要阿勒克和阿隆佐。可是，你们俩到底发生了什么事情

---

① 《没有国家的人》，美国作家爱德华·爱弗雷特·霍尔1863年写作的短篇小说；《没有影子的人》，美国作家菲茨·詹姆斯·奥布莱恩1852年写作的一个幽默故事。

呢？现在仔细想来，你们都好像因为内心的快活而容光焕发。哎呀，你们的确是神采飞扬啊！发生了什么事情？"

"今年冬天，我们就要住进派蒂小屋了。"安妮得意扬扬地说，"请注意，是住进，而不是寄宿！我们租下了小屋，斯特拉·梅纳德要来同住，而她的姨妈则会来帮我们管家。"

菲尔跳了起来，擦了擦鼻子，在安妮面前跪了下来。

"姑娘们——姑娘们……求求你们，收下我吧。噢，我会好好表现的。如果没有我的房间，我可以睡果园那边的小狗屋——我看见过的。只要你们肯收下我，你们说什么都行。"

"起来，你这个小傻瓜。"

"我绝不会起来的，除非你们对我说，这个冬天我能与你们住在一起。"

安妮和普里西拉对视了一眼，然后安妮慢条斯理地说："菲尔，亲爱的，我们很欢迎你来。但是我们最好说清楚。我很穷——普里西拉很穷——斯特拉·梅纳德也很穷——我们的生活将会非常俭朴，吃得也会非常简单。你不得不和我们过一样的日子。而你家境富裕，你寄宿公寓的饮食就能证明这个事实。"

"噢，我何必在意那些呢？"菲尔苦苦哀求道，"与你们这些好朋友一起吃草根，总比孤零零地关在寄宿公寓强得多，关在那儿，就像一头圈养的牛那样惨啊。别以为我是个嘴馋的家伙，姑娘们。如果你们接受我，我很乐意靠面包和清水生活——只要来一点点火腿就行。"

"不仅如此，"安妮继续说，"还有很多活儿要干。斯特拉的姨妈不能把所有的活儿都包揽下来。我们都希望分担一部分家务，而你——"

"——既不会做家务，也不会织布，"菲尔接口说完了安妮的话，"但是我会学着做，你们只要给我示范一次就行。我可以从铺自己的床开始学起。另外，尽管我不会生火，但是我不会发火，这很重要。而且我从来不抱怨天气，这更重要。噢，求你了，求求你啊！我这一生还从来没有这样强烈地渴求过任何东西——而且，这地板太硬了，硌得我生疼。"

"还有最后一件事，"普里西拉坚决地说，"所有雷德蒙的学生都知道，你菲尔几乎每晚都会有拜访者。但是在派蒂小屋，我们不能这样做。我们已经决定了，每个星期里只有星期五晚上，家里才会接待朋友。如果你和我们住在一起，就得遵守这个规矩。"

"嘿，难道你们以为我会在乎吗？哎呀，我高兴还来不及呢。我知道自己本来也应该制定出这样的规矩，但是我没有足够的决心去制定并且执行。能把这个责任推到你们身上，对我来说真是巨大的解脱啊。如果不让我加入你们之中，我会因为失望而死去，然后我的鬼魂将回到这里来，纠缠你们。我会在小屋进门的台阶上驻扎下来，你们进出的时候，我的鬼魂会把你绊倒在地。"

安妮和普里西拉心领神会地交换了眼神。

"好吧，"安妮说，"当然，在没有征求斯特拉的意见之前，我们无法向你保证，但是我想她不会反对的。就我们两人来说，我们完全同意，并热情欢迎你的加入。"

"如果你厌倦了我们俭朴的生活，你可以离开，我们不会提出任何反对意见的。"普里西拉补充道。

菲尔跳了起来，欣喜地拥抱着她们，然后欢天喜地地走了。

"希望一切顺利。"普里西拉清醒地说。

"我们要让这一切顺利起来。"安妮宣布说，"我认为菲尔会很快融入我们'快乐的小家'来。"

"哦，菲尔是个很爱说话的家伙，是个很可爱的伙伴，而且，当然，人越多，我们干瘪的钱包就越轻松。但是与她住在一起，情况会怎么样呢？你得和一个人生活上一年时间，你才会知道可不可以同这个人共同生活。"

"嗯，是的，在这个方面，我们都得接受考验。我们得适当地放弃一些自我，相互包容。虽然菲尔做事有点儿莽撞，但是她并不是自私的人。我相信在派蒂小屋里，我们会过得很开心的。"

生命的轮回

　　安妮赢得了索伯恩奖学金，喜气洋洋地回到了安维利。人们告诉她说，她并没有多大变化。从他们的语气听来，暗示着他们对安妮的表现很吃惊，甚至有些失望。安维利也没有什么变化，至少，第一眼看上去是这样的。但是在回来后的第一个礼拜日，当安妮坐在教堂内那条属于绿山墙的长椅上时，她捕捉到一些细微的变化，她立刻就领会了其中的含义。她意识到，即使是在安维利，时间也并非停滞不前。布道坛上站着一位新牧师。下面的长椅上，有些熟悉的面孔永远地消逝了。老迈的"亚伯老叔"结束了他的预言生涯；彼得·斯劳尼太太发出了最后一声"我希望如此"的叹息；迪摩希·科顿，正如雷切尔·林德太太形容的那样，"在操练了二十年后，终于成功地真正死去了"；年老的乔西亚·斯劳尼躺在棺材里时，没有人能认出他来，因为他的胡子终于被修剪整齐了。现在他们都长眠在教堂后面的小墓地里了。

　　比利·安德鲁斯把内蒂·布列维娶到了手！就在那个礼拜日，他们在公众面前"首次亮相"。比利满怀着骄傲和喜悦之情，容光焕发，神采奕奕。他领着面色红润、衣着光鲜的新娘，在哈蒙·安德鲁斯家的长椅上就座。安妮垂下眼帘，遮住了她闪烁的双眸。她回想起冬天圣诞节那个暴风雪的夜晚，简替比利向她求婚的事。很明显，他并没有因为被拒绝而伤痛欲绝。安妮心里暗自揣摩，不知道是简再次替他向内蒂求婚的，还是他积聚了足够的勇气，自己去问了这个要命的问题呢？安德鲁斯家所有的成员，从坐在长椅上的哈蒙先生到唱诗班的简，似乎都分享着比利的骄傲和喜悦。简已经从安维利学校辞职了，她打算秋天到西部去。

"因为她在安维利没有追求者，就是那么回事。"雷切尔·林德太太不屑地说，"她还说什么'认为到西部去对身体会好些'。我以前从来就没有听说过她的身体有什么问题。"

"简是个好姑娘。"安妮真诚地说，"她从来没有像有些人那样，试图吸引异性的目光。"

"哦，她从来没有追求过男孩子，你说的是这个意思吧。"雷切尔太太说，"但她跟任何人一样，想找个人结婚，就那么回事。西部唯一值得一提的就是男多女少，如果不是这个原因，她怎么愿意去那种被上帝抛弃了的地方呢？别告诉我说不是这么回事！"

但是，那天在教堂里，安妮用惊愕和忧惧的目光凝望着的，并不是简，而是鲁比·格丽丝。鲁比也在唱诗班里，就坐在简的身旁。鲁比遇到什么事情了？她比以前更俊俏了，但是她蓝色的眼睛太过明亮光泽，双颊也露出不自然的潮红，另外，人显得特别消瘦，她拿赞美诗的双手纤弱白皙得几近透明。

"鲁比·格丽丝病了吗？"从教堂回家时，安妮问林德太太。

"鲁比·格丽丝得了急性肺结核，快要死了。"林德太太直截了当地说，"除了她自己和家人，大家都知道这一点。她的家人还不愿意接受这个事实。如果你问他们，他们会说鲁比很好。去年冬天她的肺部充血，就不能再教书了，但她说准备今年秋天再去学校教书，并且已经申请了白沙镇的学校。可怜的姑娘啊，等白沙镇的学校开学的时候，她大概已经躺在坟墓里了，就那么回事。"

安妮听了惊恐不安，一句话也说不出来。鲁比·格丽丝，她旧日的同窗好友，就要死了吗？这怎么可能呢？最近几年来，她们彼此疏远了些，但是同窗少女之间的那份亲密的牵挂依旧存在。这条消息使她再次深深地感受到了那种牵挂，它在用力撕扯着安妮的心灵。鲁比，灿烂、快乐、迷人的鲁比！安妮根本不可能将她与死亡一类的事情联系起来呀。教堂礼拜结束时，她还兴奋诚挚地跟安妮打招呼，并且热情地邀请安妮第二天晚上去拜访她。

"星期二和星期三晚上我不在家。"她兴高采烈地小声说，"星期二卡莫迪镇有个音乐会，而星期三白沙镇有个舞会。赫博·斯宾赛会带我去的，他是我现在的情人。明天你一定要来哦，我渴望跟你好好聊聊，听你说说你在雷德蒙的一切。"

安妮知道鲁比其实是想给自己讲述她近来所有的那些调情的游戏，但是她还是答应了鲁比，戴安娜主动提出陪同她一起去。

第二天晚上，当她们离开绿山墙出发时，戴安娜告诉安妮："很长一段时间来，我都一直想去看看鲁比，但是我真的没办法一个人去。听着鲁比假装自己什么事都没有，像往常一样滔滔不绝地说话，即使有时候她咳得几乎说不出话来，她还在努力地说啊说，那种感觉真是太可怕了。她正在拼命地为赢得生命而战斗，但是听说她根本就没有成功的机会了。"

两个姑娘默默地走在夕阳下红色的小路上。知更鸟在高高的树顶唱着晚日祷告，金色的空气中洋溢着它们欢快的声音。青蛙"呱呱"的叫声从池塘和湿地里传来，在田野间回荡。种子在阳光和雨露的滋润下蠢蠢欲动，新生的覆盆子灌木丛散发出健康清新的香甜。白雾弥漫在寂静的山谷中，紫罗兰宛如闪亮的星星，在小溪两岸闪动着蓝色的光芒。

"多么美丽的落日啊。"戴安娜说，"你看，安妮，那看上去就像是海市蜃楼，不是吗？那底下长长的紫色云层就是海岸，而远处清澈的天空像是金色的大海。"

"以前，保罗在他的作文里描写过月光之舟——你还记得吗？——如果我们能乘上这艘船，那该有多好啊。"安妮梦幻般喃喃自语，激动地说，"戴安娜，你认为在天上我们能找到所有逝去的岁月吗——还有那所有逝去的春天和花季？保罗在那里看见了花园，那会不会是往昔那些为我们盛开的玫瑰呢？"

"别说啦！"戴安娜说，"你让我觉得我们已经都是老妇人了，仿佛生命中只有往昔岁月了。"

"自从听说了可怜的鲁比的遭遇，我几乎一下子觉得我们变苍老了。"安妮说，"如果这是真的，她就要死了，那么其他任何悲惨的事情也都可能随时发生。"

"你不介意在以利沙·莱特家停一会儿，对吧？"戴安娜问道，"妈妈让我把这一小罐果酱送给阿托莎舅婆。"

"阿托莎舅婆是谁？"

"哦，你还没有听说过吗？她是斯潘塞维尔的山姆森·科特斯太太，也就是以利沙·莱特的姨妈。她也是爸爸的舅妈。她丈夫去年冬天去世了，她一个人孤苦伶仃的，很可怜，所以莱特夫妇就接她过来跟他们一起住。妈妈认为应该由我们来照顾她，但是爸爸坚决反对，他不愿意跟阿托莎舅婆住在一起。"

"她有这么可怕吗？"安妮漫不经心地问。

"我们马上就要去拜访她了，在我们逃离那儿之前，也许你就能明白她是什么样的人。"戴安娜意味深长地说，"爸爸说她的脸像把利斧，能把空气劈开。可是她的舌头更加锋利。"

虽然已经很晚了，阿托莎舅婆仍然在莱特家的厨房里切着土豆片。她穿着退了色的旧围裙，灰色的头发凌乱不堪。她不喜欢在"干得正欢"的时候被打扰，所以态度故意显得很敌对。

"哦，那你就是安妮·雪莉啦？"在戴安娜介绍了安妮之后，她说，"我听说过你。"她的语气里暗含着她听说的有关安妮的事没什么好事，"安德鲁斯太太告诉我说，你回家来了，还说你有不少长进呐。"

毫无疑问，阿托莎舅婆认为安妮还有很多地方需要进一步改进。她丝毫没有停顿，反而越发卖力地切着土豆片。

"没必要请你坐下来吧。"她用讽刺的口吻问道，"当然啦，对于你来说，这儿没有什么让你开心的事，其他人都不在家。"

"妈妈让我给你送来这一小罐果酱。"戴安娜客气地说，"这是她今天做的，她觉得你可能会喜欢。"

"哦，谢谢。"阿托莎舅婆干巴巴地说，"我从来不喜欢你妈妈做的果酱——她总是弄得太甜了。不管怎么说，我试着勉强吃一点儿吧，这个春天我的胃口很不好。我的身体很糟糕。"阿托莎舅婆严肃地接着说，"但我还是坚持干活。这儿不欢迎闲人。如果不是太麻烦的话，能不能劳烦你的大驾，把果酱放到贮藏室里去？我急着在今晚把这些土豆切完。我想你们两位大小姐从来不会干这种事情的，你们会担心这种活儿会伤害你们的小手。"

"在我们把农场出租前，我经常切土豆片。"安妮微笑着说。

"我现在都还在干这种活。"戴安娜笑着说，"上星期我切了三天，当然啦，"她以自嘲的口吻补充道，"每天晚上干完以后，我都把手放在柠檬汁里泡一会儿，然后戴上小山羊皮做的手套。"

阿托莎舅婆哼了一声。

"我想你那个办法来自于你读的那些愚蠢的杂志吧。我真弄不懂，你妈怎么会允许你这样做。不过她总是宠着你。乔治娶你妈的时候，我们都认为她并不适合乔治，她不是一个好妻子。"

阿托莎舅婆深深地叹了口气，好像当年一切有关乔治·巴里婚姻的不祥预感全都被她言中了。

"你们要走了，是吗？"姑娘们站起来时，她问道，"嗯，我知道，跟我这种老女人说话，你们会感到很无趣的。真不走运啊，男孩子们正好都不在家。"

"我们要赶着马上去看鲁比·格丽丝。"戴安娜解释说。

"哦，随便什么都能当作借口。当然，"阿托莎舅婆心平气和地说，"匆匆地来，匆匆地走，连一句像样的招呼都没有。这是大学的风气，我想。如果你们聪明的话，就离鲁比·格丽丝远点儿，医生说，肺结核会传染的。自从鲁比去年秋天游手好闲，跑到波士顿去疯玩，我就知道她会得病的。不安心待在家里，迟早会生病。"

"不出去游玩的人同样也会生病，甚至有时候病得不轻会死掉的。"戴安娜认真地说。

"那样的话，他们本身就有毛病。"阿托莎舅婆不遗余力地反驳说，"听说你六月份就要结婚了，戴安娜。"

"这个传言并不是真的。"戴安娜说，她的脸红了。

"嗯，别拖得太久了。"阿托莎舅婆意味深长地说，"你很快就会凋谢——趁现在你还有不错的皮肤和头发，抓紧把事情办了，莱特家的人很容易变心。你得戴顶帽子，雪莉小姐。你鼻子上的雀斑真难看啊。哎呀，你还长着红头发！嗯，我想我们的样子都是上帝造的！替我向玛莉拉·卡斯伯特问好。自从我来到安维利，她就没来看过我，但是我想我不该抱怨，卡斯伯特家的人总是认为自己比这周围的人高人一等。"

"哦，难道她不可怕吗？"当她们逃下小径时，戴安娜气喘吁吁地说。

"她比伊莉莎·安德鲁斯小姐还要可怕。"安妮说，"但是想一想，她一辈子都要顶着'阿托莎'这样的名字生活，这事摊到任何人头上都不会有好脾气的，不是吗？她应该试着想象自己名叫凯迪莉娅，这样她就有一个好心情了。当我小时候不喜欢'安妮'这个名字的时候，我就用这个方法。"

"杰西·派伊老了就会和她一模一样。"戴安娜说，"要知道，杰西的妈妈和阿托莎舅婆是表姐妹。哦，亲爱的，真高兴这个任务总算完成了。她那么恶毒——让一切事物都索然寡味。爸爸讲过一个有关她的非常滑稽的事情。斯潘赛维尔以前有个牧师，为人友善，非常虔诚，不过耳朵不好使，别人交谈时他完全听不见。嗯，那个时候，在礼拜日的晚上他们要举行祷告会，所有到会的人都要站起来，逐一祷告，或者对《圣经》上的章节说些什么。但是一天晚上，阿托莎舅婆猛地站了起来。她既没有祷告，也没有发言，而是把教堂里的人狠狠地点名批评了一顿。她直呼他们的名字，控诉他们以前的所作所为，把过去十年中所有的争吵和谣言全都翻出来。最后她总结说，她讨厌斯潘赛维尔教堂，再也不想走进这黑暗的大门，诅咒这里将接受一场可怕的审判，然后她气呼呼地坐了下来。那个牧师根本没有听见她说什么，见她坐下来，马上用最虔诚的声音评论说：'阿门！主赞同我们亲爱的姊妹的祷告！'你应该来听我爸爸讲述这个故事。"

"说到故事，戴安娜，"安妮以满怀信心的语调，郑重其事地说，"你知道吗？最近我在琢磨，我能不能写一篇短篇小说——一个能够发表的不错的故事。"

"啊，你当然能啊。"戴安娜听说了这个令人震惊的想法，欢欣鼓舞地说，"几年前，在我们那个故事俱乐部里，你总能编出引人入胜的故事。"

"嗯，我不是指那种故事。"安妮笑着说，"最近我一直在构思，但是我几乎有点儿害怕尝试，因为如果失败就太丢人现眼了。"

"我听普里西拉曾经说过，摩根太太所有早期的小说都遭到了出版商的拒绝。但是我相信你不会的，安妮，因为现在的编辑应该更有判断力。"

"玛格丽特·伯顿，雷德蒙一个三年级的女学生，去年冬天写了篇小说，在《加拿大妇女》杂志上发表了。我真的觉得自己能写一篇毫不逊色的文章出来。"

"你打算在《加拿大妇女》上发表吗？"

"我想先试着投给一些较大的杂志。这全都取决于我写一个什么样的故事。"

"故事的内容是什么呢？"

"我还不清楚。我想好好安排情节。要从编辑的角度来看，我想这是非常重要的。现在我唯一确定下来的是女主角的名字，她叫埃弗里尔·里斯特,这名字很漂亮,你认为呢?不要向其他人提起这事,戴安娜。我只告诉了你和哈里森先生。他不是非常支持——他说现在已经有太多的文字垃圾了,还说他本来期望我在读了一年大学之后,会做些更有益的事情呢。"

"哈里森先生对这种事知道些什么呢!"戴安娜不屑地说。

她们来到格丽丝家,她们发现她家里灯火通明,高朋满座,洋溢着热烈欢乐的气氛。来自斯潘赛维尔的雷奥拉德·金博尔和来自卡莫迪的摩根·贝尔正隔着客厅相互瞪着眼睛。还有几个顺道而来的姑娘。鲁比穿着一身雪白的衣服,眼眸明亮,双颊光泽亮丽。她一个劲儿地笑着,说着闲话。在其他的姑娘告别离开后,鲁比领着安妮上楼去,让她看看自己崭新的夏季衣服。

"我还有一件蓝色的绸质衣服,但是夏天穿稍微厚了点。我想还是留到秋天再说吧。你知道,我准备去白沙镇教书。你觉得我的帽子怎么样?昨天你在教堂戴的那顶帽子颜色真的太暗了。我喜欢亮一些的颜色。你注意到楼下那两个滑稽的男孩没有?他们同时来到这儿,双方较着劲,看谁比谁坐得久。你知道,我对他们中任何一个都不感兴趣。赫博·斯宾赛才是我喜欢的人。有时候,我觉得他真的就是我的白马王子。去年圣诞节那天,我觉得斯潘赛维尔的那个教师是我的合适人选,但是我听说了一些关于他的事情后,便对他产生了反感。我拒绝他时,他差点儿疯掉了。我真希望今晚这两个男孩没有来。我很想和你好好聊聊,安妮,告诉你许许多多的事情。你和我一直都是好朋友,对吗?"

鲁比浅浅地笑了,伸手揽住了安妮的腰。她们的目光在那一瞬间相遇了。在鲁比明亮的眼眸后面,安妮看到了一些东西,这使她的心隐隐作痛。

"经常来看我，好吗，安妮？"鲁比轻声耳语，"就你一个人来——我需要你。"

　　"你感觉好些了吗，鲁比？"

　　"我！哎呀，我感觉棒极了，从来没像现在这样感觉良好啊。当然，去年冬天生了那场病后，我的体质稍微有点儿下降。但是只要看看我的气色，就知道我的身体很不错，我确信自己看上去一点儿也不像个病人。"

　　鲁比的声音尖锐刺耳。她怨恨似的抽回手臂，跑下楼去。在那里，她比以前显得更加快乐，似乎完全沉浸在捉弄那两个追求者的乐趣中。戴安娜和安妮被晾在一边，形同陌生人，只好告辞回家了。

《埃弗里尔的救赎》

"你在出神地想什么呢，安妮？"

一天傍晚，两个姑娘沿着一个美丽的溪谷漫步。蕨草在水中点头微笑，小草一片嫩绿，野桃子外面裹着一层毛茸茸的白毛，散发出诱人的香味。

安妮幸福地感叹着，从她的梦幻中回过神来。

"我在构思我的故事，戴安娜。"

"噢，你真的已经开始动笔写了？"戴安娜立刻精神抖擞，兴奋地惊叫起来。

"是的，我只写了几页，但是已经有了一个非常漂亮的整体构思。我花了很长时间，才找到了一个合适的情节。脑海中自动冒出来的那些情节，对于一个叫埃弗里尔的姑娘来说是完全不合适的。"

"能不能给她换一个名字呢？"

"不，这是不可能的。我曾经试过，但是我做不到，就像我不能更换你的名字一样。埃弗里尔对于我来说是那么的真实，不管我给她换上什么名字，我始终觉得这些名字背后依然还是埃弗里尔。不过，最终我找到了适合她的情节，然后给全部的人物命名，那真是激动人心的时刻呀。你完全不了解那是一个多么美妙的时刻。我躺在床上，整晚都在琢磨那些名字。男主角的名字叫波西瓦尔·达伦珀。"

"所有人物的名字都确定了吗？"戴安娜满怀希望地问，"如果还有没命名的，能不能让我来给他命名，哪怕只是一个毫不起眼的角色。这样让我也觉得自己参与了故事的创作。"

"你可以为里斯特家雇用的小男孩取名字。"安妮妥协了，"他不是很重要，他是唯一没有名字的角色了。"

"就叫他雷蒙德·斐茨奥斯伯恩吧。"戴安娜建议说。她的脑海里积存着不少这样的名字。她、安妮、简·安德鲁斯和鲁比·格丽丝在中学时期成立了故事俱乐部，那些记忆中的名字就是这个俱乐部的产物。

安妮疑虑地摇摇头。

"对于一个干杂务的男孩来说，这个名字恐怕太富有贵族气派了，戴安娜。我无法想象一个叫斐茨奥斯伯恩的人去喂猪劈柴，你能想象出来吗？"

戴安娜不明白这是为什么，即使她富有想象力，也想不到这深层的含义，不过安妮就能想得如此透彻。这个干杂务的小男孩最终被命名为罗伯特·雷伊，在某些场合可以叫他博比。

"你估计大概能得到多少稿酬？"戴安娜问。

但是安妮根本没有考虑过这个问题。她追求的是名声，而不是肮脏的金钱，她的文学梦不容金钱的玷污。

"你会让我读这个故事，对吧？"戴安娜恳求道。

"等我写完后，我会读给你和哈里森先生听听。我希望你能给予最严厉的批判。别的人只能等到印刷出来后才能读到它。"

"你打算怎么结尾——是喜剧还是悲剧？"

"我还不能确定。我喜欢悲剧的结局，那样才会更加浪漫。但是我知道编辑对悲惨结局是抱有偏见的。我听汉密尔顿教授曾经说过，除非是天才，一般人不要尝试写悲剧性结尾。而我，"安妮谦逊地总结说，"我绝不是一个天才。"

"噢，我最喜欢快乐的结局。你最好让男女主人公有情人终成眷属。"戴安娜说。自从她和弗雷德订了婚后，她就觉得每个故事都该有圆满的结局。

"但是你喜欢让你感动得流泪的故事，对吧？"

"噢，是的。那是我希望在故事的中间部分让我感动流泪。但是我喜欢在最后让一切都圆圆满满。"

"我一定要在故事里安排悲剧性的一幕。"安妮沉思着说，"我可以让罗伯特·雷伊在一场意外事故中受伤，并且痛苦地死去。"

"不，你不能杀死博比。"戴安娜大笑着声明，"他是属于我的，我想让他活着，而且要越过越好。如果你一定要有死亡的情节，那就把别的什么人杀掉好啦。"

在之后的两个星期里，安妮沉浸在她的文学创作中。她随着故事里人物的心绪变化，时而痛苦，时而快活。她会因为一个巧妙的情节而欣喜若狂，会因为某个反面人物干了坏事而心灰意冷。戴安娜对此完全无法理解。

"让他们照你设想的去行动就是了。"她说。

"我做不到。"安妮呻吟着说，"埃弗里尔是个难以控制的女主角，她会违背我的设想去做一些事，说一些话。而这样就毁掉了以前安排的一切情节，我不得不推倒重写。"

然而，这个故事最终大功告成。在走廊山墙的遮蔽下，安妮把故事读给戴安娜听。她在不牺牲罗伯特·雷伊的前提下，成功地实现了她"悲剧性的一幕"。她一边读着故事，一边留意戴安娜的反应。戴安娜有时候情绪激昂，有时候发出一声惊叹。不过，当听到结局时，她看上去却有点儿失望。

　　"你为什么要让莫瑞斯·雷诺克斯死掉呢？"她责备地问。

　　"他是个坏蛋。"安妮辩解说，"他必须受到惩罚。"

　　"在所有的人物当中，我最喜欢他了。"戴安娜不可理喻地说道。

　　"嗯，反正他死掉了，不可能死而复生。"安妮有些恼怒，"如果我让他活着，他会继续迫害埃弗里尔和波西瓦尔的。"

　　"不错——除非你让他改过自新。"

　　"那就没有浪漫色彩了，而且，那样会使故事变得很冗长。"

　　"嗯，不管怎样，这是个非常漂亮的故事，安妮。它会让你名声大振的，我坚信这一点。故事题目想好了吗？"

　　"噢，我早就想好了，叫作"埃弗里尔的救赎"。听上去很美，而且很有文学色彩，对吧？现在，戴安娜，请坦白地告诉我，你在故事中发现了什么问题了吗？"

　　"嗯，"戴安娜犹豫着说，"就是埃弗里尔做蛋糕的那一部分，看起来不怎么浪漫，跟其他部分不太相称。这种活儿谁都会做。女主角不应该下厨房，我觉得。"

　　"哎呀，那正是幽默之所在，它是整篇故事最好的段落之一。"安妮说。可以公正地说，在这一点上，安妮是非常正确的。

　　戴安娜于是谨慎起来，避免再发表任何批评性的言论。但是，哈里森先生可不是那么好对付的。他首先告诉安妮，故事里描述性的东西太多了。

"把所有那些花里胡哨的段落通通砍掉。"他无情地说。

虽然他的话听起来让人很不舒服，但安妮不得不承认哈里森先生是对的。为了取悦苛刻的哈里森先生，她重写了三次，逼着自己删掉了大部分她最喜爱的描述性段落。

"除了日落那一幕，其余所有的景物描写都删掉了。"她最后说，"我就是没办法删掉这一幕，那是我写得最好的段落。"

"它跟故事本身没有任何关系。"哈里森先生说，"你不该在刻画有钱的城里人时，在中间插上这么一幕。关于这些有钱人，你对他们有多少了解呢？为什么不把场景就设定在安维利呢——当然，要改改名字，否则雷切尔·林德太太也许会觉得自己就是那个女主角。"

"噢，那可绝对不行。"安妮辩解说，"安维利是世界上最可爱的地方，但是要作为故事的场景，它不够浪漫。"

"我敢说，在安维利有很多的浪漫故事——也有很多悲剧。"哈里森先生严肃地说，"而你笔下的家伙根本不像是真实的人。他们话说得太多，语言也太过夸张。有一处，那个叫达伦珀的家伙整整说了两页，甚至根本不让姑娘插一句嘴。如果在现实生活里他这么干，姑娘早就把他甩了。"

"我不相信。"安妮断然否决。她内心深处觉得，埃弗里尔听到的是诗一般的动人表白，这完全能俘获少女的芳心。再说了，埃弗里尔，这位女王般尊贵的埃弗里尔要说出把什么人给"甩了"这类的话，那真是太可怕了。埃弗里尔只能是"拒绝了她的求爱者"。

"而且，"毫不留情的哈里森先生接着说，"我没有搞懂，莫瑞斯·雷诺克斯为什么没有娶到埃弗里尔呢？他远胜过其他任何男人。他干尽了坏事，那是他敢作敢为的表现。波西瓦尔除了哼哼几声，就没干过别的事情。"

"哼哼"，这比"甩"更糟糕。

"莫瑞斯·雷诺克斯是个坏蛋。"安妮愤怒地说，"我不明白为什么每个人都喜欢他，而不喜欢波西瓦尔。"

"波西瓦尔太好了，好得让人讨厌。下次写男主角的时候，要在他身上保留点儿人性的情趣。"

"埃弗里尔不能嫁给莫瑞斯，他是个坏蛋。"

"她能改造莫瑞斯。女人能改造男人，当然，她改造不了水母。你的故事不坏——我得承认，它挺有意思的。但是你太年轻，写不出很有价值的东西。再等个十年吧。"

安妮下定决心，下次写出的东西再也不要请任何人来批评指正了。这样太打击她了。她不打算把故事念给吉尔伯特听，虽然她跟吉尔伯特讲过这件事。

"一旦成功，印刷出来后你就能读到，吉尔伯特，但如果失败了，任何人都不会再见到它。"

玛莉拉对这一尝试毫不知情。安妮想象着自己正给玛莉拉读着杂志上的一篇文章，并骗得了她的赞扬——在想象中，一切都可能发生——然后就满面春风地宣布她就是该文的作者。

"初生牛犊不怕虎"，一天，安妮信心百倍，拿着一只长长的大信封去了邮局，把稿子投给所有杂志中最具影响力的一家。戴安娜和安妮本人一样激动不已。

"你觉得多长时间会收到回信？"她问道。

"应该不会超过两个星期。噢，如果故事被采用了，我会是多么快乐，多么自豪啊！"

"当然会被采用，他们还可能邀请你再多投些稿子呢。将来有一天，你会和摩根太太一样声名远扬。安妮，到那时候，我会因为认识你而感到无比荣耀。"戴安娜说。戴安娜总是能真诚无私地赞美朋友的天赋和美丽，这是她身上最明显的优点之一。

接下来的一个星期里，她们乐滋滋的，沉浸在梦想即将实现的幸福中，然而，没过多久，美梦就破灭了。一天晚上，戴安娜发现安妮坐在走廊的山墙旁，表情有些失落，桌上躺着一只长信封和一张揉皱的信笺。

"安妮，该不会是你的故事被退回来了吧？"戴安娜难以置信地叫起来。

"是的，退回来了。"安妮简短地回答说。

"唉，那编辑一定是疯了，他说什么理由没有？"

"根本没有理由，只有一张打印的小纸条，说文章不合适。"

"不管怎么说，我都一直瞧不上那家杂志。"戴安娜情绪激动地说，"它上面登的故事远远不及《加拿大妇女》上的有趣，虽然它还贵得多。我猜那编辑一定对美国佬以外的人都抱有偏见。别灰心，安妮。想想吧，摩根太太的小说也曾被退回来过呢。把你的稿子投给《加拿大妇女》吧。"

"我会再试试的，"安妮重新拾起信心，说，"如果能刊登上去，我会把发表的文章勾画出来，给那个美国编辑寄一份让他瞧瞧。但是我要把落日那一段删掉。我相信哈里森先生批评的是对的。"

落日的描写被删掉了。可尽管她狠下心来做出了如此无情地割舍，但是《加拿大妇女》的编辑还是把《埃弗里尔的救赎》退了回来。愤慨的安妮宣称他们根本就没看文章，并且发誓要立即终止订阅这本杂志。安妮感到了无比的绝望，冷静地接受了第二次退稿。她把稿子锁进阁楼上的箱子里。那箱子里长眠着当年故事俱乐部的所有作品。但在这之前，在戴安娜再三恳求下，安妮给了她一份誊抄稿。

"这是我文学梦的终结。"安妮苦涩地说。

她再也没跟哈里森先生谈起这件事。但一天傍晚，哈里森先生直截了当地问她，她的故事是否刊登出来了。

"没有，编辑不认可。"她简单地回答。

哈里森先生瞥了一眼身边这张优雅的侧脸，发现她的脸上露出了惭愧之情。

"嗯，我觉得你应该继续写下去。"他鼓励她说。

"不，我再也不会试着写这种东西了。"安妮宣布说，这是个无望的终结，因为文学之门在这位十九岁的姑娘面前已经关闭了。

"换作是我，我决不会放弃。"哈里森先生沉思着说，"我会时不时写上一篇，但是不会用它们去纠缠编辑们。我会写自己熟悉的人和地方，让我的人物像平常一样说话，我会让太阳跟平时一样静静地升起又落下，不会对它小题大做。如果一定要写坏蛋，我会给他们一次改过自新的机会，安妮——我会给他们一次机会。世界上确实有些穷凶极恶的坏人，我不否认，但是得过很久才能遇上一个——不过林德太太认为我们个个都是坏蛋。但是大多数人心中都会有那么一点儿善良的地方。接着写吧，安妮。"

"不，我以前的尝试很愚蠢。等从雷德蒙毕业后，我要致力于教书。我会教书，但不会写小说。"

"从雷德蒙毕业，你就该找个丈夫了。"哈里森先生说，

"我不相信你能一直拖着不结婚——就像我这样。"

安妮站起身来，大步流星地朝家里走去。有时候哈里森先生真的就是这么令人难以容忍。"甩"、"哼哼"，还有"找一个丈夫"，噢!

堕落之路

　　戴维和朵拉准备去主日学校。他们要单独前去，这可不是常有的事情。因为林德太太去主日学校总是风雨无阻。但是这次她扭了脚，走路一瘸一拐，不得不待在家里。安妮前一个晚上去了卡莫迪，与那里的朋友共度周末，而玛莉拉的头疼又一次发作了。于是，整个家庭就只有这对双胞胎结伴而行去教堂了。

　　戴维慢吞吞地走下楼来。朵拉正在大厅里等着他，林德太太已经帮她打扮好了。戴维自己做好了准备。他口袋里揣着两枚硬币，一枚是准备捐给主日学校的一分硬币，一枚是要捐给教堂的五分硬币。他一手拿着《圣经》，一手拿着主日学校的季刊，上个礼拜天的下午，他一直待在林德太太的厨房里，在林德太太督促下，刻苦学习，把功课、圣经金句和教义问答背得滚瓜烂熟。按理说，经过此番学习，戴维应该表现得更加温顺平和，可是事实上，他虽然手拿经文和教义手册，内心却像一匹饿狼般躁动不安。

　　他与朵拉会合时，林德太太跛着脚，从厨房里跳出来。

　　"你收拾干净了吗？"林德太太严厉地问道。

　　"是的——我浑身上下都说明了这一点。"戴维回答说，挑衅地皱了皱眉头。

林德太太叹了口气。她很怀疑戴维的脖子和耳朵已经洗干净了。但是她知道如果要试图去亲自检查，戴维会拔腿就逃，而今天她无论如何也追不上他的。

"好吧，你们一定要乖乖的。"她警告他们说，"别走到路上的灰尘里去；别在门廊里逗留，别和那些孩子吹牛聊天；别在位子上乱动，屁股扭来扭去；别忘记了圣经金句；别把你要捐助的钱弄丢了，别忘了把钱放进箱子里去；别在祷告的时候说悄悄话，还有别忘了专心听布道。"

戴维没有任何回应，大步流星走下小路，温顺的朵拉跟在他的身后。戴维躁动的灵魂一直在体内不安地跳动。自从林德太太来到绿山墙，戴维在她的口舌和双手下受到了——或者是自认为遭受了——不少折磨。因为林德太太只要同别人生活在一起，不管对方是九岁还是九十岁，她都会试图矫正对方的言行举止。就在前一天下午，她横加干涉，说服玛莉拉不让戴维和迪摩希·科顿家的孩子去钓鱼。戴维现在对此依然愤愤不平。

一走出小路，戴维就停下脚步。他使劲扭曲着自己的脸，做出一副怪异骇人的表情。虽然朵拉知道他有这方面的天赋，却不得不为他捏一把汗，担心他无法让脸重新恢复正常。

"她真该死。"戴维迸出这句话。

"噢，戴维，别说脏话。"朵拉惊慌失措，吓得直喘气。

"'该死'不是脏话——不是真正的脏话。而且就算是，我也不在乎。"戴维气急败坏地反驳说。

"好吧，就算你一定要说脏话，也不能在礼拜日说。"朵拉哀求道。

虽然戴维没有感到一点儿悔恨，可是他心里也觉得自己做得有点过分了。

"我要自己发明一句骂人的话。"他宣布说。

"如果你要这样做，上帝会惩罚你的。"朵拉认真地说。

"那么，我认为上帝是个吝啬的老流氓。"戴维反驳说，"难道他不知道，一个人必须得有一些发泄感情的方式吗？"

"戴维！！！"朵拉说。她以为戴维会当场被雷劈死。但是什么也没有发生。

"不管怎么说，我再也不打算忍受林德太太的控制了。"戴维急促地说，"安妮和玛莉拉也许还有资格管我，但她没有。凡是她不让我做的事情，我偏要做做。你等着瞧吧。"

在可怕的死寂中，朵拉恐惧地看着戴维跨过路边的绿草，踏进深及脚踝的粉尘里。连续四个星期没有下雨，路面上尘土滚滚。戴维在尘土中前进，满怀恶意地迈开大步，把自己包裹在弥漫开来的灰尘之中。

"这只是个开始，"他得意扬扬地宣布说，"我要在门廊那里逗留一会儿，只要那儿有人，我就会尽量和他们说话，我还要乱动，扭来扭去，说悄悄话，我会说不知道圣经金句，现在我就要把准备捐助的两个硬币扔掉。"

于是戴维快活地将一分硬币和五分硬币用力扔向巴里先生家的篱笆。

"是撒旦让你这么做的。"朵拉责怪说。

"不关他的事，"戴维愤怒地叫嚷道，"是我自己想出来的。我还想出了别的点子。我索性不去主日学校和教堂了。我要去和科顿家的孩子玩，昨天他们告诉我他们今天不用去主日学校，因为他们的妈妈不在家，没有人逼他们去。我们一块儿去吧，朵拉，我们玩个痛快。"

"我不想去。"朵拉抗议说。

"你必须去。"戴维说，"如果你不跟来，我就告诉玛莉拉，说弗兰克·贝尔上星期一在学校亲吻了你。"

"当时我没有办法呀。我不知道他会这么做。"朵拉叫喊道，小脸涨得通红。

"嗯，你并没有打他一耳光，或者是表现出一点儿气恼的样子。"戴维反驳说，"如果你不来，我就把这件事告诉玛莉拉。我们抄近路，穿过这片地。"

"我害怕那些牛。"可怜的朵拉抗议说。她想以此为借口脱身。

"想想，你竟然被那些牛吓着了。"戴维轻蔑地说，"哎呀，它们的年龄比你还小呢。"

"它们的个头比我大。"朵拉说。

"它们不会伤害你的，跟着来吧，快点儿。这太棒了。我长大以后，根本不用操心上什么天堂，我相信靠自己的能力就能上天堂。"

"如果你不遵守礼拜日的规矩，就会去另一个地方。"闷闷不乐的朵拉说。她违背了自己的意愿，十分不快地跟在戴维身后。

但是戴维无所畏惧——至少现在是这样的。地狱还很遥远。如今，快乐唾手可得，他可以与科顿家的孩子们一起去钓鱼探险。他希望朵拉勇敢一些，而朵拉则一路不停地回头看，好像随时都会失声痛哭，这影响了戴维这个男子汉寻找快乐的乐趣。不管怎么说，女孩子真是讨厌极了。不过，这一次戴维没有脱口而出，说一声"该死"，甚至连说句话的念头也没有。当然，他一点儿也不觉得遗憾——至少现在是这样——今天他已经说过一次了，而且他想在一天的时间里，他最好不要频频去触碰那条底线，因为那条底线有着不可知的力量。

科顿家小一些的孩子正在后院玩耍，他们看到戴维的出现，欢声大叫，欢迎他的到来。彼得、汤米、阿道福斯和米拉贝尔·科顿正在自个儿玩。他们的妈妈和姐姐们都出门去了。朵拉很庆幸至少有米拉贝尔在。她原本担心只有自己一个女孩子待在这群男孩子中间玩。可米拉贝尔几乎跟男孩子一样坏——被太阳晒得黑黝黝的，做事鲁莽，吵吵嚷嚷。不过，还好，至少她穿着裙子。

"我们来这儿是想去钓鱼。"戴维宣布说。

"哇！"科顿家的孩子欢呼起来。他们马上跑去挖蚯蚓，米拉贝尔拿着个锡罐，冲在了最前面。朵拉真想坐下来，大哭一场。哦，要是那个可恨的弗兰克·贝尔从来没有亲过她，那该多好啊！那样她就能拒绝戴维，然后去心爱的主日学校了。

当然，他们不敢去池塘那边钓鱼，在那里可能会被去教堂的人看见。他们只好来到科顿家房子后面树林里的小溪边。那条小溪里有很多鲑鱼，那天上午他们玩得高兴极了——至少，毫无疑问，科顿家的孩子玩得很开心，戴维也兴奋不已。不过，他并没有忘乎所以，而是向汤米·科顿借了件外套，脱下自己的鞋袜，这样，不管遇着什么样的湿地、沼泽、矮树丛，都拦不住他了。朵拉毫不掩饰自己的痛苦之情。她跟着别的小孩一路走着，从一个水洼走到另一个水洼，手里紧紧攥着《圣经》和季刊，心里痛苦不堪，自己这会儿本该坐在心爱的教室里，面对着崇拜的老师。可现在，她却跟着科顿家的野孩子在树林里乱窜，并且要小心翼翼，努力使鞋子保持干净，生怕美丽的白裙子划破、弄脏。米拉贝尔主动提出借给她一条围裙，但朵拉轻蔑地拒绝了。

鲑鱼像平常周末一样，频繁地咬着鱼钩，不到一个小时，这群堕落者们已经钓到了一大串鲑鱼，于是就心满意足地回家了。这让朵拉长长地松了一口气。当其他人大声喧闹着玩"起诨名"的游戏时，她拘谨地坐在院中的鸡笼上。接着，他们又爬到猪棚顶上，把名字的缩写刻在了猪棚顶板上。平顶的鸡笼和屋顶下面的稻草堆又激发了戴维的灵感。随后他们叫嚷着爬上屋顶，大声欢呼着从上面跳下来，滚落到稻草堆里，就这样，他们度过了美妙的半个小时。

但是，罪恶的快乐也得有个终结。当池塘的桥上发出隆隆的车轮声时，那表明人们已经离开教堂，开始回家了。戴维知道该回去了。他脱下汤米的外套，重新穿上自己正式的衣服，对着他那一串鲑鱼叹了口气，然后转身离开了。他不可能把这些鱼儿带回家啊。

"嗯，难道我们玩得不高兴吗？"当他和朵拉走下山坡的田地时，他悻悻地问道。

"我不高兴。"朵拉直截了当地说，"而且我相信你也并不是——真的——高兴。"她补充说，这种瞬间的洞察力对于她来说是很罕见的。

"我很高兴。"戴维嚷道，但是他的抗议声也太过激烈了，"你当然不高兴了——坐在那里就像——就像一头骡子。"

"我才不会跟科顿家的人混在一起呢。"朵拉高傲地说。

"科顿家的人没什么不好，"戴维反驳说，"他们过得比我们快乐得多。不管在什么人面前，他们想做什么就做什么，想说

120.

什么就说什么。从今以后，我也要这样干。"

"当着大家的面，你还是有很多话不敢说出来。"朵拉断言说。

"不，没有。"

"有的。"朵拉严肃地问，"你敢在牧师面前说'汤姆猫'①吗？"

这可是一个难题。戴维对这类具体的例子毫无防备，这是个关于言论自由的问题。不过，他没必要对朵拉辩解到底。

"当然不敢。"他闷闷不乐地承认，"'汤姆猫'是个肮脏的词，我绝对不会在牧师前面提到这种动物的。"

"但是如果你不得不说呢？"朵拉紧追不放。

"我会说托马斯小猫。"戴维说。

"我认为说'绅士猫'会更礼貌些。"朵拉想了想，说道。

"我认为！"戴维还击道，但是嚣张的气焰已经被打压下去了。

戴维现在感到很难受，但是他宁愿死去，也不肯向朵拉承认自己难受。逃学带来的兴奋感已经消失，现在，他的良知开始觉醒，内心感到阵阵剧痛，或许这种感觉大有裨益。不管怎么说，也许去上主日学校和教堂会更好一些。林德太太也许是专横了点，但是在她厨房的柜子里，总为他摆放着一盒饼干，而且她从不吝啬。就在这非常时刻，戴维记起上个星期，自己把上学穿的新裤子弄破了，是林德太太出色地补好了破损的地方，并且对玛莉拉只字未提。

---

① 汤姆猫，指阉割后的公猫。

但是戴维的罪恶之杯还远远没有填满。他认为，要掩盖一桩罪行，就需要干另一桩罪行。这天晚餐时分，在跟林德太太一起吃饭的时候，她问戴维的第一件事情就是：

　　"今天你班上的人都去主日学校了吗？"

　　"嗯，是的。"戴维哽住了，"全都去了——除了一个没去。"

　　"你说了你的圣经金句和教义问答了吗？"

　　"嗯，是的。"

　　"你把捐助的钱放进箱子了吗？"

　　"嗯，是的。"

　　"马尔科姆·迈克菲逊太太去教堂了吗？"

　　"我不知道。"至少这一次说的是事实，可怜的戴维想。

　　"妇女劝募会宣布下星期要搞活动吗？"

　　"嗯，是的。"——声音在发抖。

　　"祷告会呢？"

　　"我——我不知道。"

　　"你应该知道。你应该专心听公告。哈维先生的布道说的是《圣经》上的哪个章节？"

　　戴维感觉要发疯了，他使劲咽下一口口水，把良知发出的最后抗议吞下了肚。他流利地背诵了一篇老的圣经金句，那是他几个星期前学会的。所幸的是，林德太太就此打住，没有再追问下去。但是戴维的晚饭吃得很不舒服，他只吃了一份果冻。

　　"你怎么啦？"在戴维看来，林德太太完全没有理由对他吃惊的，她问道，"病了吗？"

　　"没有。"戴维咕哝了一句。

"你看上去很苍白，今天下午不该去晒太阳。"林德太太告诫说。

"你知道自己对林德太太说了多少谎话吗？"吃完饭后，当只剩下戴维和朵拉时，朵拉立刻责问他说。

戴维被逼得暴跳如雷。

"我不知道，也不在乎，"他说，"你给我闭嘴，朵拉·凯西。"

然后，可怜的戴维躲到了柴堆后面隐蔽的地方，重新思考他的堕落之路。

安妮回到家的时候，绿山墙沉浸在一片漆黑中，到处都静悄悄的。她没有浪费任何时间，赶紧上床睡觉去了，因为她太疲惫，太困了。在刚刚过去的这个星期里，安维利一连举行了好几场狂欢活动，都闹得很晚才结束。安妮头还没有挨着枕头，就已经进入半睡眠状态了。但就在这个时候，门被轻轻地推开了，一个哀求的声音说："安妮。"

安妮睡意蒙眬地坐了起来。

"戴维，是你吗？有什么事？"

身穿白色睡衣的小人儿踩着地板跑了过来，扑倒在床上。

"安妮，"戴维搂着安妮的脖子，抽泣着说，"你回来了，我非常非常高兴。我不向人倾诉一下，我就没法睡觉。"

"要倾诉什么？"

"我的痛苦。"

"你为什么痛苦，亲爱的？"

"因为我今天太坏了，安妮。噢，非常非常坏——我还从来没有这么坏过。"

"你干了什么？"

"噢，我不敢告诉你。你再也不会喜欢我了，安妮。今天晚上我没法祷告，我不能告诉上帝我做了些什么。我很惭愧，不敢让他知道。"

"但上帝什么都知道，戴维。"

"朵拉也这么说。但是我想，也护（许）那一会儿他可能没注意到。不管怎么说，我想先告诉你。"

"你做了些什么？"

一切像洪水一样奔涌而出。

"我没去主日学校——跟科顿家的孩子钓鱼去了——还对林德说了很多谎话——噢！几乎说了六七个谎话——而且——而且——我——我说了脏话，安妮——不管怎么说，一个很像脏话的词——我还说了上帝的名字。"

好一阵子沉默。戴维不知道该怎么理解。是不是安妮太震惊了，再也不跟他说话了吗？

"安妮，你准备怎么惩罚我？"他小声地问道。

"我不会惩罚你，亲爱的。我认为你已经接受了惩罚。"

"不，没有，没有人惩罚我。"

"你做了错事以后，一直都很不开心，不是吗？"

"完全是这样的！"戴维加重了语气。

"那就是你的良知在惩罚你，戴维。"

"什么是我的良知呢？我想知道。"

"那是你身体里的某种东西，戴维。当你做错事的时候，它会提醒你；如果你拒不悔改，它就会让你很不开心。你注意到它了吗？"

"是的，但是我不知道那是什么。我希望自己没有良知，那样我会更加开心。良知在哪儿呢，安妮？我想知道。在我的胃里吗？"

"不，他在你的灵魂里。"安妮回答说。多亏了黑暗的掩护，因为说话要语重心长就得板着一副面板，这对安妮来说太难了。

"那么我想是拿不掉它了。"戴维叹了口气，"你会把我的事告诉玛莉拉和林德太太吗，安妮？"

"不，亲爱的，我谁也不会告诉的。你对自己的淘气行为很后悔，不是吗？"

"完全是这样的！"

"你再也不会干这样的坏事了。"

"是的，但是——"戴维小心地加了一句，"我可能会干其他的坏事。"

"你不会说脏话，在礼拜日的时候不会逃学了，也不会用谎言来掩盖所做的错事了，对吧？"

"是的，这样没好处。"戴维说。

"好了，戴维，告诉上帝你很后悔，请求他原谅你。"

"那你原谅我了吗，安妮？"

"是的，亲爱的。"

"那么，"戴维快乐地说，"我就不在乎上帝会不会原谅我了。"

"戴维！"

"噢——我求他——我会求他的。"戴维马上改口说，爬下床去。安妮的语调使他相信自己一定说了什么可怕的话，"我不介意求他一下，安妮。——求求你，上帝，我非常非常后悔自己今天下午干了坏事。以后周末我会努力一直乖乖的，请你原谅我。——好了，安妮。"

"好了，现在像个好孩子一样，跑回床上去。"

"好的。哇，我再也不感到痛苦了。我感觉好极了。晚安。"

"晚安。"

安妮放松地叹了口气，滑倒在枕头上。哦——她实在是——困死了！而下一秒钟——

"安妮！"

戴维又回到了她的床边。安妮努力睁开眼睛。

"又有什么事，亲爱的？"她问道，努力压抑着声音中那一丝不耐烦。

"安妮，你有没有注意到哈里森先生吐口水的样子？你觉得，如果我努力练习，能不能学会像他一样吐口水呢？"

安妮坐了起来。

"戴维·凯西，"她说，"直接回到你的床上去，今晚别让我在床外的地方逮到你！现在就回去！"

戴维跑开了，但是并没把安妮的话放在心上。

上帝的召唤

　　安妮与鲁比·格丽丝坐在格丽丝家的花园里。这是个温暖的夏日下午，阳光在园中停留了许久，现在已经离开了。花儿虽然已经凋谢了，但世界依然美丽动人。闲散的旷野上薄雾弥漫。树木的阴影装饰着林间小道，紫菀花点缀着田野。

　　为了可以和鲁比共度这个晚上，安妮拒绝了今晚在月光下驱车去白沙海滩的计划。那个夏天她经常和鲁比待在一起，虽然安妮经常怀疑这样做到底有什么好处；甚至有时候，当她回到家中，她都下定决心再也不去鲁比家了。

　　随着夏季的过去，鲁比变得日益苍白。她已经放弃白沙学校了——"她父亲认为，她最好等到年后再去教书。"——她喜爱的刺绣也越来越频繁地从她日益虚弱的手中滑落下去。但是她始终很快乐，始终抱有希望，始终高谈阔论着，私下里饶有兴致地评论着她的追求者们以及他们之间的竞争与绝望。这使得安妮的拜访很不好受。在往日看来愚蠢或者可笑的事情，现在变得狰狞可怕了，死神透过面具对生命虎视眈眈。可是鲁比似乎很依恋安妮，每次都要安妮许诺说尽快会再次来访，然后她才肯放安妮走。林德太太对安妮频繁的拜访颇有微词，并且宣称她也会染上肺病的，甚至玛莉拉也开始担心了。

"每次你看完鲁比，回到家里以后，看上去都非常疲倦。"玛莉拉说。

"这太难过，太可怕了。"安妮低声说，"鲁比似乎一点儿也没有意识到自己身体每况愈下。不知道为什么，我觉得她需要帮助——她渴望帮助——我想给予她这种帮助，可是我无能为力。跟她待在一起的每分每秒，我都觉得自己好像在看着她与一个看不见的敌人挣扎着搏斗——用她拥有的那么微弱的力量，试图把对方推开。所以每次回到家，我都感到疲惫不堪。"

但是今晚安妮并没有明显感觉到这一点。鲁比出奇的安静，她对舞会、驱车兜风、衣服和"小伙子"之类的只字未提。她躺在吊床里，身旁放着一针未动的刺绣，一条白色的围巾裹在她消瘦的双肩上，金黄色的头发编成了长长的辫子，无力地垂在身体两侧——以前在学校的时候，安妮多么羡慕这两条美丽的辫子啊！她把别针取了下来——她说它们使她头疼。脸上的潮红暂时消退下去，这使得她看上去更显苍白，更加孩子气。

月亮升上了夜空，周围的云朵染上了珍珠般的光泽。池塘在朦胧的月色下闪着粼粼微波。格丽丝的家正对着教堂和教堂旁边古老的墓地。月光在白色的墓碑上反射着光泽，在黑黢黢的树林背景下，勾画出墓碑鲜明的轮廓。

"月光下的墓地看上去多么奇怪，"鲁比突然开口说，"多么诡异！"她在簌簌发抖，"安妮，过不了多久我就会躺在那儿了。那时候，你、戴安娜和所有其他的人都生龙活虎地活着——而我却在那儿——在那片古老的墓地里——长眠！"

这番话带来的震撼让安妮不知所措，好几分钟里都说不出话来。

"你知道会这样的，对吧？"鲁比执意说。

"是的，我知道。"安妮低声回答，"亲爱的鲁比，我知道。"

"每个人都知道。"鲁比苦涩地说，"我也知道——夏天以前就知道了，但是我不愿放弃。哦，安妮，"——她伸出手来，神经质般哀求地抓住了安妮的手——"我不想死。我害怕死亡。"

"你为什么要害怕呢，鲁比？"安妮静静地问。

"因为——因为——哦，我一定会去天堂，这一点我并不担心，安妮，我是信徒。可是——变化太大了。我想啊——想啊——然后我变得很害怕——而且——而且——变得很想念家。当然，天堂里一定非常美丽，《圣经》上就是这么说的——但是，安妮，那儿并不是我所习惯的地方。"

安妮的脑海里冒出了菲尔说过的一个有趣的故事，并且挥之不去——那故事讲的是一个老人，他对死后的世界和鲁比持有几乎一样的看法。那时候这种话听上去很滑稽——她还记得自己和普里西拉听后哈哈大笑。但是现在，从鲁比苍白战抖的嘴唇里吐出来的这些话却一点都不可笑。它是那么悲伤、沉痛——而且真实！天堂不可能是鲁比所习惯的世界。在她轻浮快活的生活中，以及在她浅薄的理想及其渴望中，没有什么东西能让她适应这么巨大的变化，那些生活的记忆会让她觉得，即将到来的生活是多么陌生、虚幻，她对此是多么讨厌啊。安妮无助地想着，自己说些什么才能帮助她呢。然而，能说些什么呢？"我想，鲁比，"她犹豫不定地开了头——向别人谈论自己内心深处的想法，或者头脑中刚开始成形的念头，尤其是这种想法或者念头又与儿时的观念大相径庭，涉及生命和死亡的巨大秘密，这对于安妮来说并不容易。尤其谈论对象是鲁比·格丽丝这样的姑娘时，安妮更是不知所措——"我想，也许，我们有关天堂的观念——我们认为的天堂的样子，天堂的生活——是错误的。我想，天堂可能并不像大多数人所想的那样，跟这个世界截然不同。我相信我们会继续生活，就跟在这个世界一样——依旧做我们自己——只是在天堂里，我们更容易做个好人——更容易追随上帝的感召。所有的障碍和困惑都将不复存在，我们会看得更清楚。别害怕，鲁比。"

"我无法控制。"鲁比可怜地说，"即使你所描述的天堂是真实的，那也不会与这里完全相同，不可能完全相同——况且你也无法肯定——那可能只是你的想象。我想在这里继续生活。我还这么年轻，安妮。我还没有活够。我那么努力挣扎着要活下去——可是没用——我要死了——抛下我所喜爱的一切。"

安妮痛苦地坐着，心如刀割。她说不出安慰鲁比的谎言，而且鲁比所说的一切是那么残酷与真实。她即将抛下她所爱的一切。她的财富只存在于这个世界。在过去的生活中，她只关心着生命中的细枝末节——那些转瞬即逝的东西——而疏忽了永恒存在的崇高的事物，那些事物是架起两个世界之间那道鸿沟的桥梁，它们使得死亡变得很简单，仅仅从一个居所迁移到另一个居所——从朦胧不清的黄昏转移到万里无云的白昼。在那里，安妮相信，上帝会照顾鲁比——鲁比会了解这一点的——但此时，懵懂无助的她，灵魂只能紧紧地抓住那些她所知所爱的细枝末节。

鲁比用手臂支起身子，睁开美丽的蓝色眼睛，看着月空。

"我想活下去。"她用战抖的声音说，"想跟其他姑娘一样生活下去。我——我想结婚，安妮——然后——然后——生孩子。你知道我一直很喜欢小孩，安妮。这些话，除了你，我不能跟别人说。我知道你能理解的。还有可怜的赫博——他——他爱我，我也爱他，安妮。其他人对我来说没有意义，但是他不同——如果我能活下去，我要成为他的妻子，那将会多么幸福啊。哦，安妮，命运太残酷了。"

鲁比倒下去，瘫倒在枕头上，哭得喘不过气来。安妮满怀同情，痛苦地绞着双手——无言的同情也许比凌乱破碎的话更能帮助鲁比。很快，鲁比平静了下来，停止了哭泣。

"真高兴给你说了这些，安妮。"她低声说，"心里话全部说出来，我感到好受多了。整个夏天我都想这么做——每次你来的时候，我都想说给你听——但是我不能。如果我说自己就要死了，或者别人说出这话或者暗示了这一点，这就使死亡看上去无可逃避。我不能说，甚至不能想。白天里，人们围在我身边，一切都很快活，我还可以麻痹自己，不去想它；但是夜里睡不着的时候——太可怕了，安妮。那时我无法不想它。死神来到身边，站在那儿紧盯着我，一直看得我毛骨悚然，只想大喊大叫。"

"但你不会害怕了，鲁比，对吧？勇敢点儿，相信自己很快就会好起来的。"

"我会努力的。我会想着你所说的一切，努力去相信。你会尽可能常来看我，是吗，安妮？"

"是的，亲爱的。"

"不会——不会再有多长的时间了，安妮，我肯定。我希望你来陪着我，而不是别的什么人。在同学的女孩子中间，我一直最喜欢你。你从不像她们中间的有些人那样，你从不忌妒，从不吝啬。可怜的埃姆·怀特昨天来看我了。你还记得吗？上学的时候，有三年我和埃姆是非常要好的朋友。然后我们在学校音乐会上吵了一架，从此两个人再没有说过话。多傻啊！现在这种事看上去真是太傻了。但是昨天我和埃姆言归于好。她说她早几年就想这样做，只是以为我不肯。而我不跟她说话，是因为我断定她不愿意接受我。人们这样彼此误解，难道不奇怪吗，安妮？"

"我认为，生活中大多数烦恼都来自于误解。"安妮说，"我得走了，鲁比。太晚了——而且你不该待在户外潮湿的空气中。"

"你要快点儿来看我。"

"好的，很快。如果能帮上什么忙，我会非常高兴的。"

"我知道，你已经帮了我。现在已没有什么东西，让我感到很害怕了。晚安，安妮。"

"晚安，亲爱的。"

安妮在月光下慢慢地向家里走去。这个晚上改变了她生命中的某些东西。生活有了不同的意义，有了更加深刻的目的。表面上，生活依旧继续，但深层的东西已经起了变化。她的生活将不同于鲁比轻浮可怜的一生。当她走到生命的尽头，面对另一个世界的时候，不会对截然不同的环境感到恐惧——那种恐惧来源于习惯性的想法、观念和追求，这并不适于另一个世界。生活的细枝末节，虽然甜蜜美好，但不该成为追求的目标。应当追求高尚的事物，天堂的生活应该从这个世界开始。

花园中的互道晚安成了永别。安妮再也没有见到活着的鲁比了。第二天晚上，乡村促进会为简·安德鲁斯的西部之旅举办了一场告别晚会。当轻快的双脚翩翩起舞，明亮的眼睛笑意盈盈，欢快的舌头喋喋不休时，死神向安维利的一个年轻生命发出了召唤，那是无法怠慢和逃避的召唤。次日早晨，消息传遍了每家每户，鲁比·格丽丝离开了人世。她在睡梦中静静地、没有痛苦地死去了，脸上还带着一丝微笑——好像死神最终并不是她所害怕的那个可怖的幽灵，而是一个亲切的朋友，领着她迈过了门槛。

葬礼后，雷切尔·林德太太强调说，鲁比·格丽丝是她见过的最美丽的死者。她身着一袭白衣躺在棺材里，周围簇拥着安妮为她放上的娇艳的花朵，那份美丽多年后还保留在安维利人的记忆和言谈中。鲁比生前就很美丽，但那终究是这个世界的世俗之美，还带着点傲慢，在智者的眼里就是一种自我炫耀；它没有折射出精神的光辉，也没有接受智慧的修饰。但是死神触摸过她后，使这种世俗之美一下子变得神圣无比，从前被遮掩的纯洁和天真显露出来——那可能是生命、爱情、悲痛为鲁比带来了前所未有的转变。安妮透过模糊的泪花，低头看着昔日的伙伴。她看到了鲁比貌若天仙的脸庞，那是上帝带给鲁比的妖艳，她将永远记住这美丽的脸庞。

在送葬的队伍离开房子以前，格丽丝太太把安妮叫进旁边的一个空房间里，递给她一个小包裹。

"我想让你保留这个。"她抽泣着说，"鲁比也会高兴你留着它。这是她绣的工艺装饰品，还没有完工——针还留在原处，她死前的那个下午，可怜的小手拿着针绣过的地方。"

"总会留下一件没有做完的手工，"林德太太眼里含着泪水，说道，"但是我想会有人把它绣完的。"

"要接受与我们如此熟悉的人死去了这个事实，是多么困难啊。"跟戴安娜一起走回家时，安妮说，"鲁比是我们的同学中第一个离开的。迟早我们都得一个接一个地跟随而去。"

"是的，是这样。"戴安娜不安地说。她不想谈论这个话题。她宁愿说说葬礼的细节——说说鲁比的父亲坚持为她做的光泽完美的白色棺材——引用雷切尔·林德太太的话，"即使是在葬礼上，格丽丝家的人也得引人注目"——说说赫博·斯宾赛悲伤的脸，和一个姐妹那歇斯底里的悲痛——但是安妮不愿意谈论这些事情。她似乎沉浸在梦幻里，而戴安娜则孤独地感到自己无法参与其中。

"鲁比·格丽丝是个很爱笑的姑娘。"戴维突然说，"在天堂里，她会像在安维利那样经常大笑吗，安妮？我想知道。"

"是的，我想她会。"安妮说。

"噢，安妮。"戴安娜抗议说，脸上挂着令人吃惊的笑容。

"嗯，为什么不能呢，戴安娜？"安妮认真地问道，"你认为在天堂里，我们就再也不能大笑了吗？"

"哦——我——我不知道。"戴安娜踌躇了，"只是好像多少有点儿不对劲。你知道在教堂里大笑是很可怕的。"

"但是在天堂里，并不是所有的时间都和教堂一样。"安妮说。

"我希望不一样。"戴维强调说，"如果一样的话，我就不想去了。教堂非常非常沉闷。不管怎么说，我还不着急去死，我想活到一百岁，就像白沙镇的托马斯·布列维先生那样。他说他能活这么久，是因为他老抽烟，杀死了所有的细菌。我能很快开始抽烟吗，安妮？"

"不行，我希望你永远也别碰烟草这些东西。"安妮心不在焉地说。

"可是，如果细菌杀死了我，你会做何感想呢？"戴维问道。

颠倒的梦想

"再过一个星期，我们就要回雷德蒙了。"安妮说。想到将重新投身于学习、班级和朋友中间，她感到快活无比。关于派蒂小屋，她也编织了不少令人愉快的场景。虽然还从没有在那里住过，但是一想到它，就想起了家，心中涌起了一阵温暖舒适之感。

不过这个夏天过得也很快乐——她快活地享受着生活，享受着夏日的阳光和天空；热切而快乐地做着好事；她巩固并加深了旧日的友谊；并且学着活得更精彩，工作更富耐心，玩得更开心。

"在学校里并不能学到生活的全部内容。"她想，"随时随地生活都是老师。"

但是，唉，由于发生了一场闹剧，对安妮来说，就好像把梦想完全颠倒过来，把那个愉快的假期的最后一个星期全都毁了。

"你最近是否在写一些故事？"一天傍晚，当安妮与哈里森夫妇在一起喝茶时，哈里森先生客气地问道。

"没有。"安妮的回答非常干脆。

"嗯，我没有冒犯的意思。前些天，海拉姆·斯劳尼太太告诉我说，一个月前有人往邮局的信箱里丢了个大信封，上面的地址写的是寄往蒙特利尔市的'罗林斯放心发酵粉公司'的。罗林斯公司为了宣传公司的发酵粉名字而设立了最佳故事奖,海拉姆太太估计这个人想赢得这笔奖金。她说信封上的地址不是你的笔迹,但是我猜可能就是你。"

"真的不是!我确实看见了这则有奖征文广告,但是我从未想过要去参加比赛。为了宣传发酵粉而写一个故事,这种事情真是太丢人了。这就跟当年贾德森·帕克把围墙出租给一个制药公司做广告一样恶劣。"

安妮义正词严,高傲无比,但是她根本没有料到,耻辱的深渊正等待着她。就在这天晚上,戴安娜手里拿着一封信,欢快地跳进走廊尽头的东山墙小屋,两眼放光,脸颊绯红。

"噢,安妮,这里有你的一封信。我去了趟邮局,所以就给你带回来了。快点儿打开吧。如果真是我所猜想的那样,我会开心死的。"安妮感到困惑不解,她打开了信封,迅速瞥了一眼打印的内容。

> 安妮·雪莉小姐
>
> 绿山墙,安维利,爱德华王子岛
>
> 亲爱的女士:我们非常高兴地通知你,在我们最近举办的征文竞赛中,你的动人故事《埃弗里尔的救赎》赢得了二十五元的奖金。随信附上支票。我们正着手准备在加拿大几家著名的报纸上刊登这则故事,并且还打算将其单印成册,分发给我们的顾客。感谢你对我们公司表现出来的浓厚兴趣,我们感到无比荣幸。
>
> 你永远真诚的
>
> 罗林斯放心发酵粉公司

"我没弄明白这到底是怎么回事。"安妮不解地说。

戴安娜高兴得拍起手来。

"噢,我就知道准会得奖的——我对此深信不疑。我把你的故事送去参赛了,安妮。"

"戴安娜——巴里!"

"是的,就是这样。"戴安娜在床上坐了下来,兴奋地说,"我看到广告以后,就立刻想到你的故事。起初我想让你自己寄去,但是又担心你不肯——你对这个故事已经没有多少信心了。于是我决定悄悄地把你给我的那份誊写稿寄出去。这样,如果没有得奖,落选的故事是不会退回来的,那么你就不会知道这事,也就不会为此难过;而如果得奖了,你就能获得一个大大的惊喜。"

戴安娜作为一个普通人,并不具备超凡的观察力,但是此时,她猛然注意到,安妮并不是一副喜不自胜的样子。毫无疑问,安妮看上去非常吃惊——但是,怎么没有高兴呢?

"怎么啦,安妮,你看上去一点儿也不高兴呀!"她有点儿摸不着头脑。

安妮马上挤出一个微笑,装出开心的样子。

"你想给我一个惊喜,对于你这样无私的想法,我当然高兴都来不及。"她慢吞吞地说,"但是你知道——我太震惊了——我都回不过神来了——我没有弄懂。我故事里没有一个字提到——提到了——"安妮艰难地吐出了那个词——"发酵粉。"

"哦,是我把它加上去了。"戴安娜试图让安妮放心,"这易如反掌——当然,在故事俱乐部里获得的经验给了我不少帮助。你知道,故事里有埃弗里尔做蛋糕一幕,对吧?嗯,我只是描述说，她用的是罗林斯放心发酵粉，所以蛋糕才做得那么好。另外，在最后一段，波西瓦尔把埃弗里尔拥入怀中时说，'我的宝贝，在未来美好的岁月里，我们将成就我们家的梦幻。'在这里我加上一句，'在那里，我们将只会使用罗林斯放心发酵粉。'"

"哦。"可怜的安妮急促地喘着气，好像有人冷不丁在她头上浇了盆冷水。

"你赢得了二十五元的奖金。"戴安娜喜气洋洋地接着说，"哦，我听普里西拉曾经说过，《加拿大妇女》杂志一个故事才付五元钱的稿酬呢！"

安妮用战抖的手指把那张可恨的粉色纸片递向戴安娜。

"我不能收下这张支票——这应当是属于你的，戴安娜。是你把故事寄出去的，而且你也做了修改。我——我肯定不会把它寄去的。所以你一定要收下这张支票。"

"我很乐意这样做呀。"戴安娜有些不高兴，"哎，我做这些一点儿也不麻烦。奖金获得者是我的朋友，这份荣耀对我来说已经足够了。好了，我得走了。我本该从邮局直接回家去的，因为家里还有客人呢。但是我一定要来这里一趟，很想听到你的好消息。我真为你高兴，安妮。"

安妮突然弯下腰，搂着戴安娜，吻了吻她的面颊。

"你是世界上最可爱、最真诚的朋友，戴安娜。"她说着，声音里带着微微的战抖，"请相信，我非常感激你的好意。"

戴安娜既感到愉快，又有些局促不安，她回家去了。而可怜的安妮，把那张无辜的支票用力扔进梳妆台的抽屉里，好像支票上面还带着血腥，然后猛地扑倒在床上，流下了伤心屈辱的泪水。噢，她从来没有这么丢人现眼——从来没有！

黄昏时分，吉尔伯特来了，准备了一肚子祝贺的话语，因为他刚去拜访了果园坡，得知了这个消息。但是，当他看到安妮的脸色，就只好把到嘴边的祝贺吞咽了下去。

　　"哎，安妮，怎么啦？我以为你会因为获得了罗林斯放心发酵粉公司的奖金而兴高采烈呢。你干得不错呀！"

　　"噢，吉尔伯特，别挖苦我了。"安妮哀叹说，语气里还带着恼怒的味道，"我本以为你会理解我的。难道你不知道这件事是多么糟糕吗？"

　　"我真不清楚，有什么不对的吗？"

　　"所有的一切都不对。"安妮痛苦地呻吟道，"我觉得自己永远都将背负起这份耻辱。你设想一下，一个母亲发现自己的孩子满身都是发酵粉广告的文身，那会有着什么样的感受？现在，我跟她感同身受。我喜爱我这个可怜的小故事，那是我呕心沥血的成果。而现在它沦落为发酵粉的广告，这简直是亵渎啊。在奎恩学校的时候，你难道忘了给我们上文学课的汉密尔顿教授对我们说过的话吗？他说过，我们绝不能出于卑微低贱的目的而写作，哪怕是写一个字也不行，写作应该始终坚持最崇高的理想。如果他得知我为了罗林斯放心发酵粉广告写了一个故事，他会怎么想？噢，还有，如果这事在雷德蒙传开了会怎么样！想想吧，我将会遭受到什么样的讥讽和嘲笑啊！"

　　"不会这样的。"吉尔伯特说，他不安地猜测道，安妮最担忧的会不会是那个大三学生讨厌的观点呢，"雷德蒙学生的看法跟我的完全一致——那就是，你跟我们绝大多数人一样，都不曾拥有世俗的财富，所以你采取这种方式，正当地赚一点儿钱，帮助自己度过下个学年。我看不出这件事有什么卑微低贱的地方，

139.

也看不出任何滑稽可笑的地方。毫无疑问，一个人应该写那种皇皇巨著——但他同时还应该支付他的学费和住宿费啊。"

这是基本的常识，而且是就事论事，吉尔伯特的话让安妮精神振作了一些。至少，这赶跑了她对被嘲笑的恐惧，不过，她仍然感觉自己的理想被玷污了，这种精神上的伤害挥之不去。

调整过后的关系

"这是我见过的最温馨的地方——比家都还要温馨。"菲利帕·戈顿公开宣称说。她眼里闪动着快活的光芒，四下里好奇地张望。一天傍晚，她们聚集在派蒂小屋宽敞的客厅里——有安妮、普里西拉、菲尔、斯特拉、詹姆西娜姨妈、"铁锈"、约瑟夫、莎拉猫、戈狗和迈戈狗。火苗的影子在墙上跳着舞蹈；猫咪们发出舒适的咕噜声；菲尔的一个"受害者"送来的那一大盆温室菊花，在金色暮霭的映照下，就像皎洁的月光。

从她们自认为已经安顿下来算起，如今三个星期过去了，所有的人都确信，这场考验即将顺利通过。她们回到学校后的那两个星期里，她们过得非常愉快，忙着购置生活必需品，布置各自的小天地，并且相互交换不同的意见。

安妮在离开安维利回到学校时，并没有过度的依依不舍。假期的最后几天，她过得并不开心。她那获奖的故事刊登在了王子岛的报纸上。威廉·布莱尔先生在他商店的柜台上堆了一大堆粉色、绿色和黄色的小册子，其中就有安妮的故事。威廉先生给每位顾客发上一份，他给安妮送来了一套完整的故事集以示恭维，但是安妮气急败坏地把它们扔进厨房的火炉里。安妮感到十分屈辱，觉得理想遭到了玷污。然而，安维利的人们都觉得这个故事很精彩，获奖是理所应当的事。她的很多朋友对她充满了钦佩之情，仅有的几个仇敌则表示出了轻蔑和忌妒。杰西·派伊说，她确信安妮·雪莉的故事是抄袭来的，因为她记得几年前曾在报纸上读到过这篇文章。而那些获悉或是预料到查理被安妮"拒绝"的斯劳尼家的人，则宣称这并没有什么值得骄傲的，只要愿意尝试，谁都可以做到。阿托莎舅婆告诉安妮，她听说安妮在写小说，她对此感到非常遗憾，在安维利出生和长大的人都不会干这种事情，也就只有像安妮这种不知道自己从哪儿来，也不知道父母是谁的养女才干得出来。甚至连雷切尔·林德太太都顾虑重重，不知道安妮是否适合写小说，不过，她倒是双手赞成安妮收下这二十五元的支票。

"他们愿意为这种谎言出这么高的价钱，这真是令人吃惊，唉，就是这么回事。"她一半骄傲、一半严厉地说。

总而言之，当离开的时刻到来时，安妮大大地松了口气。回到雷德蒙，她就成为一个聪明老练的二年级学生，开学那天，她就可以喜气洋洋地去迎接老朋友，一想到这些，真是太愉快了。普里西拉、斯特拉和吉尔伯特都在这儿。查理·斯劳尼神气活现，显得比以往任何二年级的学生都还要高傲。菲尔仍然没有解决阿勒克和阿隆佐的问题。而穆迪·斯伯金·迈克菲逊自从离开奎恩学校后，就一直在学校教书，可是他的妈妈认定他现在必须放弃教书，他应该将精力转移到学习上来，要学会如何成为一名牧师。可怜的穆迪·斯伯金的大学生涯刚开始就遇到了倒霉事。五六个与他同住的大二学生们很没礼貌，一天晚上给他来了个突然袭击，剃掉了他脑袋上的半边头发。不幸的穆迪·斯伯金在头发重新长出来以前，就不得不以这副尊容招摇过市。他痛苦地告诉安妮，有时候，他真的怀疑自己能否成为一名合格的牧师。

詹姆西娜姨妈要等到姑娘们为她把派蒂小屋收拾好了以后才会搬过来。派蒂小姐让人把钥匙给安妮送了过来，还附信说，戈狗和迈戈狗被装在客房床下的盒子里，最好等到要用的时候再拿出来。在附注中又补充说，希望姑娘们在挂画的时候要多加小心，客厅的墙纸是五年前换过的，如没必要，她和玛利亚小姐都不希望她在墙上打孔。至于其他事，她对安妮十分放心。

姑娘们是多么喜欢收拾自己的小窝啊。正如菲尔所说，这简直跟准备结婚一样心潮澎湃。你可以充分享受布置家居的乐趣，而且不必遭受丈夫的烦扰。每个人都带了些小摆设来装饰小屋，使小屋显得更加舒适。普里西拉、菲尔和斯特拉都有很多的小饰物和挂画，她们丝毫不顾惜派蒂小姐的新墙纸，根据自己的喜好，强行把挂画挂在墙上。

"等离开的时候，我们会把这些洞补上的，亲爱的——她不会知道的。"面对安妮的抗议，她们这样回答说。

戴安娜送给安妮一个松针叶图案的垫子，艾达小姐给她和普里西拉每人绣了一个精美的垫子。玛莉拉托人送来了一大盒子果酱，暗含着些许担忧，担心安妮不回家过感恩节。林德太太给安妮缝制了一条碎布拼成的被子，并且又额外借给她五条。

"收下吧。"她用命令的口吻说，"尽量都把它们用上吧，总比搁在阁楼的箱子里让蛀虫啃咬好。"

根本不会有蛀虫胆敢靠近这些被子，因为它们都散发出浓郁的樟脑球味道，安妮不得不把它们晾在派蒂的果园中，整整两个星期后才能勉强拿回房间去。毫无疑问，在充满了贵族气派的斯波福特大街上，还很少出现晒被子这样一道风景。住在"隔壁"那个脾气火暴的老年富翁前来拜访安妮，他想买下雷切尔太太送给安妮的那条"郁金香图案"的被子，那条被子红黄相间，色彩绚烂。他说，他的母亲以前经常做这种被子，他对天发誓，他想买下这条被子，是为了纪念他的母亲。安妮不愿出售，这让他非常失望。不过安妮写信把这一情况告诉了林德太太。这位非常得意的女士回信说，她恰好有多余的一条被子。于是这位烟草大王最终得到了他梦寐以求的被子，并且不顾时髦妻子的反对，坚持把它铺在了自己的床上。

这个冬天，林德太太的被子都派上了大用场。派蒂小屋虽然有种种好处，但是也有缺点，那就是屋子里冷得要命。在寒冷的夜晚，姑娘们喜欢蜷缩在林德太太的被子下，并希望这些借来的东西能名正言顺地成为自己的财产。

安妮得到了她第一眼就相中了的蓝色房间。普里西拉和斯特拉占据着那个大房间。菲尔心满意足地住进了厨房上方的小房间，詹姆西娜姨妈则住在楼下客厅旁边的小房间。"铁锈"起初就睡在进门的台阶上。

安妮回到雷德蒙，有一次在回家路上，她突然意识到，凡是遇到的路人都在偷笑自己。安妮不安地揣测着自己出了什么洋相。帽子歪了吗？腰带松了吗？当她伸长脖子四处检查时，她第一次见到了"铁锈"。

安妮发现自己后面跟着一只猫，这是一只她生平见过的最凄凉的猫，它迈着快步紧贴在她的脚后，亦步亦趋。它已经是一只半大的猫了，身体消瘦细长，样子丑陋不堪。两只耳朵都破损了，一只眼睛带着伤，看样子短时间是无法痊愈的，一侧的面颊红肿着，看上去十分滑稽。至于它的毛色就更不用说了，就如一只黑猫的毛彻底被烤焦了，显得稀疏、邋遢、难看。

安妮口中发出"嘘嘘"声，想把它赶走，可是猫儿没被吓跑。只要安妮站着不动，它就端坐在她的脚跟后面，睁着它那只完好的眼睛，用责备的目光盯着安妮；只要安妮继续前进，它就紧跟着小跑起来。安妮无可奈何，只得忍受它的陪同，一直走到派蒂小屋门前。安妮冷冰冰地关上门，让它在门口碰一鼻子灰。安妮天真地设想，她再也不会见到这只猫了。可十五分钟以后，菲尔打开门，那只像铁锈的棕色猫儿仍然坐在台阶上，接着它敏捷地一跃而进，跳到了安妮的膝盖上，半是哀求、半是高兴地"喵"了一声。

"安妮，"斯特拉严肃地说，"这是你的猫吗？"

"不是，我没有养这只猫。"安妮不胜其烦地辩解说，"这个家伙不知道从哪儿就跟上我了，一直跟随到家。我摆脱不了它。嘿，下去！我非常喜欢漂亮的猫，但是我不喜欢像你这种毛发的。"

但是这只猫儿拒绝下去。它冷静地在安妮的腿上蜷成一团，发出了愉悦的咕噜声。

"很明显，它在恳求你收养它。"普里西拉哈哈大笑。

"我不愿意收养。"安妮固执地说。

"这个可怜的东西一定饿坏啦。"菲尔同情地说，"唉，瞧它饿得皮包骨，甚至骨头都快从毛皮里戳出来了。"

"嗯，我会让它好好吃一顿，然后它从哪儿来，就必须回到哪儿去。"安妮态度坚决地说。

安妮喂饱了猫儿，然后把它赶了出去。这天上午，它一直就坐在台阶上。每次一开门，它就一跃而进。不管别人对它态度多么冷淡，它丝毫没有受到影响。除了对安妮，它对其他人概不理会。姑娘们出于同情，给它喂了些食物。但是，一个星期过去后，她们不能让它待下去了。猫儿的外表已经大为改观，它的眼睛和脸颊恢复到了正常状态，身子不再那么消瘦，它开始爱美了，还会自己洗脸。她们把它就叫作"铁锈"。

"但是，不管怎么说，我们都不能留下它。"斯特拉说，"詹姆西姨妈下个星期就要搬过来了，她会把她的莎拉猫带来的。我们不能同时养两只猫。如果我们这样做，这只铁锈会跟莎拉猫打架的。这个家伙天生就是个好战分子。昨天它和烟草大王的猫儿打了一场大战，它骑在对手背上，用爪子抓，什么手段都使了出来，把对手打得落荒而逃。"

"我们必须除掉它。"安妮表示同意。她郁闷地看着她们谈论的对象，那个家伙正在炉前的地毯上发出舒适的咕噜声，温顺得像只小羊羔，"但问题是——用什么办法呢？我们四个手无缚鸡之力的女孩子，怎么能除掉一只会拼命反抗的猫儿呢？"

"我们可以用氯仿①使它窒息而亡。"菲尔马上想到了个主意，"那是最人道的办法。"

"我们之中有谁知道如何用氯仿除掉猫？"安妮沮丧地问。

"我知道，亲爱的。这是我仅有的几项——少得可怜的几项——有用的本领之一。我在家的时候，就这样除掉过好几只猫儿。你早上把猫儿带过来，让它好好吃顿早餐，然后你拿上条旧

---

① 氯仿，学名三氯甲烷，又名"哥罗芳"和"三氯化碳"。三氯甲烷主要作用于中枢神经系统，具有麻醉作用，对心、肝、肾有损害。吸入或经皮肤吸收会引起急性中毒。

的麻布袋——后面的走廊上就有一条，把猫儿装进去，然后放进一只木盒子里。再拿两瓶五十克重的氯仿，打开瓶塞，把氯仿从盒子的边缝倒进去，再拿一个重东西压在盒子上，然后就不管了。等到了晚上，猫就死掉了，安详地蜷成一团，就像是睡着了一样，没有痛苦——也没有挣扎。"

"听上去很简单。"安妮有些疑虑地说。

"确实很简单。就交给我吧，我会办妥的。"菲尔胸有成竹地说。

第二天早上，根据氯仿谋杀的程序，铁锈被诱骗进死亡的陷阱。它吃完早餐，舔了舔爪子，爬到了安妮的膝盖上。安妮心里充满了恐惧。这个可怜的东西这么喜爱她、信任她，她怎么能参与谋杀它的活动中呢？

"猫在这儿，你把它抱走。"她慌忙对菲尔说，"我觉得自己像个杀人犯。"

"它不会感到痛苦的，你知道。"菲尔安慰她说，不过安妮飞快逃走了。

谋杀行动在后廊完成。那一天里没有人靠近那里。不过在黄昏时分，菲尔宣称说，应该去把铁锈掩埋了。

"普里西拉和斯特拉去果园给它挖一个墓穴。"菲尔命令说，"安妮必须跟着我去抬盒子，我总是很讨厌这个步骤。"

两个同谋犯踮着脚，极不情愿地来到后廊。菲尔小心谨慎地搬起她自己早上放在盒子上的石头。突然，从盒子里面传来一声猫叫，虽然声音很微弱，但是清清楚楚。

"它——它还没死。"安妮倒抽了口冷气，茫然地跌坐在厨房前的台阶上。

"它肯定死了。"菲尔觉得难以置信。

又响起了一声微弱的猫叫，这说明它还活着。两个姑娘惊得面面相觑。

"我们该怎么办呀？"安妮问道。

"你们到底在干什么呀，到现在都还没过来？"斯特拉出现在了门前的小路上，大声问道，"我们已经把墓穴都挖好了。'是什么让此地悄然无声，万籁俱寂？'"她引用诗句嘲弄她们。

"'噢，不，亡灵的声息，就像是远处激流奔逸。'"安妮肃穆地指了指盒子，迅速引用诗句作答。

接着爆发出一阵大笑，缓和了紧张的气氛。

"我们应该把它留在这儿，等明早再说吧。"菲尔说着，又把石头重新搬回去压上，"它并没有叫上多长时间。也许我们听见的只是它临死前的呻吟，也许，那只是我们因为良心不安而产生的幻觉。"

但是，第二天早上，当她们打开盒子时，铁锈立刻跳了起来，欢快地跳上了安妮的肩头，热情地舔着安妮的脸蛋。毫无疑问，没有哪只猫有如此顽强的生命力。

"盒子上有个小孔，"菲尔呻吟道，"我没有看到，所以它没死。现在，我们得重新来一遍。"

"不，别这么干了。"安妮突然宣布说，"铁锈不该再次遭受谋杀。它是我的猫——你们就尽量包容它吧。"

"噢，那好吧，只要你能处理好詹姆西姨妈和她的莎拉猫就行了。"斯特拉说，一副置身事外的态度。

从那以后，铁锈就成了这个家庭的一员。晚上它睡在后廊临时为它放置的垫子上，享用着这一地盘上丰盛的食物。在詹姆西娜姨妈到来之前，它已经长得身强体壮，毛皮光滑，十分体面了。但是，它就像吉卜林笔下的那只猫一样"独来独往"①，对每一只猫都张牙舞爪，其他的猫对它也举爪相向。它一只接一只地征服了斯波福特大街上那些充满贵族气派的猫科动物们。对于人类，它爱着安妮，而且独爱安妮一人。除了安妮，谁也不敢抚摸它，如果有谁胆敢冒犯，那么迎接他的将是愤怒的嘶叫声，或者是痛骂他人的咆哮声。

"那只猫神气活现的样子真是让人难以忍受。"斯特拉宣称。

"它是一只可爱的老猫，就是这样。"安妮信誓旦旦地说着，勇敢地爱抚着自己的宠物。

"嗯，我真不知道它和莎拉猫该如何相处。"斯特拉悲观地说，"它昨晚在果园打架已经够糟糕的了，说不定它以后还会把战场扩展到客厅，和莎拉猫作战，那真是难以想象啊。"

詹姆西娜姨妈按时抵达了金斯波特。安妮、普里西拉和菲尔惴惴不安地等候着她的到来。当詹姆西娜姨妈面对炉火，像女王一样端坐在摇椅中时，她的那种气派让姑娘们几乎要对她顶礼膜拜。

詹姆西娜姨妈是个小个子的老妇人，脸也是小小的，轮廓圆润，蓝色的大眼睛无比温柔，里面洋溢着永不服老的年轻气息，就像一个年轻姑娘的眼睛那样充满了希望。她面颊红润，满头银发在耳后打着古雅样式的小卷。

"这种发型是很古老的样式。"她说着，一边还勤勉地忙着针线活，织出来的东西就像日落时的云彩一样娇艳美丽，"我是

---

① 吉卜林（1865-1936年），英国作家，1907年获诺贝尔文学奖。《独来独往的猫》是其短篇小说集《丛林之书》中的一篇故事。

个很老派的人。我的衣着打扮是如此，所以我的观念也是如此，这丝毫没有什么奇怪的。但你们要注意，我并不是说这样更好些。事实上，我敢说这样相当糟糕。但是这些样式穿起来让我更自在，感觉更舒服。新样式的鞋子要比老样式的漂亮，但是老样式的要更舒服些。我已经很老了，在鞋子和观念这些问题上，我可以自我纵容一下。我的意思是说，在这里我对你们会非常宽松的。我知道你们希望我照看你们，让你们行为端正，但是我不打算这样去做。你们已经长大了，如果你们打算要做，就知道该怎么去做。所以，就我这方面来说，"詹姆西娜姨妈年轻的眼睛里闪烁着光芒，她总结说，"只要你们愿意，你们全都可以用自己独特的方式去自我堕落。"

"噢，有没有人能把这些猫儿分开？"斯特拉声音战抖地哀求道。

詹姆西娜姨妈不仅带来了莎拉猫，还带来了约瑟夫。她解释说，约瑟夫是她的一个好友的猫，但这个人搬到温哥华去了。

"她不能带着约瑟夫一同去，所以她求我收养它。我实在没法拒绝。它是一只好猫——我是说，它的脾气好极了。我的朋友叫它约瑟夫，因为它的毛色很杂乱。"

的确是这样的。正如厌烦透顶的斯特拉所说，约瑟夫就像是一只会走路的碎布袋。很难说清楚它的底色是什么。它的腿上是白色的，上面带着些黑色的斑点。背部是灰色的，一侧有一大块黄斑，另一侧有一大块黑斑。尾巴是黄色的，但尾巴尖上却是灰色的。一只耳朵是黑色的，另一只耳朵是黄色的。一只眼睛上带着一块黑斑，这使它看上去粗野可怕。而事实上它脾气温顺，性情友善，从不攻击别人。在这方面，约瑟夫就像是山野间的百合花。它既不劳动，也不织布，甚至不去捉老鼠。它睡在非常柔软的垫子上，吃着丰盛肥美的食物，就算是处于鼎盛时期的所罗门①，他的享受也不过如此了。

约瑟夫和莎拉猫被分别装在两只盒子里，搭乘火车过来的。它们被放出来后，饱饱地美餐了一顿，约瑟夫选择了吸引自己的角落和睡觉的垫子，而莎拉猫则庄重地端坐在火炉前，开始洗脸。它是一只灰白色的大母猫，毛皮光滑，气度非凡，这种高贵的气质并没有因为出身平民而受丝毫影响。它是詹姆西娜姨妈的洗衣女工送来的。

"它名叫莎拉，所以我的丈夫总是叫它莎拉猫。"詹姆西娜姨妈解释说，"它已经八岁了，是个捕鼠能手。别担心，斯特拉，莎拉猫从来不会打架，约瑟夫也很少动手的。"

"但是它们出于自卫，就不得不在这里大打出手了。"斯特拉说。

就在这个时候，铁锈登场了。它兴高采烈地跳进屋子来，刚走到屋中央时，就看到了这些入侵者。然后它猛地刹住脚步，尾巴上的毛全都竖了起来，直到膨胀得像平常的三条尾巴那么大。它背部的毛全都耸立起来，形成一个挑衅的弓形。铁锈低下头，发出一声愤怒和挑衅的可怕尖叫，猛地向莎拉猫扑过去。

那只举止庄严的猫已经停止了洗脸，好奇地看着它。对于铁锈的猛然进攻，它只是举起它那强壮有力的爪子，轻蔑地挥了一下。铁锈便无助地翻了个跟斗，扑倒在地毯上，然后它头晕目眩地站了起来。这个猛捆了它耳光的是只什么样的猫？它满眼狐疑地看

---

① 所罗门（公元前1000–公元前930年），古代以色列王国第三任国王。

着莎拉猫。该进攻还是不进攻？莎拉猫故意转过身子，背对着它，重新开始了它的洗脸工作。铁锈决定放弃进攻。它再也不敢主动出击。从那以后，莎拉猫掌握了统治权，铁锈再也不敢冒犯它了。

但是这时候，约瑟夫毫不知情地坐了起来，打了个哈欠。铁锈燃起了复仇的怒火，急需战胜它，一雪前耻，于是向它猛扑了过去。约瑟夫虽然性情平和，但是偶尔也会打打架，颇有一番战绩。于是它们之间爆发了旷日持久的战斗。以后每天铁锈和约瑟夫都在大家的眼皮底下打架。安妮站在铁锈这边，对约瑟夫痛恨无比。斯特拉则陷入了绝望。不过詹姆西娜姨妈却哈哈大笑。

"让它们决出个胜负吧，"她宽容地说，"然后它们才会成为好朋友的。约瑟夫需要运动一下——它长得太胖了。而铁锈也必须明白，它并不是世界上唯一的猫。"

最终约瑟夫和铁锈接受了现实，从死敌变成了挚友。它们睡在同一张垫子上，用爪子相互搂抱着，还一本正经地替对方洗脸呢。

"我们都彼此适应了。"菲尔说，"我也学会了如何洗盘子和拖地板。"

"但是你别试图说服我们，说明你会用氯仿除掉猫儿。"安妮大笑道。

"那都是盒子上小孔惹的祸。"菲尔辩解说。

"盒子上有个小孔是件好事。"詹姆西娜姨妈非常严肃地说，"我承认，需要溺死一些小猫，要不然这个世界就装不下了。但是，不该杀死一只体面的成年猫——除非它偷吃鸡蛋。"

"如果你见过铁锈刚来的样子，你就不会认为它非常体面了。"斯特拉说，"当时它看起来跟老尼克一模一样。"

"我觉得老尼克不可能是非常丑陋的。"詹姆西娜姨妈沉思着说，"否则他就干不了那么多坏事。我始终觉得，他应该是个非常英俊的绅士。"

戴维的来信

"开始下雪啦，姑娘们。"十一月的一个傍晚，菲尔走进来说，"花园的小路上铺满了最可爱的小星星和十字架。以前我从来没有注意到，雪花竟然是那么精致的东西。只有在简单的生活里，一个人才有时间注意到这样的事物。感谢你们收留了我。黄油每磅又贵了五分钱，这种担忧的感觉真是不赖呀。"

"是吗？"斯特拉问道，她在管理家里的账务。

"是的——这是你的黄油。我都快成采购专家了。这比调情要有意思得多呀。"菲尔严肃地总结说。

"真可恶，每样东西都在涨价。"斯特拉叹着气说。

"别介意呀。感谢上天，空气和救赎还是免费的。"詹姆西娜姨妈说。

"笑声也是免费的。"安妮补充说，"现在还不用为笑声缴税，这太好了，因为你们大家马上就要放声大笑了。我要把戴维的信念给你们听听。在过去的这一年里，他的拼写有了很大的进步，虽然标点符号还不太规范，但毫无疑问，他在写信方面是个天才，能写出非常有趣的信来。在我们开始今晚的痛苦学习之前，先听一听他的来信，大家放声大笑一场吧。"

戴维的信是这么写的。

　　亲爱的安妮，我拿起笔写信（，）是想告诉你我们过得都很好（，）希望你也是很好。今天下了点雪（，）玛莉拉说这是天上的那个老婆婆在抖她的羽毛被。天上的这个老婆婆就是上帝的妻子吗，安妮？我想知道。

　　林德太太真的病了（，）不过现在好多了。上星期她在地窖的楼梯那儿摔了一跤。在她摔下去的时候（，）她抓住了那个架子（，）架子上堆满了牛奶桶和一些长柄炖锅（，）架子跟着她一起摔下去（，）发出了漂亮的轰隆声。玛莉拉起初以为发生了地震呢。一口长柄炖锅完全摔边（扁）了，林德太太丑（扭）伤了肋骨。医生来了（，）给了她一些药（，）是用来擦在肋骨上的（，）可是她没明白医生的意思（，）把药全乞（吃）进肚子里了。医生说那些药没有朵（夺）走她的命，这真是个奇迹（，）它不但没有朵（夺）走她的命（，）反而还治好了她的肋骨，林德太太说其实医生也懂不了多少。但是我们不能修好那只长柄炖锅。玛莉拉只好把它扔了出去。上个星期是感恩节。不用上学，我们吃了顿很棒的晚餐。我乞（吃）了碎肉饼和考（烤）火鸡和水果（果）蛋糕和炸面卷和奶酪和果酱和乔（巧）克力蛋糕。玛莉拉说我会撑死的（，）但是我没死。朵拉吃完后说她"耳朵疼"，可是那些东西并不在她的耳朵里，而是在她的胃里。我哪儿都不"耳朵疼"。

　　我们的新老师是个男人。他做事只是为了好玩。上星期他让我们所有三年级的男孩子写作文（，）说我们想要什么

155.

样的妻子，女孩子写想要什么样的丈夫。当他读作文的时候差（差）点笑死了。这是我的作文。我想你一定喜欢读的。

我想要的妻子

她必须要守规矩（，）按时做好我的饭（，）我让她干什么就干什么（，）对我要总是很有礼貌。她必须十五岁。她必须对穷人好（，）把房子收拾干净（，）脾气好（，）还要按时上教堂。她必须要很漂亮（，）要有卷卷的头发。如果我有个我喜欢的那种妻子（，）我讲（将）成为她非常非常好的丈夫。我认为一个女人应该对她的丈夫非常非常好。一些可怜的女人一个丈夫也没有。

完了。

上个星期我去白沙镇参加了伊莎克·莱特太太的葬礼。这个死人的丈夫真的非常难过。林德太太说莱特太太的祖父偷（投）了一只羊（，）但是玛莉拉说我们必须不能说死人的坏话。我们为什么必须不能说呢，安妮？我想知道。说这些话很安全的，不是吗？

林德太太有天气得发疯，因为我问她是不是在诺亚那会儿她就活着了。我并不想伤害她的感情。我只是想知道。她是不是呢，安妮？

哈里森先生要除掉他的那只狗。所以他把它吊死了（，）但是就在哈里森先生为它挖墓穴的时候（，）它却活了过来（，）溜到谷仓里面去了。所以他又把它吊起来并等到它死掉。哈里森先生雇了个新人帮他干活。他非常非常春

（蠢）。哈里森先生说他笨手笨脚的。巴里先生雇的人非常懒。巴里太太这么说他的（，）但是巴里先生说他并不是真正懒（，）他只是觉得动手干活不如动嘴祷告轻松。

哈蒙·安德鲁斯太太总是谈论的那头骄傲的猪凸（突）然死掉了。林德太太说这是对她骄傲的惩罚。但是我认为这头猪真是太倒霉了。米尔迪·鲍尔特生病了。医生给他了些药（，）味道很苦。我主动提出帮他乞（吃）得一些（，）但是鲍尔特家的人太小气了。米尔迪说他宁愿自己乞（吃）（，）这样能省钱。我问鲍尔特太太怎么才能够钓到一个男人（，）她气得发疯（，）说她不知道（，）她从来不去钓男人的。

乡村促进会准备把教堂再粉刷一遍。他们已经看烦了蓝色的样子。

新来的牧师昨天晚上来这里乞（吃）茶点了。他乞（吃）了三块馅饼。如果我这么乞（吃）（，）林德太太会骂我是猪。他大口大口地乞（吃）得很快（，）玛莉拉总是说我不要这样做。为什么牧师能做孩子就不能做？我想知道。

我没有别的消息了。这是六个吻。××××××。朵拉也有一个，这是她的。×。

你亲爱的朋友
戴维·凯西

附注：安妮，魔鬼的爸爸是谁呢？我想知道。

157.

约瑟芬小姐惦记着安妮姑娘

圣诞节到了，派蒂小屋里的姑娘们回到各自的家中。但是詹姆西娜姨妈选择了留守在这儿。

"我养着这三只猫，就没法到任何邀请我的地方去。"她说，"并且我不能在将近三个星期的时间里，把这些可怜的东西孤零零地留在这里。如果有正派的邻居愿意喂养它们，我倒愿意考虑，但是这条街上，除了百万富翁就没有别的什么人了。所以我打算留在这儿，把派蒂小屋烘得暖暖的，等着你们回来。"

像往常一样，安妮满怀期待兴致勃勃地赶回家中——但是那些期待并没有全部实现。她发现严冬早早地来到了安维利，这里天寒地冻，风雪肆虐，就连这里"最老的居民"也从未见过这种情形。绿山墙一派银装素裹，完全被巨大的雪堆包围了。在这个白雪皑皑的不幸假期，几乎每天都是狂暴的风雪，甚至在天气不错的时候，寒风也不曾歇息。道路刚一打通，随即又被大雪封住了。几乎没有外出活动的可能。有三个晚上，乡村促进会试图举办一场聚会，庆贺这几名大学生的归来，但是每个晚上的暴风雪都是那么猛烈，没有人能够冒着风雪赶来，于是他们沮丧地放弃了这个努力。虽然安妮深爱着绿山墙并对它无限忠诚，但是她仍然情不自禁地怀念起派蒂小屋来，怀念着温馨开放的壁炉，怀念着詹姆西娜姨妈那令人愉悦的双眼，怀念着那三只猫，怀念着姑娘们之间快乐的闲谈，怀念着愉快的星期五晚上，大学的朋友们前来拜访，谈论着亦严肃亦轻松的话题。

安妮感到很孤独。戴安娜患了支气管炎，整个假期都不得不困在家里。她不能前往绿山墙，安妮也很难到果园坡去，因为穿过"闹鬼的树林子"的那条老路被大雪封住了，而阳光水湖上封冻的道路几乎同样糟糕。鲁比·格丽丝已经长眠在了墓园中，坟墓顶上堆满了白雪。简·安德鲁斯在西部大草原上的学校里执教。当然，吉尔伯特依旧非常忠实，在每个可能的晚上都会艰难跋涉至绿山墙来。但是吉尔伯特的拜访已经不同往常了。安妮几乎害怕他的拜访。往往在突然的沉默中，当安妮抬头看去时，她总能看到吉尔伯特那淡褐色的眼眸在凝视着她，目光里明确地蕴涵着深切的情意，让人手足无措。但更让人措手不及的是，她发现在吉尔伯特的凝视之下，自己的脸涨得通红，如火燎火烧般，非常不舒服，就好像——就好像……嗯，这真是太令人困窘了。安妮希望自己能回到派蒂小屋去，在那里，总会有其他人在场，就可以避免这种暧昧的情形。而在绿山墙，每当吉尔伯特前来拜访时，玛莉拉会迅速撤退，躲到林德太太的领地去，并坚持要把那对双胞胎一并带走。其中的用意不言而喻，安妮对此非常恼火，但又无可奈何。

可是戴维玩得开心极了。每天早晨，他都欣喜若狂地跑出门，铲出通往水井和鸡舍的小路。林德太太和玛莉拉争相为安妮准备的圣诞佳肴，都被戴维尽情享用了。他从学校图书馆借了一本书，正在读其中一个令人着迷的故事。故事中那个出色的英雄似乎拥有神奇的力量，总是招来各种各样的麻烦，就在这时，突如其来的一场地震或者火山爆发，把他从困境中解救出来，他被吹到半空中，身上所有的麻烦都被烤干，然后幸运之神眷顾他，最终他功成名就，声名赫赫。

"我告诉你，这个故事超级好看，安妮。"他神采奕奕地说，"我非常喜欢读它，而不是读《圣经》。"

"是吗？"安妮微笑着说。

戴维好奇地瞥了安妮一眼。

"你看上去一点儿也不震惊，安妮。我跟林德太太说这话的时候，她非常非常震惊。"

"是的，我一点儿也不吃惊，戴维。我认为一个九岁的男孩子更愿意读冒险故事，而不是读《圣经》，这是太正常不过的事情了。但是当你长大些以后，我希望你明白，我也认为你会明白的，《圣经》是一本非常好的书。"

"噢，我认为《圣经》里有些章节还不错，"戴维承认说，"比如关于约瑟夫的故事①就超级好看。但如果我是约瑟夫的话，我就不会原谅我的那些兄弟了。哦，不，那些先生，安妮。我会把他们的脑袋都砍下来的。当我这么跟林德太太说时，她非常非常生气，她合上《圣经》，说如果我再说这种话，她就永远不念给我听了。所以现在礼拜日下午她念《圣经》的时候，我什么也不会说的。我只是想着事情，然后第二天到学校说给米尔迪·鲍尔特听。我跟米尔迪讲了以利沙和熊的故事，把他吓坏了，从那

---

① 在《圣经》中，因为猜疑和妒忌，约瑟夫的兄弟们计划要杀死他。

以后他再也不敢嘲笑哈里森先生的秃顶了①。爱德华王子岛上有熊吗，安妮？我想知道。"

"现在没有了。"安妮心不在焉地说，狂风卷着雪花扑打着窗户，"噢，天啊，这暴风雪什么时候才会停啊？"

"上帝才知道。"戴维快活地应了一声，准备继续阅读他的书。

安妮这次给震惊了。

"戴维！"她责备地叫道。

"林德太太也这么说的啊。"戴维反驳道，"上星期的一个晚上，玛莉拉说：'路德维克·斯彼德和西奥德拉·迪克斯到底会不会结婚呢？'林德太太说：'上帝才知道。'——就像这样的。"

"嗯，她这样说也是不对的。"安妮说，在这样左右为难的困境中，她迅速决定了该牺牲哪一方，"不管是什么人，随便滥用上帝的名字，或者是很不尊重地说这个名字，都是不对的，戴维。不要再这么说了。"

"就算我严肃地、慢慢地说这个名字，就像牧师那样，也不行吗？"戴维认真地问。

"不行，就算那样也不行。"

"好吧，我不会再说了。路德维克·斯彼德和西奥德拉·迪克斯住在格拉夫顿中部，雷切尔太太说路德维克已经追了她一百

---

① 见《旧约·列王纪下》第二章，四十二名童子来自伯特利。他们想劝诫以利沙，不要像以利亚那样痛斥他们不道德的罪。因此他们不仅嘲笑以利沙秃头，并且对以利沙的信仰和神极为不恭敬。他们也许不相信神会用火车火马把以利亚接去，便对以利沙冷嘲热讽。以利沙诅咒他们，本想叫出一群熊来攻击他们，却没有叫出来，而神让这群熊出现，以便惩罚他们的冷漠不信。

年了。他们很快就会变老，老得都不能结婚了，对吧，安妮？我希望吉尔伯特追你不要花那么长的时间。你准备什么时候结婚呢，安妮？林德太太说这是个板上钉钉的事情。"

"林德太太是个——"安妮言辞激烈地开了个头，然后就打住了。

"——是个非常讨厌的老长舌妇。"戴维神色自若地把话补充完整，"每个人都这么叫她的。但这是不是板上钉钉的事情呢，安妮？我想知道。"

"你真是个愚蠢透顶的小男孩，戴维。"安妮说，然后昂首阔步地走出了房间。厨房里空无一人，她在窗边坐下，沐浴在冬日里迅速消逝的暮霭中。太阳已经落山，风停了，一片死寂。一轮惨白清幽的月亮从西边的紫色云层后露出了脸。天色暗淡了下去，但是西方地平线上那一条黄色的光带越来越明亮，越来越显眼，好像所有飘浮的光线都集中到了那里。远处的小山赫然耸立着，在背景的映衬下显得黑黢黢的，从轮廓上能看到站列着的冷杉树，就像牧师一样肃穆。安妮眺望着寂静雪白的田野，在冷酷落日的惨淡余晖中，田野一片凄凉，没有任何生命的气息。安妮叹了口气。她感到非常孤单，心里充满了悲伤。她在担心自己明年能否回到雷德蒙去。看来是不可能了。大学二年级只有一个奖学金可以争取，而且奖金金额很小。她不能动用玛莉拉的积蓄，在明年暑假里似乎也不可能挣到足够的费用。

"我想，明年我只能休学了，"她凄凉地想着，"然后到某个地区学校去任教，等挣足了钱再去完成我的学业。到那时候，我所有的老同学都毕业了，派蒂小屋也不再属于我们了。但是，好吧！我不会当一个懦夫的。在必要的时候，我还能够自己挣钱渡过难关，这已经要谢天谢地了。"

"瞧，哈里森先生从小路那边挣扎着过来了。"戴维跑进来宣称，"我希望他送信件来了。我们已经有三天没有收到信件了。我想看看那些'顽固的自由党'人在干什么。我是个保守党人，安妮。我告诉你，得把那些自由党人盯紧点。"

哈里森先生带来了信件。斯特拉、普里西拉、菲尔快乐的来信很快驱散了安妮心中的忧郁。詹姆西娜姨妈也写了一封信，说她一直把炉火烧得很旺，猫儿们都很好，各种植物长得也不错。

"这段时间天气真的很冷，"她写道，"所以我让猫儿们都睡在屋子里——铁锈和约瑟夫睡在客厅的沙发上，莎拉猫睡在我的床脚边。当我夜里醒来，想着我可怜的女儿置身异国他乡时，听着猫儿的咕噜声，真使人感到慰藉。不管我的女儿在什么地方，只要不在印度，我都不会担心的，他们都说印度的蛇是最可怕的。我对所有的东西都报以足够的信任，但除了蛇以外。我不明白主为什么要创造出它们来。有时候我在想，那不是他创造出来的。我更倾向于认为，是魔鬼创造出了它们。"

安妮把一张薄薄的打印信件留在了最后，心想那不是什么重要的东西。但当她读完它后，她非常安静地坐着，泪水涟涟。

"怎么啦，安妮？"坶莉拉问。

"约瑟芬·巴里小姐去世了。"安妮低声说。

"她最终还是这样走了。"玛莉拉说，"唉，她已经病了整整一年了，巴里家的人估计她随时都会离开人世。现在她安息了，不再遭受病痛的折磨，这是件好事，安妮。她一直对你很好。"

"在她生命的最后一刻，她对我都很好，玛莉拉。这封信是她律师寄来的。她在遗嘱里留给了我一千元钱。"

"哇，难道那不是一笔非常非常多的钱吗？"戴维叫道，"她就是你和戴安娜跳到客房的床上压着的那个女人，对吧？戴安娜给我讲过那个故事。是不是就是那个原因，所以她才留给你那么多钱？"

"别说了，戴维。"安妮轻声地说。她心潮起伏，默默地回到了走廊那边的东山墙小屋。她把林德太太和玛莉拉留在厨房里，让她们把这个故事痛快淋漓地说个够。

"你们认为安妮现在还会结婚吗？"戴维焦急地推测说，"多克丝·斯劳尼今年夏天结婚的时候说，如果她有足够的钱生活下去，她永远都不会让一个男人来打扰自己的，她甚至说，她宁愿当一个寡妇，独自养育八个孩子，也不愿意跟一个小姑子住在一起。"

"戴维·凯西，管住你的舌头。"雷切尔太太严厉地说，"对于一个小男孩来说，你说话的方式真是很不体面。就是这么回事。"

一段插曲

　　"想想吧，今天是我二十岁的生日，少女时代已经永远离我而去。"安妮对詹姆西娜姨妈说。安妮这时正蜷缩成一团，坐在壁炉前的地毯上，铁锈躺在她的膝盖上。詹姆西娜姨妈正坐在她心爱的摇椅里读着东西。客厅里只有她们两个人。斯特拉和普里西拉去参加一个协会会议了，菲尔为了参加一场晚会，正在楼上精心打扮自己。

　　"我想你一定觉得有些——嗯，遗憾。"詹姆西娜姨妈说，"少女时代是生命中最美好的时光。我的少女时代并没有离我而去，我很高兴。"

　　安妮放声大笑。

　　"它永远都不会离开你的，姨妈。当你一百岁的时候，你仍将是十八岁。是啊，我感到有些遗憾，而且还有点不满意。很久以前，斯苔丝小姐就对我说过，到了二十岁的时候，我的性格就会定型了，不管是好是坏都不会发生任何变化。但我觉得不应该是这样。我的性格里还有很多缺陷呀。"

　　"每个人的性格都是如此。"詹姆西娜姨妈轻快地说，"我的性格里有一百个地方出现了裂纹。你的斯苔丝小姐可能是说，等到二十岁，你的性格就会有明确的方向性，并沿着这个或者那个方向继续发展下去。别为这事烦恼，安妮。完成你应尽的使命——上帝赋予你的、邻居交给你的、还有你自己认定的使命，然后就好好享受生活。这是我的人生哲学，而且蛮有成效。菲尔今晚要去哪儿？"

"她要去跳舞。她为此准备了一条她最心爱的裙子——奶黄色的丝绸，镶有蛛网似的花边，这与她棕色的头发非常搭配。"

"像'丝绸'呀、'花边'呀，这类的词都带有一种魔力，不是吗？"詹姆西娜姨妈说，"光是听到它们，就足以让我蠢蠢欲动，恨不得轻快地跳起来，迫不及待地去参加舞会呢。黄色的丝绸，它让人联想到是用阳光做的衣服。我一直想要一条黄色丝绸的裙子，但开始是我母亲反对，然后是我丈夫，他根本就不愿听到这样的话。等我上了天堂，我要做的第一件事情就是做一条黄色丝绸的裙子。"

伴随着安妮银铃般的笑声，菲尔光彩照人地走下楼梯，对着墙上椭圆形的长镜子，认真地审视着自己。

"会取悦人的穿衣镜让人倍加可爱。"她说，"我房间里的那块玻璃使我看上去显得幼稚可笑。我看上去漂亮吗，安妮？"

"你不知道自己有多么漂亮啊，菲尔！"安妮由衷地赞叹道。

"我当然知道。否则我看着穿衣镜和男人干什么呢？我指的并不是长得好看。所有的褶边都束好了吗？裙线拉直了吗？还有，这朵玫瑰戴低一点儿会不会更好看呢？我担心它太高了——那会让我看起来显得不相称。但是再低点就到耳边了，我讨厌有什么东西在耳边挠痒痒。"

"一切都恰到好处，而且你脸上西南方那个酒窝可爱极了。"

166.

"安妮，我尤其欣赏你身上的一样东西——那就是你的慷慨大度，你身上没有一点儿忌妒之心。"

"她为什么要忌妒呢？"詹姆西娜姨妈问道，"她没有你那么好看——也许，但是她的鼻子要耐看得多。"

"我知道。"菲尔表示赞同。

"我的鼻子一向给了我巨大的安慰。"安妮坦承道。

"还有，我喜欢你前额上头发的样式，安妮。还有那缕小小的鬈发，看起来总是快要掉下来的样子，但是永远都不会掉下来，这真是妙极了。但说到鼻子，我对自己的鼻子非常担忧。我知道，到我四十岁的时候，它就会变成拜尼式的。你认为我四十岁的时候，会是什么样子的呢，安妮？"

"像一个苍老壮实的已婚主妇。"安妮逗她说。

"我不会的。"菲尔说着，舒舒服服地坐下来，等待着她的护花使者，"约瑟夫，你这只印花布动物，你胆敢跳到我的腿上来。我可不想带着满身的猫毛去跳舞。不，安妮，我不会像个壮实的主妇。但毫无疑问我会结婚的。"

"嫁给阿勒克还是阿隆佐？"安妮问。

"他们中的一个吧，我想。"菲尔叹了口气，"只要我能决定是哪一个。"

"这应该不难决定。"詹姆西娜姨妈责备说。

"我天生就是个优柔寡断的人，没有什么能改正我这种犹豫不决的毛病。"

"你应该让头脑更冷静些，菲尔。"

"当然啦，头脑冷静下来是很不错，"菲尔赞同说，"但是，你就会失掉许多乐趣。至于阿勒克和阿隆佐，如果你们认识他们，就会明白要在他们中间做出选择是多么困难的事情，他们一样的好啊。"

"那就选一个比他们更好的人。"詹姆西娜姨妈建议说，"那个对你忠心耿耿的四年级学生——威尔·乐斯莱。他有着一双漂亮温柔的大眼睛。"

"那双眼睛太大了点儿，也太温柔了——就像母牛的眼睛。"菲尔毫不留情地说。

"你觉得乔治·帕克怎么样呢？"

"对于他没什么好说的，他唯一值得一提的是全身笔挺，就好像刚刚被上过浆，被熨烫过。"

"那么马尔·霍尔沃斯呢？你应该挑不出他的毛病。"

"也有毛病。如果他不是那么穷，我就会选他的。我必须要嫁个有钱人，詹姆西娜姨妈。这个——再加上英俊的外表——是必不可少的条件。如果吉尔伯特·布里兹有钱的话，我就会嫁给他。"

"哦，是吗？"安妮说着，语气里带着一丝敌意。

"其实我自己并不想要吉尔伯特，但是我们当中有人听了这话，还是不大高兴，噢，不，"菲尔嘲笑说，"我们不要再谈这些讨厌的话题了。我想我总有一天会结婚的，但是我要把那可恶的日子拖得越晚越好。"

"你绝对不能嫁给一个自己不爱的人，菲利帕。"詹姆西娜姨妈说。

"'哦，过去美好的恋情，现在已经不再流行。'"菲尔装扮成娇滴滴的声音吟诵诗句，嘲弄着说，"马车来了。我要飞走啦——拜拜，我两位可爱的守旧宝贝。"

当菲尔走了以后，詹姆西娜姨妈严肃地看着安妮。

"那个姑娘漂亮可爱，心地善良，但有时候，你觉得她的思想正确吗，安妮？"

"噢，我觉得这和菲尔的思想没什么关系。"安妮克制自己不要笑出声，说道，"她只是喜欢用这种方式说话。"

詹姆西娜姨妈摇了摇头。

"嗯，我希望是这样，安妮。因为我爱她，所以才希望她思想健康。但是我没法理解她——她把我打败了。她跟我以前认识的姑娘们都不一样，跟年轻时性格多变的我也截然不同。"

"你年轻时性格多变吗，詹姆西姨妈？"

"反复无常，亲爱的。"

吉尔伯特的表白

"今天太沉闷了，真无聊啊。"菲尔打了个哈欠，在沙发上懒洋洋地伸了个懒腰，霸占了两只极度愤怒的猫儿的地盘。

安妮从《匹克威克外传》中抬起头来。现在，春季考试已经结束，她正用狄更斯的小说来款待自己。

"对于我们来说，这是无聊的一天，"安妮思索着说，"但对于某些人来说，这是美好的一天。某些人会在今天感受到极度的幸福。也许在某个地方，今天完成了一件壮举——或者是写出了壮丽的诗篇——或者是诞生了一个伟人。而某些人今天则心都碎了，菲尔。"

"你为什么要添上最后这一句呢？这把你美好的想象都破坏掉了，亲爱的。"菲尔嘟哝道，"我不喜欢想到破碎的心——任何不愉快的事情我都不愿意想。"

"你觉得，你能一辈子都避开不愉快的事情吗，菲尔？"

"天啊，不。我现在不是正在与之抗争吗？阿勒克和阿隆佐给我的生活招来了无尽的烦恼，那么你就不能把他们称作愉快的事，对吧？"

"你从来都没有认真地对待任何事物，菲尔。"

"我为什么要认真？这个世界上认真的家伙已经够多了。安妮，这个世界需要像我这样的人来增添乐趣。如果每个人都聪明、认真、内敛，而且毫无激情，那将是个多么可怕的地方啊。就像乔西亚·艾伦所说那样，我的使命就是'让人迷醉，让人发狂。'现在你得承认，由于我对你们的影响，去年冬天，派蒂小屋里的生活是不是更加愉悦，更加快活？"

"是的，是这样的。"安妮承认道。

"而且你们都爱着我——甚至连詹姆西娜姨妈也是，虽然她认为我完全疯了。所以，我为什么要变成一个一本正经的人呢？噢，亲爱的，我困死了。昨晚我读了一则吓人的鬼故事，一直到凌晨一点钟都没有睡着。我是躺在床上读的，但是读完以后，熄灯却成了一个问题。你以为我会爬起来把灯吹熄吗？不会！幸好斯特拉凌晨回家来了，否则灯就会一直亮到早晨。当我听到斯特拉回来的声音时，就把她叫过来，向她解释了我的困境，请她把灯吹熄。如果我自己起来熄灯，我知道等我再一次上床时，就有什么东西会抓住我的脚。对了，安妮，詹姆西娜姨妈已经决定好暑假怎么过了吗？"

"是的，她决定了，准备留在这儿。我知道她这么做，是为了那些幸运的猫儿，虽然她总是说，回去打开自己的房子太麻烦，还说讨厌拜访。"

"你在读什么？"

"《匹克威克外传》。"

"那本书总是让我感到饥肠辘辘。"菲尔说，"书里面有太多好吃的东西了。书里的人物好像总是在享用着火腿、鸡蛋，还有奶酒。读完《匹克威克外传》，我总是要到食品室去翻箱倒柜找吃的。这倒提醒我了，我快饿死啦。食品室里还有什么好吃的吗，安妮女王？"

"早上我做了一个柠檬馅饼。你可以吃一块。"

菲尔冲向食品室，而安妮在铁锈的陪伴下向果园走去。这是一个早春的傍晚，空气湿润，还飘荡着晚上愉悦的芳香。公园里的积雪尚未融化。在通往港口的小路边，积雪在松树的遮蔽下，躲开了四月的暖日，沿着小路形成了一道小小的深色堤岸。雪水使得这条小路泥泞不堪，也使夜晚的空气带着料峭的寒意。但是在隐蔽的地方，嫩绿的小草已经冒出了尖。吉尔伯特在一个暗角里，还找到了一些洁白香甜的花朵。他手里拿着一大把花，穿过公园，走了过来。

安妮坐在果园中灰色的大圆石上。一根光洁的白桦树枝条非常优雅地悬垂下来，背衬着淡红色的落日霞光，安妮正欣赏着如诗如画的美景。她正在梦幻中营造着一座城堡——一幢令人惊叹的宫殿，在阳光普照的庭院里，富丽堂皇的厅堂里，处处弥漫着阿拉伯檀香，而她就是这座城堡的女主人，这里的女王。当她看到吉尔伯特走进果园时，她的眉头皱了起来。最近她总在设法回避与吉尔伯特单独相处。但是现在吉尔伯特把她抓了个正着，就连铁锈这时也离她而去了。

吉尔伯特挨着她在大圆石上坐了下来，奉上了他的五月花。

"难道这些花没有让你想起故乡，想起我们同窗时期的野餐往事吗，安妮？"

安妮接过花，把脸埋在了花束中间。

"这一刻，我正坐在塞拉斯·斯劳尼家的荒坡上面。"她欣喜地说。

172.

"我想再过几天，你就真的能坐到那儿去了，对吧？"

"不，我可能还要等上两个星期。我要在回家前，跟着菲尔去博林布鲁克看看。你会比我早些回到安维利的。"

"不会，今年整个暑假我都不会在安维利，安妮。《每日新闻》报社为我提供了一份工作，我准备接下来。"

"噢。"安妮含混地应了一声。她不知道如果没有了吉尔伯特，安维利的整个夏季会变成什么样子。不知道为什么，她并不愿意听到吉尔伯特不在家的消息。"嗯。"她淡淡地说，"当然，这对你来说是件好事。"

"是的，我一直希望能够得到这份工作。它能帮助我度过下一年的生活。"

"你别太累了。"安妮说，她不清楚自己到底在说些什么，心里绝望地期待菲尔能够出现在这里，"这个冬天你一直都在学习。难道你不觉得这是个令人愉快的夜晚吗？你知道吗？我今天在那棵歪脖的老树下，发现了一丛白色的兰花，我感觉自己好像发现了一座金矿似的。"

"你总是在发现金矿。"吉尔伯特说——他同样也心不在焉。

"我们过去看看吧，看能不能再找到些。"安妮急切地建议说，"我去叫上菲尔和——"

"现在别去想着菲尔和那些兰花了，安妮。"吉尔伯特静静地说，然后，一下子紧紧抓住她的手，她无法挣脱，"有一件事，我想对你说。"

"噢，别说，"安妮恳求地叫道，"别说——求你了，吉尔伯特。"

"我必须说出来。不能再这样下去了。安妮，我爱你。你知道的，我爱你。我——我无法告诉你这份爱有多深。你能答应我，有一天能成为我的妻子吗？"

"我——我不能。"安妮痛苦地说，"噢，吉尔伯特——你——你把一切都毁了。"

"你一点都不在乎我吗？"在一阵可怕的沉默后，吉尔伯特问道。在这期间，安妮一直不敢抬头看他。

"不是——不是那种在乎。作为好朋友，我一直都很在乎你。但是我不爱你，吉尔伯特。"

"但是，难道你就不能给我一些希望，你将来会——"

"不，我不能，"安妮绝望地叫了起来，"我永远、永远都不能爱上你——用爱的方式对待你——吉尔伯特。你永远别再对我说这种话了。"

又是一阵沉默——沉默得太长，太可怕了，安妮最终不得不鼓足勇气抬起头来。吉尔伯特的脸一片煞白，连嘴唇都变得苍白无比。还有他的眼睛——但是安妮战栗起来，把目光移开了。这毫无浪漫可言。难道求婚要么是荒诞可笑——要么就是让人胆战心惊吗？她还能不能忘掉吉尔伯特的那张脸呢？

"你是不是有别的什么人？"最终他低声问道。

"没有——没有。"安妮急切地说，"我没有用那种方式在乎过任何人——我喜欢你，胜过喜欢世界上任何一个人，吉尔伯特。我们一定——我们一定会是永远的朋友，吉尔伯特。"

吉尔伯特挤出了一丝笑容，笑容里夹杂着苦涩。

"朋友！你的友情不能让我满足，安妮。我需要你的爱——而你却告诉我，我永远都不能得到它。"

"对不起。请原谅我，吉尔伯特。"这就是安妮能说的一切了。唉，她曾经在想象中构思过，要用亲切优雅的言辞去拒绝求爱者，让他绅士地离开，可现在那些言辞到哪里去了呢？

吉尔伯特轻轻地放开了她的手。

"没有什么好原谅的。很久以来，我都以为你很在乎我。我只是骗了我自己，如此而已。再见，安妮。"

安妮起身回到了自己房间，来到靠近松树的窗前，倒在了椅子上，低声哭泣。她绝望地感觉到，她生命中弥足珍贵的一件东西消失了。那就是吉尔伯特的友谊。噢，为什么一定要以这种方式从她的生命中终结呢？

"怎么啦，宝贝？"菲尔从阴冷的月光中走过来，不解地问道。

安妮没有回答。在这个时候，她真希望菲尔远远地待在一千里之外。

"我猜，你刚才出去了，并且拒绝了吉尔伯特·布里兹。你这个傻瓜，安妮·雪莉！"

"拒绝一个我不爱的男人，这能叫作傻吗？"安妮被激怒了，冷冰冰地答道。

"当你面对爱情的时候，你却蒙在了鼓里。你只是用你的幻想，假设出某种东西来，以为那就是爱情，并且希望现实的情况要与它吻合。嘿，这是我这辈子第一次说出这么理智的话。我真不知道我是怎么做到的？"

"菲尔，"安妮恳求说，"请你走吧，让我一个人待一会儿。我的世界被击落成了无数的碎片。我想把它重建起来。"

"你的世界里再也没有吉尔伯特了！"菲尔说着，走开了。

一个再也没有吉尔伯特的世界！安妮重复着这句可怕的话。

那难道不是一个非常孤独荒凉的地方吗？嗯，这都是吉尔伯特的错。他毁掉了他们之间美丽的友谊。她必须要适应没有这份友谊的生活。

昨日的玫瑰

　　安妮在博林布鲁克度过了愉快的两星期，只是每当想起吉尔伯特，心里都有一种说不清的痛楚和失落。不过，她并没有多少时间想起他来。冬青山庄，戈顿家族古老美丽的庄园，欢声笑语常在。菲尔的朋友们，有男性朋友，也有女性朋友，络绎不绝地来到庄园。一场接一场的兜风、舞会、野餐和游艇聚会，让人眼花缭乱，菲尔把这一切活动统统冠以"狂欢"的名目。阿勒克和阿隆佐始终都伴随在菲尔左右，这使得安妮不禁怀疑，他们除了在菲尔的迷惑下大献殷勤，到底还能做些什么呢。两人都很出色，都富有男子气概，但是安妮无法断定哪个更好。

　　"我要依靠你来帮我拿主意，到底我该嫁给哪个好呢？"菲尔苦恼地说。

　　"这必须由你自己来决定。你在决定别人的结婚对象时，可是个不错的专家呀。"安妮有些刻薄地反驳说。

　　"噢，那可完全不一样啊。"菲尔真诚地说。

　　在博林布鲁克逗留期间，最美好的事情就是走访了她的出生地——位于偏僻街道上那幢简陋的黄色小房子，那是时常出现在她梦乡的地方。当安妮和菲尔转过街口，面向大门时，她惊喜地打量着这一切。

"这儿几乎跟我想象中的一模一样。"她说，"窗口虽然没有金银花，但是门边有一棵紫丁香，而且——没错，窗上挂着棉布窗帘。真高兴房子仍然是黄色的。"

一个很高很瘦的妇女打开了门。

"是的，二十年前，雪莉一家人就住在这里。"对于安妮的问题，她回答说，"他们租下了这座房子。我还记得他们。他们俩都得了热病，一起死了。那真惨啊。他们留下了一个孩子。我猜她早死了。那是个病秧子。老托马斯和他妻子收养了她——好像他们自己的孩子还不够多似的。"

"她没有死，"安妮微笑着说，"我就是那个孩子。"

"你没说错吧！哎呀，你已经长大啦！"那个女人惊叫起来，好像对安妮不再是个小孩子而感到惊讶万分，"过来，让我看看你。我看到相像的地方了。你长得很像你爸爸，他也是红头发。但是你的眼睛和嘴巴很像你妈妈。她是个小个子女人。我闺女就是她的学生，对她很着迷。他们被埋在一个墓穴里，学校董事会为他们立了块墓碑，奖励他们忠诚的服务。你们要进来吗？"

"能让我在屋子里到处看看吗？"安妮迫不及待地问。

"啊，可以，只要你喜欢。不会耽搁你太长时间的——这儿地方不大。我总想让我家男人盖一间新厨房，但是他老是拖拖拉拉的。客厅在这儿，楼上有两个房间。你们自己随便看吧。我得去照看孩子了。你是在东边那个房间出生的。我记得你妈妈说过，她喜欢看日出。我记得有人说过，你就是在日出时候出生的，你妈妈第一眼看到的就是你脸上的阳光咧。"

安妮走上狭窄的楼梯，心潮澎湃地走进东边的那个小房间。

对她来说，这里就是块圣地。就在这里，她的母亲怀着母性的期待，构建着美丽幸福的梦想；就在这里，在那出生的神圣时刻，她和母亲沐浴在日出火红的朝霞中；也就在这里，她的母亲离开了人世。安妮虔诚地环顾四周，泪水模糊了双眼。对于她来说，这是生命弥足珍贵的时刻，它将永存记忆中，永放光芒。

"想想看——我出生的时候，我的母亲比我现在还要年轻。"她低声说道。

当安妮走下楼时，女房东正在客厅里等候着她。她递过来一个满是尘灰的小包裹，上面系着褪色的蓝色丝带。

"我们搬进来的时候，我在楼上的壁橱里发现了这捆旧书信。"她说，"我不知道写了些什么——我一直懒得打开，但上面的地址写的是'贝莎·威利斯小姐'，那是你妈妈未出嫁时的名字。如果你想要，可以把它拿去。"

"哦，谢谢——谢谢你。"安妮叫起来，把包裹狂喜地抱在怀里。

"这是留在房子里唯一的东西。"女房东说，"你爸妈生病后，为了付医生的账单，把家具全都卖了。托马斯太太把你妈妈的衣服和一些小东西都拿走了。我估计啊，落在托马斯家的那群小孩手里，这些东西不会存留多长时间的。在我看来，他们从小就是群败家子。"

"属于我妈妈的东西，我一件也没有。"安妮哽咽着说，"我——我，因为这些信件，永远都感激不尽。"

"没什么。啊，你的眼睛真像你妈妈，她的眼睛几乎会说话。你爸爸长得很普通，但他人讨好。我记得有人说过，他们结婚的时候，再也没有人比他们更相亲相爱——可怜的人儿啊，他们没有活多久。但是他们活着的时候很快活，我想这就足够了。"

安妮渴望尽快回家去读这些珍贵的信件，但是她先做了一趟小小的朝圣之旅。她独自去了古老的博林布鲁克公墓的新墓区，她的父母就安葬在那儿。她在他们的墓前留下了一束她带去的白色花朵。然后她急忙赶回冬青山庄，把自己关在房间里，读着那些信件。一些是她父亲写的，一些是她母亲写的。信并不多——总共只有十二封——因为父亲沃尔特和母亲贝莎在恋爱的日子里并不经常分开。流逝的岁月使得信纸泛黄褪色，字迹已经模糊不清。那些污损和皱巴巴的信纸上，并没有深奥的至理名言，字里行间无不渗透着浓浓的爱意和深深的信任。信中承载着已经被人遗忘了的那些甜蜜——那对去世已久的恋人遥远而温柔的思念。贝莎·雪莉拥有书写的天赋，信中的所思所想展示了她迷人的性格，那些言辞和思想经历了岁月的洗礼，依旧芬芳美丽。那些信温婉、亲密而又神圣。在安妮看来，最动人的是母亲在自己出生后，写给暂时出差在外的父亲的明信片。里面洋溢着一个年轻母亲对自己"宝贝儿"自豪的描述——她的机灵，她的聪慧，她的一千个动人之处。

"在她熟睡的时候，我最爱她；但在她醒来的时候，我更加爱她。"贝莎·雪莉在这张明信片中写道。也许这是她写下的最后一句话，生命的终点已经越来越近了。

"这是我生命中最美丽的一天，"那天晚上安妮对菲尔说，"我找到了自己的爸爸和妈妈。那些信使我真真切切地感受到了他们的存在。我再也不是个孤儿了。我觉得自己好像翻开了一本书，发现了昨日的玫瑰，在绿叶丛中依旧那么香甜，那么可爱。"

春天里安妮返回绿山墙

　　炉火的光影在绿山墙厨房的墙上舞动，春天的夜晚依旧寒冷。夜晚细微而甜美的声音从东边开着的窗户飘了进来。玛莉拉坐在壁炉边——至少，身子是在这儿，而她的精神正迈动着年轻的脚步，在旧日的老路上漫游。近来玛莉拉用这种方式打发了很多时光，那些时间她本来打算为双胞胎编织些东西的。

　　"我想我是老了。"她说。

　　但在过去的九年里，玛莉拉除了消瘦了一些，棱角变得更加分明外，基本没有太大的变化。头上增添了几根银丝，头发依旧在脑后盘成一个结实的小发髻，两支发簪——依旧牢牢地插在里面，只不过它们已经完全褪色了。她的表情更加丰富了，眼神更加温柔慈祥，笑容也越发多了起来，嘴里还时不时迸出一些幽默语。

　　玛莉拉正在回想自己的一生，回想她闭塞而痛苦的童年，回想她少女时代暗藏的梦想和枯萎的希望，回想在那之后沉闷的中年，那漫长、灰暗、闭塞而单调的岁月。然后，安妮来了——那个活泼、冲动、富于想象的女孩儿，带着她满腔的爱和她的幻想来了，她带来了色彩、温暖和光芒，最终使自己了无生机的生命像玫瑰一样盛情绽放。玛莉拉觉得自己这六十年的生命，只有在安妮到来后的这九年里才真正地活着。而安妮明天晚上就回家了。

　　厨房门打开了。玛莉拉抬起头来，以为是林德太太呢。没想到出现在她眼前的竟然是安妮！她的身姿袅袅婷婷，眼睛像星星般闪亮，手中捧着五月花和紫罗兰。

　　"安妮·雪莉！"玛莉拉叫道，她吃惊得失去了自我控制，这还是她生平第一次。她把自己的孩子搂进怀里，把她和她的花儿紧紧地拥在胸口，热切地吻着那闪亮的头发和甜美的脸庞。"我以为你明天晚上才会回来。你怎么从卡莫迪回来的？"

　　"走回来的呀，我最亲爱的玛莉拉。在读奎恩学校的时候，我不是经常这样做吗？明天邮差会把我的行李送回来。我突然很想家，就提前一天回来了。噢，在五月的暮色里漫步回家，真是太美妙啦。我在荒坡停留了一会儿，摘了这些五月花。我穿过紫罗兰山谷时，手里又多了一大捧紫罗兰——有如天空般呈蓝紫色。闻一闻吧，玛莉拉——你会陶醉的。"

　　玛莉拉亲切地嗅了嗅，但是与紫罗兰的香气相比，她对安妮的归来更感意外。

　　"坐下，孩子。你一定累坏了。我去给你弄点晚饭。"

　　"今晚在小山的后面，升起了一轮可爱的月亮，玛莉拉。还有，噢，我从卡莫迪回家的路上，那些青蛙欢快地对我歌唱！我打心眼里喜欢青蛙们的歌声，春天夜晚里那些幸福的回忆，似乎都与这些歌声紧密相连。而且它总让我回想起我刚来的那个晚上。你还记得吗，玛莉拉？"

　　"嗯，记得。"玛莉拉加重语气说，"我永远都不可能忘记。"

　　"那一年，青蛙在湿地和小溪里疯狂地唱着。黄昏的时候，我站在窗边聆听，想弄明白歌声怎么听上去既欢快又悲伤呢。噢，不过，我又回家啦，这真是太棒了！雷德蒙好极了，博林布鲁克也不错——但绿山墙才是我的家。"

"我听说，吉尔伯特今年夏天不回家了。"玛莉拉说。

"是的。"安妮语调中透露出了某种东西，玛莉拉敏锐地瞥了她一眼，不过，安妮专心致志地忙着把紫罗兰插到花瓶里。"看啊，它们是不是很漂亮呀？"她匆忙地继续说，"一年就是一本书，对吧，玛莉拉？春天的篇章是用五月花和紫罗兰写成的，夏天用的是玫瑰，秋天是红色的枫叶，冬天则是常绿的冬青。"

"吉尔伯特这次考得怎么样？"玛莉拉穷追不舍。

"非常出色。他是班上最好的。可是双胞胎和林德太太在哪儿？"

"雷切尔和朵拉到哈里森先生家去了。戴维在鲍尔特家。不过我听到他回来的声音了。"

戴维冲了进来。看见安妮，他愣住了，然后惊喜地尖叫了一声，扑了过去。

"噢，安妮，看见你我真是太高兴啊！嘿，安妮，从去年秋天到现在，我已经长高了五厘米，今天林德太太用她的软尺给我量的。还有，嘿，安妮，瞧我的门牙，没有了。牙齿快要落的时候，林德太太用一根细绳把它拴起来，把另一头拴在门上，然后用力把门一关。我把牙齿卖给了米尔迪，卖了两分钱。米尔迪在收集牙齿。"

"他收集牙齿究竟要干什么？"玛莉拉问。

"用它们做一根项链，好扮作印第安酋长。"戴维爬到安妮的膝盖上，一边解释说，"他已经收集到十五颗了，而且其他人都答应会把牙齿给他，所以别人想收集也没用了。我告诉过你，鲍尔特家的人都是顶呱呱的生意人。"

"你在鲍尔特太太家表现得像不像个好孩子？"玛莉拉严肃地问。

"是的。但是，嘿，玛莉拉，我当好孩子当厌烦了。"

"可你要是干坏事，要不了多久也会厌烦的，戴维乖乖。"安妮说。

"嗯，可干坏事的时候很有趣，对吧？"戴维坚持说，"我可以在干坏事后难过一下的，是吧？"

"难过并不能抵消干坏事带来的后果，戴维。去年夏天有个礼拜日，你逃学不去主日学校了，你还记得吗？你后来告诉我说，干坏事并没有什么好处。你今天和米尔迪做了些什么？"

"噢，我们钓鱼、追猫、找蛋，还对着回音大叫。鲍尔特家谷仓后面的树丛里面有一个很大的回音。嘿，什么是回音，安妮？我想知道。"

"回音是位美丽的女神，戴维，她住在遥远的树林里，经常在山林中对着世界放声大笑。"

"她长什么样子呀？"

"她的头发和眼睛都是黑色的，而她的脖子和胳膊像雪一样白。她到底有多美丽呢？没有一个凡人亲眼见过她。她跑起来比鹿子还要敏捷。我们仅仅知道她那嘲弄的笑声。你能听到她夜晚的呼声，你也能听到她在星空下的笑声，但你永远看不见她。如果你跟着她，她就远远地飞走，然后在另一个山头对你发出嘲弄的笑声。"

"那都是真的吗，安妮？还是你撒了个弥天大谎？"戴维两眼闪着光芒，好奇地问道。

"戴维，"安妮绝望地说，"难道你就没有一点判断力，区分出童话故事和谎言吗？"

"那么，躲在鲍尔特家谷仓后面的到底是什么东西？我想知道。"戴维打破砂锅问到底。

"等你再长大些，戴维，我就会给你解释清楚的。"

提到年龄，戴维的思维明显来了个一百八十度大转弯。他在静静思考了几分钟后，严肃地低声说：

"安妮，我要结婚了。"

"什么时候？"安妮同样严肃地问道。

"噢，当然要等到我长大以后。"

"好啊，真让人感到安慰，戴维。那位女士是谁？"

"斯特拉·弗雷奇，她在学校里跟我同班。嘿，安妮，她是你见过的最漂亮的女孩。如果我还没有长大就死了，你要帮助我照顾她哦，好吗？"

"戴维·凯西，别再胡言乱语。"玛莉拉严厉地说。

"这不是胡言乱语。"戴维以受伤的口吻抗议说，"她是我的未婚妻，如果我死了，她就是我未婚的寡妇，不是吗？而且，除了她的老祖母，就没有别的什么人照顾她了。"

"来吃晚饭了，安妮。"玛莉拉说，"别再鼓励孩子说那些荒唐透顶的话了。"

保罗找不到石头人了

这个夏天，在安维利的日子过得很愉快，但是在所有的假期娱乐活动中，安妮总有一种"失去了本该在此的东西"的感觉，这种感觉挥之不去。她并不愿意承认，甚至在内心深处也不愿意承认，这是由于吉尔伯特的缺席造成的。但是，当祷告会结束，或者是乡村促进会的聚会终结，戴安娜和弗雷德，还有其他一对对幸福的恋人，在星光下朦胧的小路上漫步回家时，安妮则不得不形单影只地走着，这时候，一种奇怪的孤独感便涌上心头，痛苦地撕咬着她的心，无论她如何安慰自己也无济于事。她原以为吉尔伯特会给她写信来，可是却希望落空。她知道吉尔伯特时不时会给戴安娜写信，但是她不愿意向戴安娜问及他的情况。而戴安娜以为安妮会收到吉尔伯特的来信，所以并不主动提供他的消息。吉尔伯特的母亲，是一位开朗、坦率、无忧无虑的女士，但并不是个聪明的人，她总是当着人们的面，用一种清晰得让人痛苦的声音，询问安妮最近是否收到吉尔伯特的信，这种做法真是让她尴尬极了。可怜的安妮只能涨红着脸，低声说："最近没有。"所有的人，包括布里兹太太在内，都认为这只是姑娘羞涩的托词。

186.

除了这点小小的不愉快外，安妮的夏天过得还是挺快乐的。普里西拉六月里到这里来，做了一次愉快的拜访。等她走后，艾伦先生、艾伦太太、保罗和夏洛塔四号回"家"来了，他们要在这里度过七月和八月。

回音蜗居再次洋溢着欢声笑语，河对岸的回音也忙碌起来，忙着模仿云杉树后古老花园里的欢笑。

"拉文达小姐"一点儿变化也没有，只是更加可爱，更加美丽了。保罗很崇拜她，他们俩的关系看上去非常和睦。

"但是我并不用'妈妈'这个词称呼她。"保罗向安妮解释说，"你看，那个称呼属于我自己的妈妈，我不会用它称呼别的人。你知道的，老师。但是我可以叫她'拉文达妈妈'，我很爱她，仅次于爱我爸爸。我——我爱她，甚至比爱你还要多一点儿，老师。"

"本该如此呀。"安妮回答。

保罗现在十三岁了，相对于他这个年龄来说，个子长得格外高，脸庞和眼睛依旧很漂亮。他的想象力依然像一面棱镜，把照来的一切都分解成彩虹。他和安妮在树林里、田野上和海岸边愉快地漫步。再也找不到像他们这样"契合的灵魂"了。

夏洛塔四号已经是花季少女了。现在她把头发向脑后梳过去，摒弃了往日的蓝色缎带，但她依然满脸雀斑，依然是个狮子鼻，依然咧着大嘴，露出夸张的笑容。

"你难道不觉得我说话带着美国佬的口音吗，雪莉小姐？"她焦急地询问。

"我根本没有注意到，夏洛塔。"

"我真高兴。我回家的时候，家里人说我有，不过我想可能是他们想惹我生气。我不想有美国佬口音。我不会说一句美国佬坏话，安妮小姐，女士。他们真的很有礼貌。但是我时时刻刻都爱着爱德华王子岛。"

在开头的两个星期里，保罗都住在安维利的奶奶家。他刚到奶奶家时，安妮到那里去看他，他迫不及待地想到海边去——那里有诺拉、金色小姐和双胞胎水手，几乎等不及吃完自己的晚饭。安妮心想，他能在那里看到诺拉偷偷探出精灵般的脸，满怀希望地等候着他吗？然而，薄暮时分，保罗垂头丧气地从海边回来了。

"你没有找到你的石头人？"安妮问道。

保罗悲伤地摇了摇栗色鬓发的脑袋。

"双胞胎水手和金色小姐根本没有来。"他说，"诺拉在那儿——可是她和从前也不一样了，老师，她变了。"

"哦，保罗，变化的人是你。"安妮说，"对于石头人来说，你已经长得太大了，他们只喜欢把孩子作为玩伴。恐怕双胞胎水手再也不会驾着迷人的珍珠船，在月光中向你驶来；金色小姐再也不会为你演奏金色的竖琴。甚至不久以后，诺拉再也不会与你见面了。你必须要付出成长的代价，保罗。你只能把童话乐园留在你身后。"

"你们两个还是像以前那样，有说不完的傻话。"老艾伦太太半是溺爱，半是责备地说。

"噢，不，我们没有。"安妮认真地摇了摇头，说道，"我们变得越来越聪明，这真是太遗憾了。当我们知道语言能够驾驭我们的思想后，我们的生活就不再那么有趣了。"

"但是，语言不是——语言是用来交流思想的。"老艾文太太严肃地说。虽然她从来没有听说过格言，也不知道什么警句，但是她的话非常有哲理。

在美好的金色八月里，安妮在回音蜗居度过了两周宁静的日子。在那里，她别出心裁，鼓励路德维克·斯彼德加快对西奥德拉·迪克斯的追求步伐，因为他对西奥德拉的追求太过懒散无趣，就如同安维利的编年史一样。与此同时，艾文家的一个老朋友，阿诺德·希尔曼也在这儿，他给愉悦的生活增添了不少的乐趣。

"多么美好的休闲时光啊！"安妮说，"我感觉自己精神焕发。再过两个星期，我就要回到金斯波特、雷德蒙和派蒂小屋了。派蒂小屋是最可爱的地方，拉文达小姐。我觉得自己有两个家——一个是绿山墙，另一个就是派蒂小屋。我夏天的日子到哪里去了？那个春天的傍晚，我捧着五月花回到家中，似乎还是今天的事情。在我小的时候，总觉得夏天漫长得没有边际，一直延伸下去，好像永远都没有终点。而现在，它就像'一只手掌那么宽'，像'童话故事般短暂'。"

"安妮，你和吉尔伯特还像以前那样是好朋友吗？"拉文达小姐不露声色地问。

"我和吉尔伯特的友谊还是和从前一样，拉文达小姐。"

拉义达小姐摇了摇头。

"我觉得有些不对劲，安妮。我想多嘴问问，你们吵架了吗？"

"没有。只是吉尔伯特想要一些超出友谊的东西，但是我不能给他。"

"你确定不给他，安妮？"

"非常确定。"

"我感到非常非常遗憾。"

"我很不明白，好像每个人都认为我应该嫁给吉尔伯特·布里兹，这是为什么呀？"安妮生气地说。

"因为你们是天造地设的一双，安妮——这就是原因。你不用摇着你那年轻的脑袋。这就是事实。"

乔纳斯登场

这是菲尔的来信。

> 希望岬
>
> 八月二十日

　　亲爱的安妮——我拼写时竟然将"Anne"写成了"AnnE"。为了给你写信，我不得不努力撑开眼睛。亲爱的，今年夏天没给你写信，真是不好意思。不过我也没有给其他人写信。我有一大堆信要回复，所以我必须打起精神，准备开干，要像农夫挥锄一样奋笔疾书。请原谅我这个不恰当的比喻。我困得要命啊。昨天晚上我和埃米丽表姐去拜访了一位邻居。当时那儿还有其他几个来访者。可这几个不走运的家伙刚刚离开，我们的女主人和她的三个女儿就把他们批得体无完肤。我知道，只要我和埃米丽一出门，她们就会把门一关，开始拿我们开刀。当我们回到家，莉里太太告诉我们，就是前面提到的这位邻居，家里雇用的小男孩被怀疑染上了猩红热。莉里太太传播出来的这种"令人愉快"的消

191.

息一向都是可信的。我很害怕猩红热。晚上我在床上，满脑子都想着这事，根本睡不着觉。我翻来覆去，好不容易睡了一小会儿，结果做了个可怕的梦。凌晨三点，我醒了，感觉浑身发烫，喉咙肿痛，头疼欲裂。我想我得了猩红热，惊恐万状地爬起来，在埃米丽表姐的《医生手册》里查找到猩红热，把症状读了一遍。安妮，那些症状我全都有。于是我又回到床上，知道遇到了最坏的情况，反倒没什么担心的了，在这个晚上剩下的时间里，我像只陀螺一样呼呼大睡。不过我始终不明白，为什么陀螺要比其他东西睡得更沉。不过，今天早上我感觉很好，所以我应该没染上猩红热。我想，就算我昨晚染上了猩红热，它也不应该那么快就发作。在白天我能推想到这一点，可是在夜里三点，我不可能这么有逻辑的。

　　我想你感到很好奇，我到希望岬来干什么。嗯，夏天的时候，我总喜欢在海边待上一个月，而爸爸总是坚持让我到他的表侄女埃米丽那儿去，她在希望岬有幢"精挑细选出来的寄宿公寓"。于是两个星期前，我像往常一样来到这儿。老"马克·米勒叔叔"像往常一样到车站来接我，驾的是他那古老的马车和他号称是"万能"的马儿。他是位善良的老人，送给我一把粉色的薄荷糖。在我看来，薄荷糖是一种带有宗教色彩的糖——我想这是因为我还是个小女孩的时候，我奶奶总是在教堂里给我薄荷糖。有次我提到薄荷糖的味道，我问："那是神圣的香味吗？"我不喜欢吃马克叔叔的薄荷糖，因为他总是零零碎碎地从口袋里抠出来，还总会顺带掏出点儿锈铁钉或别的什么东西，然后才把糖递给我。但是无论如何，我都不能伤害他的一片真诚善良，所以我会小心地沿路撒掉，间隔一段路丢一颗。当把最后一颗撒出去时，马克叔叔有点儿责备地说："你不该一下子把糖全吃光啦，菲尔小姐。你可能会肚子疼的。"

除我之外，埃米丽表姐只有五个寄宿者——四个年迈的女士和一个小伙子。在餐桌上，坐在我右手边的是莉里太太。某些人有着让人可怕的娱乐方式，就是不厌其烦地详细描述自己的这儿疼那儿痛，这个病那个病的，莉里太太就是这样的一个人。不管你提到任何小毛病，她都会摇晃着脑袋说："啊，这个病我太了解啦。"——然后就是这个病的所有细节。乔纳斯宣称说，有一次他在莉里太太听力范围内提到脊髓痨，她马上说自己对这个病太了解了。十几年里这个病让她饱受折磨，最后被一个游方郎中给治好了。

乔纳斯是谁？等一等，安妮·雪莉。到了适当的时间，适当的地点，你会知道关于乔纳斯的一切。你不要把他和那些备受尊敬的老太太混为一谈。

坐在我左手边的是菲尼太太。她说话的时候总是带着股悲怆的语调——让你会神经质地以为她随时都会号啕大哭起来。她会使你觉得，生活对于她来说，的确就是个眼泪的世界。哪怕是一个微笑，也是轻浮行为，应该受到严厉的谴责，更别说你要放声大笑了。她对我的评价，比詹姆西娜姨妈的还要糟糕，而且她不会像詹姆西娜姨妈那样，深深地爱着我，以此作为补偿。

玛利亚·格里姆斯比小姐坐在我的斜对面。来到希望岬的第一天里，我对玛利亚小姐说看起来要下雨了——玛利亚小姐放声大笑。我说从车站回来的路上景色优美——玛利亚小姐又放声大笑。我说屋里好像还剩有几只蚊子——玛利亚小姐接着放声大笑。我说希望岬和以前一样美丽——玛利亚小姐再次放声大笑。就算我对玛利亚小姐说："我爸爸上吊自杀了，妈妈服毒自尽了，哥哥进监狱了，而我已经进入了肺病晚期。"玛利亚还是会放声大笑的。她无法控制自己——她生来就是这样，可这也太不幸了，太可怕了。

第五位是上了年纪的格兰特太太。她是位温柔的老人。但她只说别人的好话，所以是个非常无趣的交流对象。

现在轮到说乔纳斯了，安妮。

我来到希望岬的第一天，看见一个小伙子坐在我对面，冲着我微笑，好像我还在摇篮里的时候他就认识我似的。我知道他，马克叔叔告诉过我，他叫乔纳斯·布雷克，是圣哥伦比亚神学院的学生，这个夏天他负责管理希望岬教区的教堂工作。

他长得太丑了——真的，是我见过的最丑的小伙子。他身材高大，关节松弛，有着两条滑稽可笑的长腿。头发是亚麻色的，显得无比僵直，眼睛是绿色的，嘴巴很大，还有他的耳朵——但是如果可能，我就会尽量不想他的耳朵。

他的声音很悦耳——如果你闭上眼睛，会觉得他非常可爱——而且毫无疑问，他拥有高尚的灵魂和好脾气。

我们马上成为好朋友。他当然也毕业于雷德蒙，这把我们联系起来了。我们一起钓鱼，一起划船，乘着月色在沙滩上散步。月光之下，他看起来并不那么难看，噢，他真的很好。美好的品质从他身上不断散发出来。那些年迈的女士们——除了格兰特太太——对乔纳斯都不满意，因为他经常爱大笑，而且爱开玩笑——此外还有一个原因，很明显，他更愿意与轻浮的我做伴，而不是和她们待在一起。

但不知道为什么，安妮，我不希望他认为我很轻浮。这真是荒谬。这个亚麻色头发的叫乔纳斯的家伙，这个以前我从未见过的人，我为什么要在意他对我的看法呢？

上个礼拜日，乔纳斯在乡村教堂布道。我当然也去了，但是我并不知道乔纳斯要去布道。事实上，他是牧师——或者即将成为牧师——我始终觉得这是一个天大的玩笑。

嗯，乔纳斯开始布道了。他才讲了十分钟，我便觉得自己是那么的渺小，那样的微不足道，以至于我觉得别人肉眼一定看不见我。乔纳斯丝毫没有提到女人，也从未看我一眼，然而就在那个时刻，我意识到我是个多么可怜、多么轻浮、多么渺小的享乐主义者，意识到我与乔纳斯理想中的女人有多么大的差距。她应该举止端庄、意志坚强、品质高尚。而他则是那样热忱、那样温柔、那样虔诚，他拥有牧师应当具备的一切品质。我不明白我以前怎么会认为他很丑——但他真的很丑！——可他有着灵感迸发的双眼，还有充满智慧的眉毛，只不过平时被下垂的凌乱头发所遮蔽了。

那是一次精彩的布道，我希望能永远听下去。他令我十分沮丧。哦，我真希望自己能够像你，安妮。

在回家的路上，他追上我，像平时那样高兴地咧嘴笑。但是他的笑容再也不能欺骗我。透过笑容，我已经看到了真正的乔纳斯。但我不知道他到底能不能见到真正的菲尔——迄今为止，还没有人，甚至包括你，都没有见过真正的菲尔。

"乔纳斯，"我说——我忘了称呼他布雷克先生。这是不是很可怕？但有时候，这样的事情无关紧要——"乔纳斯，你生来就是牧师，你不可能成为其他人。"

"是的，我不能。"他严肃地说，"在很长一段时间里，我试图干别的什么职业——我并不想成为牧师。但最终我明白了，这是我命中注定的工作——而且上帝在协助我，我要尽力去干好这份工作。"

他的声音低沉而虔诚。我相信他一定能出色地完成他的本职工作。他的那位女人，在天性和所受的教育方面与他情投意合，以后将成为他的得力助手，呵，她多么幸福啊。她决不会是个轻浮的姑娘，不会因为想入非非而摇摆不定。她始终知道该戴哪一顶帽子。也许她只有一顶帽子，因为牧师从不富有。但是她不会介意只有一顶帽子，哪怕一顶没有也无所谓，因为她拥有乔纳斯。

安妮·雪莉，不要告诉我说，或者是暗示我，认为我爱上了布雷克先生。我怎么会喜欢一个头发僵直、面貌丑陋、名叫乔纳斯的神学院穷学生呢？就像马克叔叔说的那样，"这不可能，简直匪夷所思"。

晚安

菲尔

附注：这不可能——但是我很害怕这是真的。我是那样快乐，那样沮丧，又那样害怕。我知道，他永远都不会喜欢我。你认为我能变成一个合格的牧师妻子吗，安妮？人们会期望我去主持祷告吗？

白马王子登场

"我正在左右为难，是该留在家里，还是出门去呢？"安妮说。她站在派蒂小屋的窗口，远眺公园内的松树林。

"这个下午，我很悠闲，什么也可以不用干，詹姆西娜姨妈。如果我留在家里，就会待在舒适的壁炉旁，放上一盘美味的红褐色苹果，身边有三只友好的猫儿陪着我，它们或者和睦相处，或者打着呼噜呼呼大睡，另外还有两只完美无瑕的绿鼻子的瓷狗伴我左右呢。如果我出门，就会到公园去，那里有迷人的暗灰色森林，溪流欢快地拍打着港湾的岩石。我到底该何去何从？"

"如果我像你这么年轻，我更愿意到公园去。"詹姆西娜姨妈说着，用毛衣针拨弄着约瑟夫的黄耳朵。

"我记得你曾经宣称，说你与我们一样年轻呀，姨妈。"安妮揶揄道。

"是的，精神上确实如此。然而我得承认，我的腿脚不像你们那样年轻了。出去呼吸些新鲜空气吧，安妮。最近你看上去脸色有些苍白。"

"我想我会到公园去。"安妮烦躁地说，"今天我待在家里感觉有些腻烦了，我想独自悠闲地待着，享受自由自在的状态。

公园里会空无一人的，因为大家都去看橄榄球比赛了。"

"你为什么不去？"

"'没人邀请我呀，先生。她说。'"她有板有眼地模仿着一句台词——"至少，除了那个讨厌的小丹·朗吉尔，就没有人请我了。跟着他，我哪儿也不愿意去。但为了不伤害他可怜脆弱的感情，我说我根本不想看球赛。我不在乎球赛。不管怎么说，今天我没有心情看橄榄球赛。"

"出去呼吸些新鲜空气吧。"詹姆西娜姨妈又说了一遍，"不过带上雨伞。我相信就要下雨了，我的腿有风湿病，能感觉得到。"

"只有老人才有风湿病，姨妈。"

"每个人的腿都可能得风湿病，安妮。但是，只有老人才会得精神上的风湿。感谢上天，我还没有得上。如果有人一旦精神上得了风湿病，他就该给自己挑选一口棺材了。"

已经是十一月了——残阳如血，群鸟离散，大海悲哀地低声吟诵，风在松林中愤怒地歌唱。安妮漫步在园中的松林小径上，让势不可挡的狂风吹散她灵魂里的迷雾。安妮并不习惯被灵魂的迷雾烦扰。但不知道为什么，自从她回到雷德蒙，开始第三年的学习后，生活并没有像过去那样清澈明亮，宛如一面古老完美的明镜，能清晰闪亮地映射出她的灵魂来。

表面上，派蒂小屋里生活依旧，大家愉快地工作着、学习着和娱乐着。星期五晚上，宽敞的客厅里闪动着明亮的炉火，屋里挤满了来访者，欢声笑语连绵不断，连詹姆西娜姨妈也笑吟吟地看着他们。菲尔信中提到的那个乔纳斯经常来这里拜访，他总是搭乘从圣哥伦比亚发出的早班列车匆匆赶来，然后乘坐很晚的一趟列车回去。他在派蒂小屋受到了大家的一致欢迎，不过詹姆西娜姨妈摇着头说，现在神学院的学生同以前的大不一样了。

"他非常好，亲爱的。"她告诉菲尔说，"但是牧师应该更加严肃，更加庄重。"

"难道一个人放声大笑，就不能当教徒了吗？"菲尔问。

"哦，普通人——是可以的。但我说的是牧师，亲爱的。"詹姆西娜姨妈责备说，"而且，你不应该那样挑逗布雷克先生——的确不应该。"

"我没有挑逗他。"菲尔抗议说。

除了安妮，没有人相信她的话。其他人都认为她和平常一样，故意拿布雷克寻开心。她们严肃地告诉她，她的行为非常恶劣。

"布雷克先生不是阿勒克和阿隆佐那样的人，菲尔。"斯特拉严肃地说，"他对待事物很认真。你会伤害他的心。"

"你真的这样认为吗？"菲尔问道，"若能够让他伤心，我才喜欢他呢。"

"菲利帕·戈顿！我从来没有想到你会这么无情。你居然说自己喜欢伤害男人的心！"

"我没有这么说，宝贝。别曲解我的意思。我是说，想到我能够使他伤心，我会很高兴，我高兴自己有能力做到这一点。"

"我真弄不懂你，菲利帕。你正在故意引诱那个男人——而你清楚，你这么做并不会有什么结果。"

"如果有结果，我想让他向我求婚。"菲尔心平气和地说。

"真拿你没办法。"斯特拉绝望地说。

吉尔伯特偶尔会在星期五晚上来访。他看上去总是神采奕奕，并像往常一样开着玩笑，对别人提出的问题机智地应答着。对于安妮，他既不刻意靠近，也不故意回避。偶尔相遇的时候，他像对新结识的朋友那样，彬彬有礼地与安妮愉快地交谈。旧日的友谊已经荡然无存。安妮敏锐地捕捉到这一点，但是她告诉自己，她很高兴，而且很欣慰，因为吉尔伯特已经完全摆脱了因她拒绝而产生的失望。之前她确实很担心，在四月那个果园中的夜晚，她使吉尔伯特受到了深深的伤害，她还担心那伤口短期内无法愈合。现在她明白担心已显多余。"男人们都已死去，尸虫食尽了他们的骸骨，但并不是出于爱。"很明显，吉尔伯特并没有一蹶不振的危险。他享受着生活，激情四射，雄心勃勃。对于他来说，不该因为一个女人的理性的拒绝便就此绝望。安妮看着他和菲尔不断打趣，不禁暗自怀疑，当她告诉吉尔伯特永远也不会爱他的时候，他眼神里流露出来的痛苦与失望是否只是自己的臆想。

有不少人会神采奕奕地填补吉尔伯特留下的空位，但是安妮却毫不留情，毫不愧疚地冷落了他们。即使真正的白马王子永远不来，她也绝不会随便找一个替代品。在这个阴沉的天气里，在刮着风的公园中，她这样坚决地告诉自己。突然，詹姆西娜姨妈预言的这场大雨骤然而至，雨点啪啪地打下来。安妮撑起雨伞，匆匆向山坡下走去。在她转弯踏上通往港口的路时，一阵狂风迎面刮来，她的伞立刻朝外翻去，安妮绝望地攥着它。就在这时——她身边响起了一个声音：

"对不起——我可否用伞为你挡雨？"

安妮抬头看去。高高的个子，仪表堂堂——黑色、忧郁、深不可测的双眼——悦耳、动人、富有感情的声音——是的，她梦中的英雄如今活生生地站在她的眼前。哪怕是量身定做，也不会与她的理想中的白马王子如此契合。

"谢谢。"她狼狈地说。

"我们最好赶到那边的小亭子里去。"陌生人建议说，"我们可以待在亭子里，一直等到这阵雨过去。这么大的雨不会下很久的。"

这些话非常普通，但是，噢，那种语调！还有与之相应的笑容！安妮觉得她的心奇怪地跳动着。

他们一同快步跑进亭子。在亭子顶盖友善的遮挡下，他们气喘吁吁地坐下来。安妮滑稽地举起她翻了面的雨伞。

"在我的伞翻转过去的那一刻，我终于相信，这个没有生命的东西也完全堕落啦。"她欢快地说。

雨点落在她光亮的发丝上，闪着亮光。几缕松散的头发弯弯地伏在后颈和前额上。她的脸颊红润，大眼睛如星星般闪亮。她的同伴低下头，以倾慕的眼神看着她。在他的注视下，安妮感到自己的脸红透了。他会是谁？啊，他的外套衣领上别着雷德蒙红白双色的徽章。可是安妮一直以为，她至少可以从相貌上判断出他是否是雷德蒙的学生，当然新生要除外，而这位彬彬有礼的小伙子明显不是新生。

"我看出来了，我们是校友。"他看着安妮的校徽，笑着说，"这已经是相当详尽的介绍了。我叫罗伊尔·贾德纳，而你是雪莉小姐，那天晚上你在爱知会朗读了一篇丁尼生的诗文，对吧？"

"是的，但是我完全没有认出你来。"安妮坦白地说，"请问，你是哪个年级？"

"我觉得我似乎还无法划归到哪个年级去。两年前，我在雷德蒙读了一二年级，之后我一直待在欧洲。现在，我回来完成文学课程。"

"这也是三年级的呢。"安妮说。

"那么，我们不仅同校，而且还同班。我不再怨恨这些年被蝗虫啃去的时光啦。"安妮的这位同伴说，他动人的眼神里意味深长。

大雨下了近一个小时，但这段时间感觉特别短暂。乌云散开，十一月淡淡的阳光斜照着港湾和松林，安妮在同伴的伴随下向家中走去。当到达派蒂小屋门口时，他提出前来拜访的请求，并获得安妮的许可。安妮两颊泛起了阵阵红晕，她的心咚咚地跳着，差不多都快跳到了指尖上。铁锈爬到她的膝盖上，想吻她一下，却只得到了一个漫不经心的回应。安妮心中涌起一阵阵浪漫的悸动，根本没有闲工夫去注意一只缺耳朵尖的猫儿。

那天傍晚，一只包裹送到派蒂小屋里雪莉小姐的手中。一只盒子里装着十二枝娇艳欲滴的玫瑰。花中掉出了一张卡片，菲尔不合时宜地扑了过去，将写在背后的名字和摘抄的诗句念了出来。

"罗伊尔·贾德纳！"她叫道，"什么，安妮，我竟然不知道，你还认识罗伊尔·贾德纳呀！"

"下午下雨的时候，我在公园里遇见了他。"安妮急忙解释说，"我的雨伞朝外翻过去了，他用他的伞解救了我。"

"噢！"菲尔好奇地瞥了安妮一眼，"这是一桩再普通不过的事呀，难道就因为这个，他就送给你十二枝长茎玫瑰，另外还附送了一首动情的诗？而且，为什么看着他送来的卡片，你的脸蛋红得就像娇艳的玫瑰？安妮，你的脸已经出卖了你。"

"别瞎说，菲尔。你认识贾德纳先生？"

"我见过他的两个姐姐，并且知道他的情况。金斯波特每个富人都知道他的大名。贾德纳一家是'蓝鼻子'家族中最富有、最纯正的家族。罗伊尔非常英俊，非常聪明。两年前，他的母亲身体不好，他不得不离开学校，跟她一起到国外去——他的父亲已经去世了。他不得不放弃学业，他本来应该感到非常失望的。但据说他对此却毫不在乎。嗯——嗯——嗯——嗯，安妮，我闻到了浪漫的气息。我都要忌妒你了，但只有一丁点儿。毕竟，罗伊尔·贾德纳不是乔纳斯。"

"你这个傻瓜！"安妮高傲地说。但那天晚上，她久久没有睡意，她不愿入睡。清醒时的幻想比任何梦境都要迷人。真正的白马王子终于到了吗？安妮回想着那双迷人的黑眼睛，那双深深凝望着她双眸的眼睛，她强烈地感觉到，白马王子已经来到她的身旁。

克丽丝蒂娜登场

派蒂小屋里，姑娘们正在梳妆打扮，准备参加三年级学生为毕业生在二月里举办的送别晚会。安妮在蓝色的小房间里，怀着少女般甜美的心情，审视着镜中的自己。她穿了一件漂亮的礼服。原来它只是件乳白色丝质连衣裙，上面是薄绸的外衣，式样简单小巧。菲尔双手灵巧，在圣诞节假期执意将它带回家去，在薄绸外衣上绣满了精致的玫瑰花蕾，那条裙子令雷德蒙的每个姑娘都羡慕不已。安妮穿着它在雷德蒙的主楼梯上穿行时，甚至连艾范·布恩，那位只从巴黎购买衣服的千金小姐，也以艳羡的目光看着那玫瑰花蕾的外衣。

安妮试着将一朵白色的兰花戴在头发上，想看看效果。为了参加晚会，罗伊尔·贾德纳给她送来了一些白兰花。她知道，那天晚上雷德蒙的其他姑娘都不会有这个的——这时菲尔走进来，用惊羡的眼光打量着它。

"安妮，你看上去真美，今晚一定是你的天下。十有九次，我都能够轻松将你比下去，但这第十次，你突然像鲜花一般绽放开来，令我黯然失色。你是使用了什么魔法？"

"是衣服的缘故，亲爱的。是这些美丽的羽毛。"

"不是。上一次你光芒四射、美丽动人的时候，穿的是林德太太为你做的那条蓝色法兰绒的旧衬衫裙。如果罗伊尔至今还没有为你神魂颠倒的话，今晚他一定会的。但是我不喜欢你戴兰花，安妮。不，这不是忌妒。兰花与你不相配，它们太奇异——太热情——太傲慢了。不管怎么说，别把兰花戴在头上。"

"好吧，我不戴。其实我自己也不太喜欢兰花。我认为兰花与我没有什么相通之处。罗伊尔并不经常送兰花——他知道我喜欢那种能与之生活的花，而兰花却只能赏玩。"

"为了今晚的晚会，乔纳斯给我送了一些可爱的粉红色玫瑰花蕾——但是——他却来不了。他说他必须去贫民窟主持祷告会！我觉得是他不想来。安妮，我真担心乔纳斯一点儿也不在乎我。我正在试图决定，我是该憔悴而死呢，还是该继续完成学业，拿到文科学士学位，变得理智而能干？"

"你不可能变得理智而能干的，菲尔。所以你最好还是憔悴而死。"安妮打趣着说。

"冷酷的安妮！"

"愚蠢的菲尔！你心里非常清楚，乔纳斯爱你。"

"但是——他不愿意向我这样表白，而且我也没有办法让他开口。我承认，从他的眼神里可以看出他爱我。但是仅仅用眼神来表达告白，这并不能真正成为准备嫁妆的可靠理由。我不想等到真正订婚后，才开始准备各种垫子和镶边桌布。那样太冒险了。"

"布雷克先生不敢向你求婚，菲尔。他很穷，不能提供一个你一直所拥有的那种家。你知道，这是他这么长时间以来一直没有开口的唯一原因。"

"我想是的。"菲尔悲哀地承认，"好吧。"——她又高兴起来——"如果他不向我求婚，我就向他求婚，就这样。所以一切都会顺利的，我不用担心。对了，吉尔伯特·布里兹最近总跟克丽丝蒂娜·斯图尔特在一起，你知道吗？"

安妮正准备将一条细金项链戴到脖子上去。她突然发现很难扣上钩子。钩子出了什么毛病呢——或者是她的手指出了问题？

"我不知道。"她漫不经心地说，"克丽丝蒂娜·斯图尔特是谁？"

"罗纳德·斯图尔特的妹妹。这个冬天，她在金斯波特学习音乐。我还没见过她，但据说非常漂亮，吉尔伯特对她很痴狂。你拒绝了吉尔伯特，我太生气了，安妮。但是罗伊尔·贾德纳才是你命中注定的那一位，现在我看出来了。说到底，你是对的。"

安妮并没有脸红。在平时，当姑娘们说她最终一定会嫁给罗伊尔·贾德纳时，她通常会脸红。现在，她突然觉得兴趣索然。菲尔的唠叨听上去很琐碎，而这个晚会也很无聊。她打了可怜的铁锈的耳朵一下。

"马上从那块垫子上下来，你这只猫，就是你！你为什么不待在属于自己的地方？"

安妮拿起兰花，走下楼去。詹姆西娜姨妈正在拾掇挂在炉火旁烘烤的一排大衣。罗伊尔·贾德纳在等候安妮。在等待期间，他逗弄着莎拉猫。可莎拉猫不喜欢他，总对他爱理不理的。但派蒂小屋里的其他人都非常喜欢他。詹姆西娜姨妈喜欢他始终如一的谦恭有礼，以及他恳切的声调和令人愉快的嗓音，她完全被他迷住了，她宣称罗伊尔是她见过的最出色的年轻人，而安妮则是个非常幸运的姑娘。这样的评价令安妮很反感。罗伊尔的追求富有浪漫气息，是每位姑娘所向往的，但是——她希望詹姆西娜姨妈和姑娘们不要这样想当然。当罗伊尔在帮她穿上大衣的时候，低声说着诗一般的赞美话，她没有像往常那样脸颊发烫，激动不已。在他俩前往雷德蒙的那一小段路程中，罗伊尔发现她非常沉默。当她走出女士更衣室的时候，罗伊尔觉得她脸色有些苍白。但当他们进入晚会大厅的时候，她的脸上突然泛起富有光泽的红润。她喜笑颜开地转向罗伊尔，罗伊尔也报以微笑，这种微笑被菲尔称作是"深邃、忧郁而又温情"。但事实上，她根本没看罗伊尔。她敏锐地观察到，吉尔伯特正站在房间对面棕榈树下，与一位姑娘说着话，那姑娘一定就是克丽丝蒂娜·斯图尔特。

她很漂亮，仪态庄重，但她那样的身材注定中年要发胖。她个子高挑，皮肤白皙，有着一双深蓝色的大眼睛，柔顺的头发黑亮光泽。

"她的相貌正是我一直以来希望拥有的。"安妮痛苦地想，"玫瑰花瓣一样的肤色——紫罗兰般闪亮的眼睛——乌黑的头发——是的，这些她全都拥有。与我想象中不同的是，只是她不叫凯迪莉娅·菲茨杰拉德！但是，我觉得她的身材不如我好，鼻子当然更不如我了。"

这一结论让安妮感到一丝丝安慰。

推心置腹

三月像温顺恬静的小羊羔，带来了清新愉悦的好日子。在每个金色的白昼之后，便是寒冷的粉色黄昏，继而暮色渐渐消散，融入月光营造的仙境里。

派蒂小屋则笼罩在了四月里即将举行的考试阴影中，姑娘们努力学习，甚至连菲尔也专心钻研课本和笔记，这种刻苦学习的精神对她来说是很罕见的。

"我要拿下数学上的约翰逊奖学金。"她冷静地宣布，"要获得希腊文的奖学金，对我来说易如反掌，但我宁可赢得数学奖学金，因为我要向乔纳斯证明，我真的非常聪明。"

"乔纳斯喜欢的是你棕色的大眼睛和一弯笑容，而不是你鬈发下所拥有的智慧。"安妮说。

"当我还是小女孩的时候，一直以为懂得数学之类的东西会被认为没有淑女风范，"詹姆西娜姨妈说，"但是时代变了。我不知道这些变化是否都是好的。你会烹调吗，菲尔？"

"不会，除了烤过一个姜饼，我从未做过任何东西，而且，那块姜饼烤得很失败——中间平坦，而边上却像山丘那样高高隆起。你知道那个样子。但是，姨妈，如果我要认真学习烹调，我相信这个能让我赢得数学奖学金的脑子，同样也能让我出色地掌握烹调技艺，难道你不这样认为吗？"

"也许吧。"詹姆西娜姨妈谨慎地说，"我并不反对女性接受高等教育。我女儿是个文学硕士，她同样也能下厨。但在大学教授教她数学之前，我已经教会她怎样烹调了。"

三月中旬，派蒂·斯波福特小姐寄来一封信，说她和玛利亚打算在国外再待一年。

"所以今年冬天，你们依然可以住在派蒂小屋里。"她写道，"玛利亚和我打算去埃及转转。我想在有生之年看一看斯芬克司。"

"想象一下这两位老太太在'埃及转转'！我真怀疑她们是不是一面抬头看斯芬克司，一面忙着做针线活呢。"普里西拉说着捧腹大笑起来。

"真高兴我们能在派蒂小屋再住一年。"斯特拉说，"我很担心她们会回来。那样的话，我们快乐的小巢就没有啦——我们这些羽翼未丰的可怜雏鸟又得流落到残酷的寄宿公寓世界里去。"

"我要去公园走走。"菲尔把书本扔到一边，宣布说，"我认为到了八十岁的时候，我都会因为今晚去公园散步而感到高兴的。"

"什么意思？"安妮问道。

"跟我一起去，我会告诉你的，亲爱的。"

她们漫步前行，捕捉三月黄昏里所有的神秘和魔力。温柔寂静的傍晚，沉浸在白色的茫茫静谧之中——如果你用耳朵和灵魂去倾听，你会听见许多细微清脆的声音，在静谧中飘荡。两个姑娘徜徉在松林间一条长长的小路上，小路似乎径直通向冬季里满天霞光的心房。

　　"要是我会写诗，回去一定要把这一壮丽的景色描摹下来。"菲尔说，她在一块开阔地带驻足而立，在那里，一道玫瑰色的光线正点染着翠绿的松树尖，"这里的一切都是那么美——白茫茫的一片，还有这些黑黢黢的大树，它们似乎总在沉思。"

　　"树木是上帝的最初教堂，"安妮柔声吟诵道，"在这样的地方，一个人会情不自禁地变得恭敬虔诚，肃然起敬。我在松林漫步时，总感到与上帝的距离是那么接近。"

　　"安妮，我是世上最快乐的女孩。"菲尔突然坦白说。

　　"看来，布雷克先生终于向你求婚了？"安妮见怪不怪地问道。

　　"是的。在他求婚的过程中，我打了三个喷嚏。这太糟糕了，不是吗？但是他还没有说完，我就说'我愿意'——我真害怕他会改变主意，不再说下去。我幸福得都醉了。在那之前，我真不敢相信乔纳斯会爱上轻浮的我。"

　　"菲尔，你并不轻浮。"安妮严肃地说，"在你轻浮的外表下，你有一颗可爱、忠诚而又温柔的心。你为什么要把这些优点掩藏得这么深呢？"

　　"我无法控制，安妮女王。你说得对——在内心深处，我并不轻浮。但是我的灵魂披着轻浮的外衣，我无法将它脱下来。正如波赛尔太太所说，我得脱胎换骨，以崭新的方式重生，才能改变以往的形象。但乔纳斯了解真正的我，他爱着我，爱着我的轻浮，我的一切。我也爱他。当我发觉自己爱上他的时候，我极度震惊，我有生以来都从未如此震惊过。我从来没有想到我可能会

210.

爱上一个丑男人。万万没想到我竟然会被一个孤独的求爱者打动了。而且他还叫作乔纳斯！但是我打算叫他乔，这是一个非常可爱、非常活泼的昵称。我就没办法给阿隆佐起一个昵称。"

"阿勒克和阿隆佐怎么办？"

"噢，圣诞节的时候我已经告诉他们，我不能嫁给他们中的任何一个。我一度还以为我会嫁给他们，现在看来是多么滑稽呀。我冲着他们只是哭——是号啕大哭，他俩的感觉糟糕透了。但是我知道，我只能嫁给世界上唯一的那个男人。这是我生平第一次，自己下定了一个决心，这真是不容易。我是如此决绝，如此果断，这种感觉真好。"

"你觉得你能够坚持吗？"

"你是说，我坚持自己作决定？我不知道，但是乔教给我一条很管用的办法。他说，当我左右为难的时候，就设想一下我八十岁了，在那个时候我会希望自己做些什么，然后照着去做就行了。不管怎么说，乔能够迅速地做出决定，一个屋子里有太多主意不是件愉快的事情。"

"你的父母会怎么说呢？"

"爸爸不会说太多，他认为我做什么都是对的。但是妈妈会。噢，她的舌头和鼻子一样都是拜尼式的。但最终一切都会好的。"

"如果你嫁给布雷克先生，你就得放弃你一直拥有的许多东西，菲尔。"

"但是我将拥有他。我不会怀念其他东西。我们打算明年六月结婚。你知道，乔今年春天从圣哥伦比亚毕业。然后他打算去贫民区里帕特森街的一所小教堂任职。想象一下我要去贫民区！但是跟着他，我愿意去贫民区，甚至去格陵兰的冰山也毫不在乎。"

"这就是那个说永远不会嫁给穷人的姑娘。"安妮向一棵小松树评论说。

"噢，别再提我年轻时的那些蠢事了。你会看见，我虽然会贫穷，但会跟富有时一样快乐。我会学着做饭和翻改衣服。在派蒂小屋居住的期间，我已经学会了怎样去市场买东西，而且我曾经教过主日学校，教了整整一个夏天呢。詹姆西娜姨妈说，如果我嫁给乔，会毁掉他的事业。但是我不会。我知道我不够理智，也不够严肃，但是我拥有更好的能力——让别人喜欢我的诀窍。博林布鲁克有个口齿不清的人，他却老是在祷告会上发言，他说：'如果你不能像电灯一样发慌（光），就要像蜡烛呆（台）一样送出慌（光）明。'我会成为乔小小的蜡烛台。"

"菲尔，你已经无可救药了。哎，我太爱你了，以至于都说不出几句动人的祝福贺词来。但是我由衷地为你的幸福高兴。"

"我知道，你那双灰色的大眼睛里盛满了真挚的友谊，安妮。有一天，我也会这样看着你。你会嫁给罗伊尔的，对吧，安妮？"

"我亲爱的菲尔，你没听说过著名的贝蒂·巴克斯特吗？她'在男人行动之前就拒绝了他'。我可不会模仿这位著名的女士，不会在男人'行动'前就接受或者拒绝他。"

"雷德蒙所有的人都知道罗伊尔为你痴狂，"菲尔率直地说，"而且你的确爱他，不是吗，安妮？"

"我——我想是的。"安妮勉强说道。她觉得在做这种表白的时候，她应该面红耳赤的，然而她没有。可是在另一方面，只要有人在她听力范围内提到吉尔伯特·布里兹或者克丽丝蒂娜·斯图尔特，她的脸总是火燎火烧的。吉尔伯特·布里兹和克丽丝蒂娜·斯图尔特与她没有关系——绝对没有。但是安妮已经放弃努力，不再找寻自己脸红的原因。至于罗伊尔，当然，她爱罗伊尔——疯狂地爱。她怎能遏制这份爱呢？难道罗伊尔不是她理想中的典范吗？有谁能拒绝那双乌黑光亮的眼睛，以及那迷人的嗓音呢？不是有一半雷德蒙的姑娘都忌妒得发狂吗？还有在她生日的那天，罗伊尔送给她那迷人的十四行诗，还附上一盒子紫罗兰！安妮觉得那些诗句击中了她的心。诗里全是漂亮的语句。当然，没有济慈或者莎士比亚的水平——安妮虽然深陷爱河，也不至于如此抬举它。但它完全可以在杂志上发表。而且这首诗是写给她的——不是写给劳拉、彼特丽丝，或者雅典少女，而是她，安妮·雪莉。用富有韵律的语言告诉她，她的眼睛是黎明的星星——她脸颊的红晕来自落日的光辉——她的双唇比天堂的玫瑰还要娇艳，如此浪漫，令人激动不已。吉尔伯特做梦都不会为她写首十四行诗，赞美她的眉毛。但是，吉尔伯特能领会笑话。有一次她给罗伊尔讲了一个有趣的故事——但他没有领悟出其中的关键。安妮想起她和吉尔伯特听这个故事的时候，一起开怀大笑。

她不安地揣测，与一个没有幽默感的男人一起生活，时间长了会不会有些无趣呢？可是期待一个深不可测、带着忧郁神情的"英雄"能敏感地捕捉到事物的幽默之处，那会不会只是一种奢望呢？

六月里的一个傍晚

"我很想知道，如果永远都是六月时光，世界将会变成什么样子。"安妮说。她刚在暮色中穿过鲜花盛开、香气馥郁的果园，踏上前门的台阶。玛莉拉和雷切尔太太正坐在台阶上，谈论着她们当天参加的山姆森·科特斯太太的葬礼。朵拉坐在她们中间，认真地学习功课。但是戴维盘膝坐在草地上，他的脸上只有一侧有个酒窝，这使得他看上去显得沮丧而忧郁。

"你会感到厌烦的。"玛莉拉叹了口气说。

"我猜是的，但现在我觉得，如果永远都是六月，并且天气都像今天这样迷人，那么要过很久我才会感到厌烦。万事万物都喜爱六月。戴维乖乖，为什么在这鲜花盛开的季节里，你却板着一副十一月里阴郁的表情呢？"

"我对活着感到厌烦透顶了。"年轻的悲观主义者说。

"你才十岁呀！天哪，好悲惨啊！"

"我不是开玩笑。"戴维很有尊严地说，"我很气——气——气馁。"——他英勇地说出那个文绉绉的词来。

"为什么呢？"安妮在他身边坐下，问道。

"因为霍尔姆斯先生病了，新来的老师给我布置了十道加法题，星期一交。明天我得花上整整一天做题。星期六还得做作业，真是不公平。米尔迪·鲍尔特说他不会做。但玛莉拉说我一定要做。我一点儿也不喜欢卡森小姐。"

"别这样说你的老师，戴维·凯西。"雷切尔太太严厉地说，"卡森小姐是个非常好的姑娘，她从来不做什么不理智的事情。"

"那听上去她可不怎么吸引人。"安妮笑着说，"我喜欢稍稍有点儿不理智的人。但是我对卡森小姐的评价，比你要好些。昨天晚上，我在祷告会上见到了她，她拥有一双灵动的眼睛，看起来不会总是很理智的。好啦，戴维乖乖，鼓起勇气。'明天将是崭新的一天'，我会尽力帮助你做加法的，绝不骗你。别浪费了如此美好的时光，而'在光明与黑暗之间为做算术而忧心忡忡'。"

"好吧，我不会浪费的。"戴维精神振作起来，说道，"如果你帮我做加法题，我就能及时做完，然后跟米尔迪去钓鱼。我真希望阿托莎老太太的葬礼在明天举行，而不是今天。我想去参加，因为米尔迪说他妈妈说过，阿托莎老太太一定会从棺材里站起来，嘲笑那些来看她入土的人。但玛莉拉说没那回事。"

"可怜的阿托莎非常平静地躺在她的棺材里。"林德太太神情肃穆地说，"在此之前，我还从未见过她如此和善的表情，就那么回事。唉，并没多少人为她流泪，可怜的老家伙。以利沙·莱特一家巴不得早点儿摆脱她，我得说，这并不该责怪他们。"

"在我看来，当有人离开这个世界的时候，身后没有一个人为他难过，这是最可怕的事情。"安妮打了个冷战，伤心地说道。

"毫无疑问，除了她父母，没人爱着可怜的阿托莎，甚至连她丈夫也不爱她。"林德太太断言说，"阿托莎是她丈夫的第四任妻子。他结婚都成一种习惯了。他娶了阿托莎以后，没几年就死了。医生说他死于消化不良，但我始终认为他死于阿托莎的舌头，就那么回事。可怜啊，阿托莎对邻里的一切了如指掌，但她从未真正地了解自己。嗯，不管怎么说，她离开了这个世界。我想，下一件大事就是戴安娜的婚礼了。"

"戴安娜要结婚了，这事看上去既滑稽又可怕。"安妮叹息道。她抱着双膝，透过"闹鬼的树林子"的缝隙，张望着从戴安娜房屋里射出的灯光。

"我看这事没什么可怕的，她干得不赖。"林德太太说，"弗雷德·莱特有座很好的农场，而且他本人是个模范青年。"

"没错，他不是个狂野、鲁莽、邪恶的青年，戴安娜一直很想嫁给这种人呢。"安妮笑了，"弗雷德非常优秀。"

"他本就该很优秀。你希望戴安娜嫁给一个邪恶的男人吗？还是你自己想嫁一个？"

"哦，不。我不想嫁给邪恶的人，但是我觉得我会喜欢他有作恶的能力，却并不真正邪恶。而弗雷德太老实本分了，不能指望有什么邪恶的地方。"

"我希望有一天，你能够更加理智一些。"玛莉拉说。

玛莉拉的语调充满了痛苦。她显得失望而忧伤，她知道安妮已经拒绝了吉尔伯特·布里兹。这件事情在安维利闹得沸沸扬扬，而且谣言四起。这件事怎么泄露出去了呢？没有谁知道。也许查理·斯劳尼早已预料到了，并把这当作事实宣扬出来；也许戴安娜把这件事透露给了弗雷德，而弗雷德不小心说漏了嘴。总而言之，这件事已经成为公开的秘密。不论在公开场合，还是在私底下，布里兹太太都不再当面问安妮最近有没有收到吉尔伯特的来信了。她总是冷冷地行个礼，然后从安妮身边扬长而去。安妮一直很喜欢吉尔伯特这位心态年轻的快乐母亲，对此她现在无能为力。玛莉拉什么也没有说，但是林德太太却对安妮刨根问底，这令安妮十分恼火。后来，新的流言通过穆迪·斯伯金·迈克菲逊的母亲，传到了这位可敬的女士的耳朵里，说安妮在学校里另有一位英俊、富有、完美的追求者，林德太太这才管住了她的舌头。不过在她内心深处，她依然希望安妮接受吉尔伯特。富有倒不是坏事，但甚至连雷切尔太太这样务实的人也认为，这并不是至关重要的因素。如果安妮喜欢那个英俊的陌生人胜过喜欢吉尔伯特，那也就情有可原；然而雷切尔太太非常担心，安妮会犯下为了金钱而结婚的错误。不过，玛莉拉很了解安妮，她并不为此担心，但她觉得世界上的万事万物都是冥冥之中注定的，这件事一定在某个地方出了差错。

"应该发生的事情拦不住。"雷切尔太太沮丧地说，"但是有时候，本不该如此的事也会发生。我不得不相信，如果上帝不加干预的话，这种不该如此的事情会发生在安妮身上，就那么回事。"雷切尔太太叹了口气。她担心上帝不会干预，而她则不敢插手。

安妮漫步至仙女泉，在一棵巨大的桦树根部的蕨草丛里蜷身坐下。在以往的夏日里，她和吉尔伯特经常坐在这里。吉尔伯特在学校放假后，又去报社上班了，没有了他，安维利显得非常沉闷。他从不给安妮写信，而安妮则思念那些永远都不会到来的信件。当然，罗伊尔每周都会写两封信来。他的信都是精致的作品，有着只在文集或传记中才能读到的优美文字。安妮读信的时候，觉得自己比以前更爱他，但这些信并没有让她怦然心动。而那天海拉姆·斯劳尼太太递给她一封信，当她一眼看到上面有着吉尔伯特端正的黑色笔迹，她的心怪异、快速、痛苦地抽搐了一下。安妮急忙赶回家，回到东山墙小屋，急切地打开信——发现只有一份用打字机所打的某大学社团的报告——"只有那个，再没有别的。"安妮将这篇并无恶意的长信扔到房间的另一边去，然后坐下来给罗伊尔写了一封极其动人的信。

再过五天，戴安娜就要结婚了。果园坡灰色的房子里乱作一团，烘烤、酿造、熬煮、煨炖，因为那里要举办一场盛大的传统婚礼。就如她们在十二岁时约好的那样，安妮当然是伴娘，而吉尔伯特会从金斯波特赶来当伴郎。安妮热情地投入到各种准备工作中，但在一切喧闹之下，她的心有些隐隐作痛。在某种意义上，她失去了一位亲密的老朋友。戴安娜的新家离绿山墙有三公里。她们再不能像以前那样频繁往来了。安妮抬头望着戴安娜房内的灯光，多少年来它像灯塔一直指引着自己，但很快它将不复在夏日的暮霭中闪耀。两大颗痛苦的泪珠从安妮灰色的眼睛里滚落下来。

"哦，"她想，"人总得长大——结婚——改变，这太可怕了！"

戴安娜的婚礼

"不管怎样，只有粉红色玫瑰才是名副其实的玫瑰。"安妮说，她正在果园坡西向的山墙内，为戴安娜的花束绑上白丝带，"它代表着爱情和忠贞。"

戴安娜紧张地站在屋子中央。她身穿新娘的白纱裙，乌黑的鬈发上披散着婚礼薄面纱，像是结了一层白霜。那面纱是安妮帮戴安娜盖上的，这是在履行她们多年前那个令人感伤的承诺。

"这情景与我们多年前想象的一模一样，你无可避免地结婚了，我为之失声痛哭，然后我们不得不挥手离别。"安妮笑着说，"你是我梦想中的新娘，戴安娜，披着'薄雾般美丽的面纱'，而我是你的伴娘。但是，唉！但是我没有想象中那种宽松的袖子——不过短花边的袖子更加漂亮。而且我的心没有完全破碎，我也并不真的痛恨弗雷德。"

"我们并没有真的分离，安妮。"戴安娜辩解说，"我不会走太远。我们会像从前一样彼此相亲相爱。我们始终遵守着多年前许下的那个诺言，不是吗？"

"是的，我们忠实地遵守了那个诺言。我们拥有天长地久的友谊，戴安娜。我从没有因为争吵、冷淡，或者恶毒的言语而使你受到伤害。我希望能永远如此。但从今以后，事情就不可能一如既往了。你会有别的兴趣。而我只是一个局外人。但是就像雷切尔太太说的那样，'这就是生活。'雷切尔太太送给你一条她最心爱的编织被子，上面还带有'烟草条纹'的图案呢。她说，等我结婚了，她也要送给我一条。"

"糟糕的是，当你结婚的时候，我就做不成你的伴娘了。"戴安娜哀叹道。

"明年六月，等菲尔和布雷克先生结婚时，我要给她做伴娘，然后我就此打住，因为你知道那句俗语，'三次当伴娘，无缘当新娘'。"安妮说着，她从窗户瞥了一眼，看到窗下果园里盛开着粉色和白色花朵，"牧师过来了，戴安娜。"

"噢，安妮。"戴安娜急促地喘着气，脸色突然变得煞白，浑身开始簌簌发抖，"噢，安妮——我太紧张了——我撑不住了——安妮，我知道我会晕倒。"

"如果你晕倒了，我就把你拖下楼去，扔到积满雨水的大桶里。"安妮毫不同情地说，"振作起来，我最亲爱的。那么多人经历了这个仪式后都活了下来，所以结婚并不太可怕。看我多么沉着冷静，鼓足勇气。"

"等你结婚时再说这些大话吧，安妮小姐。噢，安妮，我听见爸爸上楼来了。把花给我。我的面纱没有戴歪吧？我看上去是不是很苍白？"

"你看上去漂亮极了。戴，亲爱的，最后吻我一次吧，这是吻别。戴安娜·巴里再也不会吻我了。"

"但是戴安娜·莱特会吻你的。啊，我妈妈在喊我了。来啦。"

按照当时流行的简单而传统的婚礼仪式，安妮得挽着吉尔伯特的手臂，下楼走进大厅去。他们在楼梯上见了面，这是他们自从离开金斯波特后的第一次相见，因为吉尔伯特是婚礼当天赶过来的。吉尔伯特彬彬有礼地和安妮握了握手。安妮马上就注意到了，他虽然非常消瘦，但是气色还不错，脸色并不显苍白。安妮穿上轻柔洁白的裙子，闪亮的头发像山谷百合一样，当她向吉尔伯特走去时，他的脸上泛起一阵红晕。他们走进拥挤的大厅，屋里响起了啧啧的赞叹声。"他们真是天生的一对。"容易受感染的雷切尔太太对玛莉拉低声说。

弗雷德脸涨得通红，一个人缓步走上前来。然后，戴安娜挽着她父亲的手臂，轻快地走了进来。她并没有晕倒，仪式中也没有出现什么意外。随后是宴席和狂欢。暮色四起，弗雷德和戴安娜驾车离开了，他们在月光下驶向他们的新家，而吉尔伯特陪着安妮回到绿山墙。

在傍晚的嬉闹中，他们往日友谊中的某种东西又回来了。噢，在熟悉的路上，能再次与吉尔伯特同行，这种感觉真是太棒啦！

夜色恬美，几乎能听到玫瑰绽放时的低语——雏菊的笑声——小草的笛声——许多甜美的声音交织在一起，汇成了一曲动人的歌。美丽的月光洒在熟悉的田野上，照亮了整个世界。

"在你回家之前，我们能不能去情人之路上散散步？"当他们经过阳光水湖上的小桥时，吉尔伯特问道。阳光水湖里，静静地躺着一轮明月，就像是金色的花朵漂浮在水中。

安妮欣然同意了。这天晚上，情人之路宛如童话世界——一处充满了无限神秘的地方，闪着些许微光，在用月光编织出的白色魔咒下，如梦如幻。曾几何时，在情人之路上与吉尔伯特散步会被视为一件极度危险的事情。可是现在，有了罗伊尔和克丽丝蒂娜的介入，这种散步一下子就变得非常安全了。安妮发现自己在同吉尔伯特轻快地交谈时，头脑里却一直想着克丽丝蒂娜。在离开金斯波特之前，安妮已经和她见过几次面，并且她俩相处十分融洽。克丽丝蒂娜非常友善。的确，她们俩待人都十分真诚。但是，尽管如此，她们还没有成为好朋友。很明显，克丽丝蒂娜并不是"灵魂的知音"。

"你准备整个夏天都待在安维利吗？"吉尔伯特问。

"不。下个星期，我要到东边的溪谷路去。埃斯特·海索恩想让我在七八月替她教两个月书。那所学校有夏季班，但埃斯特身体不大舒服，所以我去接替她上课。从某方面来说，我并不是特别在意要离开这儿。你知道吗？我现在开始觉得，自己在安维利有点儿像个陌生人了。这种感觉着实让我很难过——但事实就是这样。在过去的两年里，看着那么多孩子们一下子变成了小伙子和大姑娘——事实上是年轻的男人和女人了——感觉真是可怕。我有一半的学生都长成大人了。看着他们就像当时的你我一样，我就觉得自己一下子老了。"

安妮笑了，随之发出一声叹息。她觉得自己很老了，变得成熟和睿智了——这说明她曾经是多么的年轻。她告诉自己，她非常渴望回到那些欢乐的可爱岁月里去，那时，生活似乎披着一件由希望和幻想编织的玫瑰色薄纱，拥有某种无法形容的东西，而现在这些已经永远消失了。往日的荣耀和梦想——如今都到哪儿去了？

"'时光流转，岁月已逝'。"吉尔伯特淡淡地吟诵道，有点失落的味道。安妮猜想他是否在想念克丽丝蒂娜。噢，安维利将变得更加寂寞了——戴安娜走了！

斯金纳太太的浪漫史

　　安妮在溪谷路车站下了火车，环顾四周，看是否有人来接她。她要寄宿在一位名叫珍妮特·斯威特的小姐家里。她根据埃斯特的来信，已经揣测出了这位女士的模样，可在这里，她始终没有看到一个符合她想象中的人。在她的视野之内，只有一位年龄较大的中年妇女，她坐在一辆篷车上，身边堆满了邮包。她体重估计有一百八十斤，这还是很保守的估计。她的脸就像秋天收割季节时的满月一样，红彤彤的，圆嘟嘟的，毫无特征可言。她穿着一条黑色的紧身羊绒裙，那还是十多年前流行过的款式。头上戴着一顶落满灰尘的黑色小草帽，帽子上装饰着黄色的缎带结。手上戴着一双褪了色的黑色连指手套，上面也装饰着花边。

　　"你好。"她冲着安妮挥动着鞭子，叫道，"你就是溪谷路学校新来的女老师吧？"

　　"是的。"

　　"嗨，我猜就是你。溪谷路学校的女老师都是远近闻名的美丽，而米勒斯维尔的姑娘是出了名的丑陋。今天早上，珍妮特·斯威特问我能不能来接你，我说，'只要这位老师不介意稍微挤一挤，我当然愿意啦。我的这辆篷车是小了点儿，再加上我比托马斯还要重一点儿呢！'等一下，小姐，我把这些邮包挪开一点儿，无论如何都要把你塞进去。到珍妮特家只有三公里。她隔壁邻居家的小雇工今晚会来拿你的行李。我叫斯金纳——阿美莉亚·斯金纳。"

安妮终于被塞进去了。在这个过程中，连安妮自己也觉得好笑。

"走啊，黑马儿。"斯金纳太太伸出粗短的手，抓起缰绳吆喝着，"这是我第一次运送邮包。托马斯今天想给他的大头菜松土，所以他让我来。我坐下来随便吃了点儿东西就出发了。我喜欢干这活儿。当然，这有点儿无聊。有时候我坐着想想事情，其他的时候我就傻愣愣地坐着。走啊，黑马儿。我想早点儿回家。我出门了，托马斯可就孤单啦。你瞧，我们刚结婚不久。"

"噢！"安妮礼貌地应了一声。

"刚刚才一个月呢，不过，托马斯追了我很长一段时间。那可真是浪漫啊。"安妮试图想象出斯金纳太太所讲述的浪漫场景，但是却失败了。

"噢！"她又应了一声。

"是的。你瞧，还有一个人在追我。走啊，黑马儿。以前，我是一个寡妇，都好多年了，别人都以为我不会再结婚啦。但是我闺女——她像你一样，也是个老师——到西部去教书以后，我觉得挺孤单的，就不怎么坚持那种想法了。慢慢地，托马斯开始来追我，另外还有个家伙也来了——他叫威廉姆·欧巴迪亚·塞蒙。很长一段时间里，我拿不定主意该选谁，他们老是来我这儿，这让我很犯愁。你瞧，欧巴迪亚挺有钱的——他有一片上好的农场，日子过得挺滋润的。他是最好的结婚对象。走啊，黑马儿。"

224.

"那为什么你没有嫁给他呢？"安妮问。

"嗯，你瞧，他不爱我呀。"斯金纳太太很严肃地回答。

安妮瞪大了眼睛看着斯金纳太太，但是那位女士的脸上看不出丝毫开玩笑的意思。很明显，斯金纳太太不觉得这事有什么可笑之处。

"他妻子三年前就死了，他的妹妹帮着他管家。然后，他妹妹结婚了，他只想找个人帮他收拾屋子。我给你讲啊，那个屋子很值得收拾。那房子挺漂亮的。走啊，黑马儿。而至于托马斯，他是个穷人，他的房子歪歪斜斜的，要说到这个房子所有的好处，大概就是大晴天里不会漏雨。但是，你瞧我爱托马斯，我一点儿没因为威廉姆·欧巴迪亚·塞蒙有钱就爱上他。所以呀，我说服了自个儿。'萨拉·克罗，'我说——萨拉·克罗是我的第一个丈夫——'如果一个女人愿意，她可以嫁给一个有钱人的，但是她不会快乐的。在这个世界上，彼此不相爱的人是没法一起过日子的。她最好得跟着托马斯过，因为托马斯爱她，她也爱托马斯，其他的东西对她来说也就无关紧要了。'走啊，黑马儿。于是我告诉托马斯，我愿意嫁给他。在我准备结婚的时候，我从来不敢驾车从威廉姆·欧巴迪亚·塞蒙门前过，因为我害怕自己看见那幢漂亮的房子，又会东想西想。但是，现在我压根儿就想不起那幢房子啦，我跟托马斯在一起过得挺舒适，挺快活。走啊，黑马儿。"

"威廉姆·欧巴迪亚·塞蒙有什么反应？"安妮问道。

"噢，他跟我闹了一阵子。但是他现在老是去米勒斯维尔，去看一个瘦巴巴的老姑娘，我猜她很快就会答应他了。她会成为威廉姆·欧巴迪亚·塞蒙的好妻子，比他第一个妻子都还好。威廉姆·欧巴迪亚·塞蒙压根儿不想娶她。他之所以求婚，是因为他的老父亲要他这么干。他一心巴望着这个老姑娘会说'不'，可我跟你说，她说'好的'。这可就不好办啦。走啊，黑马儿。她是一个好管家，但小气得不得了。一顶软帽，她就戴了十八年。后来她换了一顶新帽子，威廉姆·欧巴迪亚·塞蒙在路上碰到她，愣是没有认出她来。走啊，黑马儿。我觉得自己差点儿就嫁给他了，要是那样的话，我就惨了，就像我可怜的表妹，简·安。简·安嫁给了一个有钱人，可她一点儿也不爱这个人，她的生活过得猪狗不如啊。上个星期她过来看我，她说：'萨拉·斯金纳，我真忌妒你啊。我宁愿跟一个我爱的人，住在大路边的小棚屋里，也不愿意跟一个我不爱的人，住在大房子里。'简·安的男人倒并不坏，是的，不过他老是反着干，在大热天里，他要穿毛皮大衣。要让他干什么事，最好的办法就是哄劝他去干刚好相反的事儿。但是，他们之间是没有爱的，做啥事都磕磕绊绊的，那种生活没法过啊。走啊，黑马儿。那个山谷里面，就是珍妮特的房子——她把这个房子叫作'路边小屋'，挺漂亮的，对吧？我想啊，你一定很高兴从车里挤出来透透气吧，那些邮包差点儿把你挤坏了。"

"是的，但是能跟你同行，我感到非常愉快。"安妮真诚地说。

"谢谢你！"斯金纳太太神采飞扬地说，"等会儿我把这话告诉托马斯。我得到了表扬，他知道了会很开心的。走啊，黑马儿。好了，我们到啦。我希望你在学校里顺心如意，小姐。穿过珍妮特房子背后的湿地，有一条近路到学校。如果你要走那条路，要特别当心。一旦你陷到那黑泥里面，你整个人就会陷进去，直到世界末日也看不到你，也听不到你的声音。就像亚当·帕莫的牛一样。走啊，黑马儿。"

安妮写给菲尔的信

安妮·雪莉致菲利帕·戈顿。

你好！

亲爱的，我早就该给你写信了。我在这儿，溪谷路，又当了一回乡村女教师。我寄宿在路边小屋里，那是珍妮特·斯威特的家。珍妮特是位很可爱的人儿，长得很漂亮。身材高挑，但又不是太高。有些丰满，但又限制在合适的轮廓内，这表明她是一个很节制的人，即便是在生活富足的情况下她也不会胡吃海喝的。柔软的棕色鬈发绾成一个小发髻，里面夹杂着几根银丝。脸上总是挂着一副快活的神情，面颊红润，有一双和善的眼睛，蓝得像勿忘我草一样。而且，她是位快活的传统菜大厨，只顾让你享用肥美的东西，根本不会在意这是否会坏了你的胃口。

我很喜欢她，她也喜欢我——看来，主要原因是她有一位早年过世的妹妹，也叫安妮。

"真高兴见到你。"我走进她的院子时，她轻快地说，"啊呀，你看上去跟我想象的一点儿都不一样。我本以为你有点儿黑——我妹妹安妮的皮肤就有点儿黑。而且你还满头红发呀！"

有那么一阵子，我觉得自己不会像对她的第一印象那样，那么喜欢她。然后我提醒自己，我应该更理智些，不能仅仅因为有人说我的头发是红色的，就对人家抱有偏见。也许在珍妮特的词汇里，根本就没"红赭色"这个词呢。

路边小屋是座很可爱的小房子。房子小巧，洁白无瑕，坐落在一个美丽的小山谷里，这里远离大路。在大路和房子之间是一片果园，同时它又兼作花园。前门的小路上装饰着"圆蛤"的贝壳——珍妮特把这种贝壳叫作"盐海"。五叶爬山虎装饰着门廊，房顶上满是苔藓。我的房间"在客厅旁边"，小巧整洁——只能容得下一张床。床头上挂着一幅画，画的是罗比·布恩站在海兰德·玛丽的墓前，一棵巨大的垂柳遮住了坟头，罗比一脸的哀伤。难怪这些天来老是做噩梦。咳，我在这儿的第一个晚上，竟然梦见自己再也不会笑了。

客厅很小，但很整洁。仅有的一扇窗户被巨大的柳树挡住了，屋里满是翠绿色，光线暗淡，就像是在洞穴里一样。椅子上覆盖着精致的椅罩，地板上铺着色彩明快的垫子，书本和卡片井井有条地摆放在一个圆桌上，壁炉架上放着花瓶，花瓶里插满了干花。在花瓶与花瓶之间，摆放着令人愉快的装饰品，那就是棺材铭牌——一共有五块，分别属于珍妮特的父亲、母亲、哥哥、妹妹安妮，还有一个是死于此地的雇工！如果在这里的某一天，我突然疯掉了，"将此文本公布于众"，因为这一定是那些棺材铭牌造成的。

但我得说，这里的一切都让人很愉快。正因为我喜爱这里，珍妮特也很喜欢我。也正是出于这个原因，她讨厌可怜的埃斯特，因为埃斯特说过，屋里太多阴影是不益于健康的，而且她不愿意睡在羽毛床垫的床上。我很喜欢羽毛床垫，越不益于健康，越是柔软，我越喜欢。珍妮特说，她看着我吃饭，感到很欣慰，她本来很担心我会像海索恩小姐那样，在早餐时只吃水果，喝热水，而且试图让珍妮特不再吃油炸食物。埃斯特真是个可爱的姑娘，但她太过狂热了。问题在于她想象力不够丰富，而且很容易消化不良。

　　珍妮特告诉我，如果有小伙子来拜访，我随时可以使用客厅！我觉得不会有什么人来拜访的。在溪谷路这里还没有见过什么小伙子，除了隔壁邻居家的雇工——他叫山姆·托利弗，是个高高瘦瘦、头发粗糙的小伙子。前不久一个傍晚，他走过来，在前廊花园的篱笆桩上坐了一个小时，当时我和珍妮特也在那儿忙针线活。在那一个小时里，他唯一开口说的话就是："吃块薄荷糖吧，小姐！这对黏膜炎很有好处的，薄荷糖。"还说了一句："今晚这里有好多蚂蚱呀。是的。"

　　但这里的确发生了一桩恋爱故事。看起来，或多或少，我总是能参与到年长者的恋爱故事中，这真是幸运啊。艾文夫妇总说，是我促成了他们的婚姻。而卡莫迪的斯蒂芬·克拉克太太坚持说，因为我的一个提议，她对我万分感激，其实就算我没有提议，别人也会这么做的。不过我的确认为，如果没有我的帮助，路德维克·斯彼德将永远停留在默默追求的阶段，而西奥德拉·迪克斯早就飞了。

在眼下这个恋爱故事里，我只是一位消极的旁观者。我曾经试图去帮上一把，结果把事情搞得一塌糊涂。我再也不会多管闲事了。等我们见面的时候，我会把一切都告诉你。

与道格拉斯老太太共进茶点

安妮旅居在溪谷路的第一个星期四晚上，珍妮特便邀请她参加了祷告会。为了参加这次祷告会，珍妮特像绽放的玫瑰般鲜艳美丽。她身穿一件浅蓝色薄纱裙子，上面遍布着三色紫罗兰图案，衣裙上的褶边实在是太多了，多到别人都以为节俭的珍妮特会为此深感内疚。头戴麦秆编成的白色草帽，帽子上装饰着粉色的玫瑰，还插了三根鸵鸟毛。安妮对此大惑不解。后来，她发现珍妮特如此盛装打扮的动机——一个从亚当夏娃时代就存在的古老动机。

溪谷路的祷告会几乎是女性的天下。除了牧师，这里有三十二名妇女，两个半大的男孩，以及一个孤独的男人。安妮发现自己正在打量这个男人。他既不英俊，也不年轻，更不优雅，他的两条腿长得出奇——为了安置它们，他不得不把它们盘起来，藏到椅子下面去——而且他双肩佝偻。他的手掌很大，头发需要修剪，胡子乱蓬蓬的。但是安妮觉得自己喜欢他那张脸。那是一张和善、诚实而又温柔的脸，脸上还蕴藏着一点儿别的什么东西——但是安妮一时很难说清楚那到底是什么。最终她得出结论，那个男人虽然饱经苦难，却坚强地走了过来，岁月风霜都清楚地写在他的脸上，他乐观豁达地默默忍受着一切，他的神情仿佛在告诉人们，哪怕忍受火刑的折磨也无所畏惧，但在临刑前，他会争分夺秒地享受生活的乐趣。

当祷告会结束后，那个男人走到珍妮特身边，说：

"我能送你回家吗，珍妮特？"

珍妮特挽起他的手臂——"她就像是十六岁的少女，第一次有人送她回家，满是拘谨和羞涩。"后来，安妮在派蒂小屋里，跟姑娘们这样描述。

"雪莉小姐，请允许我向你介绍道格拉斯先生。"她拘谨地说。

道格拉斯先生点点头，说："祷告会的时候，我看着你，小姐，心想你是个多么可爱的小姑娘啊。"

百分之九十九的人嘴里说出这种话，安妮都会大为恼火的，但道格拉斯先生说话的方式，让安妮觉得，那是发自内心的赞美。她对道格拉斯先生微笑着，以示感谢。然后，她心甘情愿地落在他们后面，走在洒满月光的小路上。

看来，珍妮特有一个追求者呀！安妮很高兴。珍妮特会是个模范妻子的——快乐、节俭、宽容，而且是一流的厨师。让她永远做个老姑娘，那对世界真是损失不少啊。

"约翰·道格拉斯让我带你去见他的母亲。"第二天，珍妮特说，"她一直卧病在床，从未出过家门。但是她非常希望有人去陪伴她，总想看看我的房客。今晚你能去吗？"

安妮同意了。不过在这天晚一点儿的时候，道格拉斯来访，代表他母亲邀请他们在星期六傍晚去吃茶点。

"噢，你为什么不穿上你那条漂亮的三色紫罗兰图案的裙子呢？"当星期六傍晚她们出发后，安妮问道。那天天气很热，可怜的珍妮特穿着厚重的黑色羊绒裙，再加上心情激动，看上去整个儿好像被活活煮熟了。

"我担心，道格拉斯老太太会认为那条裙子很轻浮，很不合适。虽然约翰很喜欢那条裙子。"她无不遗憾地补充道。

古老的道格拉斯庄园距离路边小屋一公里，坐落在一座多风的小山顶上。房子宽敞舒适，拥有值得骄傲的历史，周围环绕着枫树林和果园，屋子后面是宽敞整洁的谷仓，一切无不显示着家庭的富足。所以安妮推断，不管道格拉斯先生脸上默默忍受的苦难到底是什么，但那绝对跟债务没有关系。

约翰·道格拉斯在门口迎接她们，然后带着她们走进客厅。在客厅里，他的母亲像女王一样安坐在扶手椅上。

安妮本以为道格拉斯老太太会又高又瘦，因为道格拉斯先生就是这样的。但恰好相反，她是位个子娇小的老太太，有着柔嫩的粉色脸颊，蓝色的眼睛里带着温柔，她的嘴和婴儿的嘴差不多大小。她穿着漂亮时髦的黑色丝绸裙子，肩头披着蓬松的白色围巾，雪白的头发上盖着一顶做工精致的花边小帽。她小巧玲珑，几乎可以当作一个老奶奶的玩偶。

"你好，亲爱的珍妮特，"她甜美地说，"很高兴再次见到你，亲爱的。"她仰起漂亮而苍老的脸，接受亲吻，"这就是我们新来的老师吧。很高兴见到你。我儿子对你赞不绝口，让我都有些忌妒了，我相信珍妮特更会忌妒的。"

可怜的珍妮特脸一下红透了。安妮说了些常有的客气话，然后大家便坐了下来开始交谈。对于所有人，甚至对于安妮来说，交谈是件很困难的事儿，可道格拉斯老太太对此驾轻就熟。她让

234.

珍妮特坐在自己身边，时不时抚摸珍妮特的手。珍妮特面带微笑地坐着，穿着那条难堪的裙子，看样子非常难受。约翰·道格拉斯则板着脸坐着。

喝茶的时候，道格拉斯老太太优雅地请珍妮特倒茶。珍妮特的脸更红了。安妮在给斯特拉的信中描述了那次茶点的情况。

> 我们吃了冷牛舌、鸡肉、草莓酱、柠檬馅饼、水果馅饼、巧克力蛋糕、葡萄干饼干、奶油蛋糕、水果蛋糕——还有一些别的东西，包括另一种馅饼——我猜那是焦糖馅饼。在我吃完比平时多出一倍的东西后，道格拉斯老太太叹了口气，说她担心没有什么合我的口味。
>
> "我真担心，亲爱的珍妮特高超的厨艺把你宠坏了，吃不惯别人做的食物。"她甜甜地说，"当然啦，在溪谷路没有谁敢向她挑战的。再吃一块馅饼吧，雪莉小姐？你还什么都没吃呢。"
>
> 斯特拉，我已经吃了一份牛舌、一份鸡肉、三块饼干、一大勺果酱、一块柠檬馅饼、一块水果馅饼、再加一方块巧克力蛋糕了！

吃完茶点，道格拉斯老太太慈祥地笑着，让约翰带着"亲爱的珍妮特"到花园里去，给她摘一些玫瑰花来。"你们出去的时候，雪莉小姐会给我做伴的——对吧？"她带着哀求语气说。她叹了一口气，在自己的扶手椅上坐下来。

"我是个虚弱的老太太，雪莉小姐。过去的二十年里，我受了不少苦。二十个让人厌烦的漫长年头，我在一步步地走向死亡。"

"多么痛苦啊！"安妮说。她试图表达同情，但话说出口，却觉得自己很愚蠢。

"有很多个夜晚，别人都以为我再也看不到第二天的曙光了。"道格拉斯老太太神情肃穆地接着说，"没有人知道我经受了些什么——没有人知道，除了我自己。唉，过不了多久，我这疲倦的朝圣之旅就要结束了，雪莉小姐。约翰在他母亲去世后，能娶到这样好的一个妻子来照料他，这真让我感到欣慰——非常欣慰，雪莉小姐。"

"珍妮特是个可爱的人。"安妮热切地说。

"很可爱！脾气好！"道格拉斯老太太赞同说，"还是个操持家务的能手——有些方面我永远都做不到。我的身体不允许，雪莉小姐。约翰做出这么明智的选择，我打心眼里高兴。我希望他幸福，我也相信他会幸福的。他是我唯一的儿子，雪莉小姐，我最关心的事情就是他的幸福。"

"当然。"安妮木讷地说。这是她有生以来，第一次感觉自己很愚蠢。可是她不明白这是为什么。面对这位面带微笑、天使般的、如此慈祥地拍着自己的手的老人时，安妮似乎无话可说。

"下次早点来看我，亲爱的珍妮特。"在珍妮特和安妮告别的时候，道格拉斯老太太亲切地说，"你来得太少了。但是我想，有一天约翰会把你带来，并且让你一直都待在这儿的。"当道格拉斯老太太说这些话的时候，安妮偶然瞥了一眼约翰·道格拉斯，顿时感到大为惊讶。他脸上的神情痛苦难当，好像是一个受刑的人，在接受最后一轮严刑拷打时，已经濒临崩溃的边缘。安妮觉得他一定是病了，于是拉着面红耳赤的可怜的珍妮特匆匆离开了。

"道格拉斯老太太挺和气的，对吧？"她们沿着大路走下山时，珍妮特问道。

　　"呃——嗯。"安妮心不在焉地回答。她正在琢磨着，约翰·道格拉斯为什么会流露出那副神情来。

　　"她经受了很多的苦难。"珍妮特动情地说，"她的病发作起来很厉害。这让约翰时刻都提心吊胆。他不敢离开家，担心他母亲的病会发作，家里除了一个雇来的小女孩，就再也没有别的什么人了。"

频频造访

　　三天以后，当安妮从学校回家来时，发现珍妮特在哭泣。泪水和这个一向快乐的女子是那么格格不入，这可把安妮吓了一大跳。

　　"哦，出什么事了？"她焦急地叫道。

　　"我——我今天已经四十岁了。"珍妮特啜泣着说。

　　"嗯，昨天你就接近四十岁了，那也没让你难过呀。"安妮安慰她说，尽量压抑着不要笑出声。

　　"但——但是，"珍妮特很响亮地哽咽了一声，接着说，"约翰·道格拉斯不会向我求婚了。"

　　"噢，他会的。"安妮苍白无力地安慰道，"你得给他时间，珍妮特。"

　　"时间！"珍妮特用一种难以描述的轻蔑口气说，"我已经给了他二十年时间了。他还想要多少时间？"

　　"你是说，约翰·道格拉斯拜访了你二十年了？"

　　"是的，但是他从来都没向我提过关于结婚的任何事情，而且我觉得他现在也不会提的。这件事，我从来没对任何人提起过，但现在看来，我一定要跟人说说，不然我就会疯掉。二十年

238.

前，我母亲还活着的时候，约翰·道格拉斯就开始和我约会。嗯，他接二连三地来访，一段时间后，我开始准备被子和其他嫁妆。但他始终不提及结婚，只是频频造访。我不知道该怎么办。这样持续了八年，我的母亲去世了。我想，他看到我一个人孤零零地留在这个世上，他也许要开口表白了。他真的很温柔，很体贴，把他力所能及的事情都为我做了，但他就是不开口提这事。从那以后，就是这个样子，一直到现在。别人都怪罪到我的头上。他们说因为他母亲身体不好，所以我才不愿意嫁给他，不想侍奉他母亲。啊呀，我是真心愿意侍奉约翰的母亲呀！但我只能任由他们这样胡思乱想。我宁愿他们责怪我，也不要他们可怜我！约翰不向我求婚，这太丢人了。可他为什么不开口呢？如果我知道这其中的原因，我也许就不会这么烦恼了。"

"也许是他母亲不愿意他结婚。"安妮说。

"噢，她愿意呀。她对我说过好多遍，说她希望在死前，看到约翰成家。她总是在暗示约翰——那天去他家，你也亲耳听到她也这么说过。我真是备受煎熬啊。"

"我弄不懂。"安妮无助地说。她想起了路德维克·斯彼德。但是这两种情况并不一样。约翰·道格拉斯并不是路德维克那种男人。

"你应该勇敢一点儿，珍妮特。"她态度坚决地说，"很早的时候，你为什么不把他赶走？"

"我做不到。"可怜的珍妮特哀怨道，"你知道，安妮，我非常喜欢约翰。他来总比不来好吧，因为我也不喜欢别的什么人，所以我也就不在乎了。"

"但是，只有你拒绝了他，他才有可能像个男子汉一样向你表白。"安妮极力劝说道。

"不,我想他不会的。不管怎么说,我害怕去试探,担心他真的以为我就是这个意思,然后从此远离我。我是个软弱的家伙,但我就是这么想的。对此我是一点儿办法也没有。"

"噢。你可以做到不这么想的,珍妮特。现在还为时未晚。坚强些。要让这个男人明白,你再也不能忍受他的优柔寡断了。我会支持你的。"

"我不知道。"珍妮特绝望地说,"我不知道自己有没有足够的勇气。事情一直都是这个样子的,都过这么久了。不过我会想想的。"

安妮一下子对约翰·道格拉斯大失所望。她本来非常喜欢道格拉斯的,但没想到他会是这种人,他一直玩弄着一个女人的感情,竟然长达二十年。应该给他一点儿教训,安妮愤愤地想着。因此,当第二天傍晚她们要去参加祷告会时,珍妮特告诉她,她打算"勇敢"一些,安妮不由得心花怒放。

"我要让约翰·道格拉斯看看,我不打算任由他欺负了。"

"太棒啦!"安妮强调说。

当祷告会结束后,约翰·道格拉斯走过来,像平时一样提出请求。珍妮特看上去很胆怯,但语气却很坚决。

"不用,谢谢了。"她冷冰冰地说,"我自个儿走回去,回家的路我非常熟悉。你应该明白,我在这条路上已经走了四十年了。所以就不用麻烦你了,道格拉斯先生。"

安妮看着道格拉斯。在皎洁的月光下,她看到了他表情是那么痛苦难当,就如同受刑人正经受着一场超出极限的折磨。他一句话也没说,转过身去,沿路大步而去。

"停下！停下！"安妮在他身后使劲叫起来，她丝毫不理会那些目瞪口呆的旁观者，"道格拉斯先生，停下！回来！"

约翰·道格拉斯停了下来，但是并没有回来。安妮沿路跑过去，抓着他的胳膊，生拉硬拽地把他拖回到珍妮特身边。

"你必须回来。"安妮哀求道，"这是一个错误，道格拉斯先生——都是我的错。是我让珍妮特这么做的。她不想这样——但现在没事了，对吧，珍妮特？"

珍妮特一言不发，她挽起道格拉斯的胳膊，向家里走去。安妮温顺地跟在他们后面，走回家，从后门溜进屋去。

"好啊，你在这样支持我，真是能干啊。"珍妮特讽刺说。

"我不是故意的，珍妮特。"安妮后悔不已，"当时我好像觉得正眼睁睁地看着一桩谋杀案正在进行。我不得不去把他追回来。"

"哦，我很高兴你把他追回来了。当看到约翰·道格拉斯沿着那条路走远了，那时我只觉得，我生活里仅存的那一点儿欢乐和幸福全都随他而去了。那种感觉太可怕了。"

"他问过你这么做的原因了吗？"安妮问。

"没有，他对此事只字未提。"珍妮特情绪低落地回答说。

约翰·道格拉斯终于表白了

　　安妮仍不死心，希望事情最终会有一个结果。但是，什么也没有发生。约翰·道格拉斯仍然像二十年来所做的那样，一如既往地带着珍妮特驾车外出，祷告会后送她回家，看情形，他完全有可能像这样再继续二十年。夏天渐渐过去。安妮忙着教书，写信，学习功课。上学放学这段路程令人愉悦。她总是从湿地抄近路。那片湿地真是个可爱的地方——泥沼里苍翠欲滴，到处都是长满苔藓的绿油油的土丘，中间有一条银色的小溪蜿蜒而过，云杉树笔直地挺立着，枝干上爬满了灰绿色的青苔，树木根须发达，以各种美丽的姿态展现在林间。

　　然而，安妮觉得溪谷路的生活有些单调乏味。毫无疑问，这里没有一件有趣的事情发生。

　　而那个隔壁邻居家的雇工山姆，自从那天傍晚来拜访以后，除了偶尔在路上相遇外，安妮就再也没见过这个头发粗糙、有薄荷糖的瘦高小伙子了。但是，在八月一个温暖宜人的傍晚，他再次出现了，并且神情严肃地在门廊边简陋的长椅上坐下来。他穿着平日的劳动装，一条打着各种补丁的裤子，一件手肘处有个破洞的牛仔蓝布衬衫，戴着一顶破烂的草帽。他嚼着一根稻草，当他满脸严肃地看着安妮时，嘴里仍不停地嚼着。安妮叹了口气，把书本放在一边，拿起小装饰桌巾开始绣花。她压根儿也没想过要与山姆说说话。

沉默了很久以后，山姆突然开口说话了。

"我就要离开那儿了。"他挥动着稻草，指着邻居家的方向，很突兀地说。

"哦，是吗？"安妮很有礼貌地问道。

"是的。"

"那么你现在准备去哪儿呢？"

"嗯，我想有片自己的地。在米勒斯维尔有块合适的。但是我要租下它，我就得需要一个婆娘。"

"我想是的。"安妮含混地说。

"是的。"

又是很长一段时间的沉默。最后，山姆又挥动着他的稻草，说：

"你愿意跟着我吗？"

"什——么！"安妮倒抽了一口冷气。

"你愿意跟着我吗？"

"你是说——嫁给你？"可怜的安妮无力地问道。

"是的。"

"什么呀，我根本就不了解你。"安妮愤慨地叫道。

"但是我们结婚以后，你就会了解我的。"山姆说。

安妮聚敛了她那快击成碎片的可怜的自尊。

"我肯定不会嫁给你的。"她骄傲地说。

"嗯，你会嫁得很不好的。"山姆劝诫说，"我是干活的好手，银行里我还存着很多钱呢。"

"别再跟我提这事啦。到底是怎么回事，你脑袋里怎么塞进了这种念头？"安妮说。她的幽默感战胜了愤怒。这情形实在是太滑稽了。

"你是个漂亮姑娘，走起路来很有精神。"山姆说，"我可不想要个懒女人。好好想想。这段时间我不会改变想法的。嗯，我要走了，要去挤牛奶了。"

近几年来，在经历过多次求婚的场景后，安妮有关求婚的美妙幻想饱受打击，如今已经所剩无几。所以这一次她开怀大笑，没有丝毫隐隐的刺痛感。那天晚上，她向珍妮特模仿可怜的山姆的模样，两人对他动情的求婚哈哈大笑。

安妮在溪谷路的旅居生活快接近尾声了。一天下午，阿勒克·沃德驾着车，急匆匆地来到路边小屋找珍妮特。

"他们让你赶快去道格拉斯家。"他说，"二十年来，道格拉斯老太太一直假装自己要死了，这次我敢肯定，她终于真的要死了。"

珍妮特跑去拿她的帽子。安妮问道格拉斯老太太这次发病是不是比平时更严重些。

"远不及平时那么痛苦。"阿勒克严肃地说，"所以我才觉得这次更严重。在平时，她会尖叫着，满地乱滚，而这次她只是静静地躺着，哼哼几声。当道格拉斯老太太哼哼的时候，她的病情就很严重，这绝对没错。"

"你喜欢道格拉斯老太太吗？"安妮好奇地问。

"当一只猫就像猫儿那样时，我会喜欢它的；但是它像一个女人时，我会讨厌它的。"阿勒克拐弯抹角地回答说。

傍晚时分，珍妮特回来了。

"道格拉斯老太太去世了。"她疲惫不堪地说，"我到那儿不久，她就死了。她只对我说了一句——'我猜你现在会嫁给约翰了吧？'她说。这真让我伤心啊，安妮。想想看，约翰的母亲竟然以为，我不肯嫁给约翰是因为她的原因！我什么也不能说——还有其他的妇女在场。幸好约翰出去了。"

珍妮特开始伤心地哭起来。安妮为她熬了热乎乎的姜茶，让她舒缓了下来。而后来，安妮发现自己用的不是姜粉，而是白胡椒粉，这事千真万确。但珍妮特却没有辨别出其中的区别。

葬礼过后的那个傍晚，珍妮特和安妮坐在前廊的台阶上，沐浴着落日的余晖。风在松林间沉睡过去了。在北边，苍白而没有雷声的闪电不停地划破长空。珍妮特穿着她丑陋不堪的黑色裙子，面容凄苦，眼睛和鼻子哭得红红的。她们俩谁也不说话，安妮努力试着让她高兴起来，但珍妮特似乎有些厌烦。她似乎更愿意沉浸在这种伤痛中。

突然，门闩咔嗒一声，约翰·道格拉斯大步流星地走进花园。他踏过天竺葵花圃，径直朝她们走过来。珍妮特站起身。安妮也站了起来。安妮个子高挑，身穿洁白的裙子，但约翰·道格拉斯对她视而不见。

"珍妮特，"他说，"你愿意嫁给我吗？"

这句话喷涌而出，仿佛经历了二十年的等候，现在要迫不及待地一吐为快。

本来珍妮特的脸已经哭得通红，而现在，她的脸转瞬间涨成了非常难看的紫色。

"你以前为什么不说？"她慢吞吞地问道。

"我不能说。她让我发誓不说——妈妈让我发誓不向你求婚。十九年前，有一次，她的病情严重地发作了，我们都以为她熬不过去。她哀求着让我发誓，承诺在她活着的时候，不能向你求婚。虽然我们都以为她活不了多久——医生说她只有六个月的时间——可我还是不想许下这样的誓言。但是她拖着病恹恹的身子，跪下来苦苦哀求我。我只好答应了。"

"你妈妈对我有什么不满的地方？"珍妮特叫道。

"没有——没有。她只是不希望，在她活着的时候，家里还有另外一个女人——不管什么样的女人都不行。她说，如果我不答应她，她会马上死给我看，这等于是我亲手杀了她。所以走投无路，只好发了誓。从那以后，她一直逼着我遵守誓言，虽然后来换成是我向她下跪，乞求她放了我，可是她却丝毫不让步。"

"你为什么不告诉我这些？"珍妮特哽咽着说，"我只要知道就行了！你为什么不告诉我？"

"她让我发誓，对谁都不能说。"约翰嘶哑地说，"她让我对着《圣经》发誓。珍妮特，我做梦都没想到会等这么久，否则我绝对不会发誓的。珍妮特，你不知道这十九年来我经受的折磨。我知道，我让你受苦了。但你终究会嫁给我的，对吧，珍妮特？我已经是以最快的速度赶来向你求婚了。"

这时候，发懵的安妮这才回过神来，意识到自己不该待在这里。她悄悄地溜走了。直到第二天早上，她才见到珍妮特。珍妮特把后面发生的事情告诉了她。

"那个冷酷无情狡诈的老女人！"安妮叫道。

"嘘——她已经死了。"珍妮特严肃地说，"如果她还没死……不过她已经死了。所以我们不该说她的坏话。而且，最终我还是幸福的，安妮。只要我知道这个原因，等多少年我也不在乎。"

"你们什么时候结婚？"

"下个月。当然，那会是个安静的婚礼。我想别人一定会议论纷纷，他们会说，现在那个可怜的母亲不再碍事了，我就迫不及待地勾引上约翰。约翰想让他们知道真相，但是我说：'不用，约翰，毕竟那是你的母亲。我们就让这事成为我们之间的秘密吧，不要影响别人对她的评价。既然我已经知道了真相，我就并不介意别人说什么。那和我一点儿关系也没有。就让这件事与死者一起埋葬了吧。'我对他说。我这样劝服了他。"

"你真是宽宏大量，这一点儿我可办不到。"安妮愤愤不平地说。

"等你到了我这个年龄，你在很多事情上就会有不同的看法。"珍妮特宽容地说，"在我们成长的道路上，要学会很多事，其中一件就是——学会如何谅解。四十岁的人做起来要比二十岁的人更加容易一些。"

在雷德蒙的最后一年开始了

"我们又全都回到这儿来啦,肤色健康,心情欢畅,一个个就像即将参加赛跑的壮实小伙子。"菲尔说,她发出一声快乐的感叹,在行李箱上坐下来,"再次看到古老可爱的派蒂小屋——还有姨妈——还有这些猫,难道不是很快乐吗?铁锈的另一只耳朵也缺掉了,是吗?"

"就算铁锈根本没有耳朵,它依然是这个世界上最可爱的猫。"安妮坐在她的箱子上,忠诚地宣称。说话这工夫,铁锈已经爬到她膝盖上,欢快地闹腾着,热情地欢迎她。

"看到我们回来,你难道不高兴吗,姨妈?"菲尔问道。

"高兴啊。但我希望你们把东西收拾好。"詹姆西娜姨妈看着屋子里堆着大大小小的箱子,四个姑娘却围在旁边欢笑闲谈,无奈地说,"待会儿你们一样可以聊啊。先干活,后玩耍,这是我做姑娘时的座右铭。"

"噢,我们这一代正好把它颠倒过来了,姨妈。我们的座右铭是,先尽情玩耍,后使劲干活。如果你先痛痛快快玩个够,你的活儿才会干得更漂亮。"

"如果你打算嫁给一个牧师,"詹姆西娜姨妈说着,抱起约瑟夫，拿起针线活，以优雅的风度接受了这个不可改变的现状，正是这种优雅，使她成为家庭主妇中的女王，"你就得放弃像'使劲干活'这样的词语。"

"为什么呢？"菲尔呻吟道，"啊，难道大家一致认定，牧师妻子说话就只能拐弯抹角？我做不到。帕特森街上的每个人都在说土话——或者说，俗语——如果我不说，他们会觉得我盛气凌人，傲慢自大。"

"你跟家里人宣布了你们的事了吗？"普里西拉一边从她的午餐桶里拿出些零碎食物，喂给莎拉猫吃，一边问菲尔。

菲尔点点头。

"他们有什么反应？"

"噢，妈妈暴跳如雷。但是我态度就像岩石般坚定——我，菲利帕·戈顿，在这之前对任何东西态度都不坚定。爸爸要冷静些。爸爸的父亲就是个牧师，所以你们瞧，他不敢对牧师抱有偏见。等妈妈冷静下来后，我让乔到冬青山庄，他们都很喜欢他。不过每次交谈时，妈妈总是给他一些可怕的暗示，暗示她曾经对我的那些期待。噢，我的假期路上并不全是铺着玫瑰花瓣，亲爱的姑娘们。但是——我坚持下来了，我得到了乔。其他的都不值一提了。"

"对于你来说是这样。"詹姆西娜姨妈打抱不平地说。

"对于乔来说也是这样。"菲尔反驳说，"你总觉得他很可怜，为什么，请问？我认为大家应该羡慕他。他将得到一位智慧、美丽、美貌的妻子，还有我那金子一般的心灵。"

"所幸我们都知道该如何理解你的话。"詹姆西娜姨妈耐心地说，"我希望在别人面前，你不要讲这样的话，否则他们怎么理解啊？"

"噢，我才不管他们怎么想呢。我不想用别人看我的眼光来看自己。我相信，如果那样做，大多数时候心情都会不愉快。我觉得彭斯在说那篇祷告词①时，态度并不十分真诚。"

"噢，我敢说，如果我们用真诚的态度来审视我们的内心，我们全都在为一些自己并不真心期待的事情而祷告。"詹姆西娜姨妈坦承道，"我觉得这样的祷告不会让人变得高尚。我曾经祷告说，希望自己原谅某个人，但是现在我才明白，那时候我根本不想原谅她。当我最后真正想原谅她时，不用祷告自然而然就做到了。"

"我很难想象你长时间记恨某人会是什么样子。"斯特拉说。

"哦，我以前就是那样。但是随着年龄的增长，我才觉得根本不值得去记恨某人。"

"这让我想起了一件事。"安妮说，她把约翰和珍妮特的故事讲给大家听。

"你在一封信里隐隐暗示过一个非常浪漫的场景，你现在就给我们说说吧。"菲尔请求说。

安妮兴致勃勃模仿出山姆求婚时的场面。姑娘们捧腹大笑，詹姆西娜姨妈也微微笑了。

"嘲弄你的追求者，这可不好。"詹姆西娜姨妈严肃地说，"不过，"她又神态自若地补充说，"我以前也经常这么做。"

---

① 彭斯，Robert Burns（1759-1796年），英格兰诗人。此处所说祷告词指其讽刺诗《威利长老的祈祷》，诗中的祷告词语气庄严，而祈祷者谈及的却是肮脏、猥琐的内容，两者形成戏剧性的对比。

"给我们讲讲你的那些追求者吧，姨妈。"菲尔恳求说，"你以前一定有很多追求者。"

"他们可都不是在以前。"詹姆西娜姨妈反驳说，"我现在都还有追求者呢。在老家有三个鳏夫，很长一段时间以来一直傻乎乎地对我暗送秋波。你们这些孩子不要以为，在这个世界上只有你们年轻人才会浪漫。"

"鳏夫和傻乎乎的秋波听起来并不怎么浪漫呀，姨妈。"

"嗯，是的。但你们年轻人也并不总是很浪漫。我的一些追求者当然也不浪漫。那时候我总是毫不留情地嘲笑他们，可怜的小伙子们。有一个吉姆·埃伍德——他总是懵懵懂懂——似乎从来都意识不到身边发生的事情。当我对他说了'不'以后，过了整整一年，他才意识到这个事实。当他结婚后，一天晚上，他和妻子从教堂驾着雪橇回家，他的妻子从雪橇上摔了下去，可他竟然毫无察觉。还有一个丹·温斯顿。他无所不知。他知道世界上发生的所有事情，而且还知道即将发生的很多事。他能回答你提出的任何问题，即使你问他世界末日什么时候到来，他也能对答如流。米尔顿·爱德华真的不错，我也很喜欢他，但是我没有嫁给他。一个原因是，他要花一个星期才能领会一个笑话，另一个原因是，他从未向我求过婚。霍雷肖·瑞弗是我那些追求者中最有趣的一个。当他要给你说一件事，他会加很多花里胡哨的修饰语，让你无法透过他那层层叠叠的修饰词，去领会他到底要说些什么。我从来都无法断定，他到底是在说谎呢，还是仅仅在天马行空地想象。"

"其他的那些追求者呢，姨妈？"

"去，收拾东西去。"詹姆西娜姨妈说，她挥了一下手，不小心在约瑟夫身上扎了一针，"其他的追求者都很好，不该受到嘲笑。我会珍视对他们的回忆。安妮，你的房间里有一盆花，那是一个小时前送来的。"

第一个星期后，派蒂小屋里的姑娘们投入到勤奋认真的学习中。这是她们在雷德蒙学习的最后一年，只有坚持不懈的学习，才能赢得毕业时的那份荣耀。安妮致力于英文学习，普里西拉熟读着古典文学，而菲尔在猛攻数学。有时候，她们很疲倦；有时候，她们很沮丧；有时候，她们似乎觉得如此拼搏是不值得的。十一月的一个雨天的傍晚，斯特拉怀着这样的心情，上楼来到安妮的蓝色房间里。安妮坐在地板上，身边的灯投下一个小小的光环，将她笼罩其中，皱巴巴的手稿像雪片一样散落在周围。

"你到底在干什么？"

"只是翻翻以前我们故事俱乐部的一些故事。我需要些东西来陶醉自己，让自己振作起来。我一直学啊学，学得连生活也变得了无生趣。所以我把这些东西从箱子里翻出来。满纸都是悲剧，浸满了眼泪，这看起来特别有趣。"

"我也感到很沮丧，很气馁。"斯特拉说，她扑倒在床上，"一切似乎都不值得。连脑海里所有的想法都是陈腐的，这些想法早就在脑海里出现过了。说到底，生活到底有什么意义呢，安妮？"

"亲爱的，只是因为我们头脑很疲惫，所以才会产生这种感觉。这其中还有天气的原因。在刻苦学习了一天后，再遇上晚上这场倾盆大雨，这样很容易让人感到心灰意冷。你知道，生活是很有意义的。"

"噢，我想是的。但现在我没法证明这一点。"

"只要想想所有那些伟大而高尚的人，他们都曾在这个世界上工作和生活过。"安妮梦幻般地说，"追随他们，继承他们所赢得和传授的东西，难道没有意义吗？再想想我们能分享他们的灵感，这难道没有意义吗？还有那些未来即将诞生的所有伟大的人物！我们能做一点儿工作，为他们铺路——使他们在前进的道路中有那么一步变得更加容易些，这难道没有意义吗？"

"噢，从理智上讲，我认同你的看法，安妮。但是我的灵魂依然死寂，毫无生趣。在下雨的夜晚，我总是情绪忧郁低落。"

"有些夜晚，我喜欢雨——我喜欢躺在床上，听着雨滴拍打着屋顶，听着雨点在松林间飘荡。"

"雨点拍打着屋顶，我也喜欢。"斯特拉说，"可它不会总是停留在屋顶上，它可能会掉进屋里来。今年夏天，我在乡村农场的一间老房子里度过了可怕的一夜。屋顶漏了，雨点拍打着我的床。那可没有一点儿诗意。我不得不在'漆黑的午夜'爬起来，手忙脚乱，一个人把床架拖离漏雨的地方——那是张结实的老式的床，有一吨重——差不多吧。那滴滴答答的声音响了一晚上，弄得我神经都快崩溃了。你不知道，在深夜里，豆大的雨滴带着湿气，砸落在光秃秃的地板上，那声音是多么的怪异可怕呀，听上去就像是幽灵的脚步声。你在笑什么，安妮？"

"笑这些故事。菲尔说这些故事真是乐死人——真的是这样，故事里每个人都死掉了。我们的女主角是多么可爱，多么炫目啊——而且我们给她们的衣着是多么华丽！丝绸——缎子——天鹅绒——珠宝——花边——她们绝不穿戴其他的东西。这里有一篇简·安德鲁斯的故事，描绘她的女主角睡觉时，穿的是美丽的白色缎子睡衣，上面还镶着小颗的珍珠。"

"说下去。"斯特拉说，"我开始觉得生活有意义了，只要生活中存在笑声就行。"

"这是我写的一篇。我的女主角正在舞会上尽情欢愉，她'佩戴着一等水色的大钻石，从头到脚都亮晶晶的'。但是美丽和富贵的服饰有什么用呢？'虚荣之路，通向的只是坟墓'。她们要么被谋杀，要么心碎而死。没有哪个女主角逃脱了这个下场。"

"让我读读你们的一些故事。"

"好啊，这是我的一篇杰作。留意这个好笑的题目——"我的坟墓"。当我写它的时候，泪水就像溪水一样流淌，当我把它念出来时，姑娘们全都泪流成河。简·安德鲁斯的妈妈狠狠地责备她，因为那个星期她要洗的手帕太多了。这是一个悲惨的故事。卫理公会教士的妻子的漫游生活。我假定她是个卫理公会教徒，因为她必须要过漂泊不定的日子。在她居住过的每一个地方，她都要埋葬一个孩子。她一共有九个孩子，这些坟墓散布于各地，从纽芬兰岛到温哥华。我记述那些孩子，并描绘了几个死亡的场面，详细描写了他们的墓碑和墓志铭。我本来打算把九个孩子统统埋掉，但处理了八个孩子后，我再也想不出什么悲惨的事情了，所以我让第九个孩子活了下来，成为一个绝望的瘸子。"

斯特拉读着《我的坟墓》，每当读到悲惨的段落，她就停下来咯咯直笑。铁锈就像是忙碌了一夜的好猫那样，蜷缩在一篇稿子上呼呼大睡。那篇稿子是简·安德鲁斯写的，讲述了一个十五岁的美丽少女的故事。那个少女去护理一个麻风病患者——当然，她最终染上了这个可恶的疾病去世了——安妮扫视着其他的手稿，回忆着在安维利学校的旧时光，那个时候，故事俱乐部的成员们坐在云杉树下，或者在小溪边的蕨草丛中，创作出了这些故事。她们过得多么快活啊！当她读着这些故事时，感觉昔日那些夏日阳光和欢乐又回到了眼前。希腊的荣耀和罗马的庄严，都不及故事俱乐部这些催人泪下的故事，编织出的如此魔幻的世界。在这些手稿里，安妮发现了一篇鞋子包装纸上的文章。她的灰色眼睛里涌起一波笑意，她想起了这篇故事诞生的时间和地点。那是去保守路那天，她掉进科普家鸭棚顶，卡在那里动弹不得时所记下的速写。

安妮草草地看了一遍，然后饶有兴趣地开始读起来。故事描写的是一段对话，发生在紫菀花、香豌豆花、紫丁香花、金丝雀花和花园守护神之间。读完后，她坐着出神，若有所思地举目远望。在斯特拉离开以后，她抚平了这张皱巴巴的稿子。

"我相信我一定能做到。"她坚定地说。

贾德纳一家来访

"这里有一封写给你的信，詹姆西姨妈，上面贴着印度的邮票呢。"菲尔说，"斯特拉有三封，普里西拉有两封，还有一封是乔寄给我的，里面塞得圆鼓鼓的。没有你的信，安妮，只有一份函件。"

菲尔漫不经心地把函件扔过来，安妮拿起这份薄薄的函件，没有人注意到，她的脸涨得通红。不过几分钟后，菲尔抬起头，看见了一个容光焕发的安妮。

"亲爱的，有什么好事呀？"

"两个星期前我给《青年之友》杂志寄去了一篇小速写，他们已经采用了。"安妮说。她努力做出一种漫不经心的样子，就好像她所有寄去的速写都被采用了，而她对此已经习以为常。

"安妮·雪莉！太棒啦！写的是什么？什么时候刊登出来？他们会付你稿酬吗？"

"是的。他们送来了一张十元钱的支票，而且编辑写道，他希望能看到我更多的作品。天啊，他竟然会这样说。那是在我的箱子里找到的一篇旧稿。我修改了一下，然后把它寄了出去——但是我真没有想到它会被采用，因为它并没有情节。"安妮说，她回想起了《埃弗里尔的救赎》那苦涩的经历。

"你打算怎么处置那十元钱，安妮？我们进城喝个痛快吧。"菲尔提议说。

"我打算挥霍一番，尽情狂欢，轻松一下。"安妮高兴地宣布说，"不管怎么说，这些钱没有受到玷污——不像为那个可怕的放心发酵粉写故事得来的支票那样让人恶心。我把那次的钱用在买衣服上了，可是每次我穿上那些衣服，心里就很不舒服。"

"想想吧，在派蒂小屋里住着一位尚在人世的真正作家呀。"普里西拉说。

"作家责任重大。"詹姆西娜姨妈严肃地说。

"的确如此。"普里西拉以同样严肃的语气赞同说，"作家都反复无常。你永远都不知道他们什么时候爆发，怎样爆发出来。安妮也许会拿我们作原型。"

"我是说，能为报社写稿责任重大。"詹姆西娜姨妈严厉地说，"我希望安妮意识到这一点儿。我女儿去国外的教区前，也经常写一些故事，不过现在她已经把注意力转移到更高尚的事情上去了。她以前经常说，她的座右铭是：'凡是那种羞于在自己葬礼上宣读的文字，一行也不要写。'如果你从事文学创作，安妮，你最好把这句话也当作你的座右铭。不过，当然啦，"詹姆西娜姨妈困惑不解地补充说，"伊丽莎白说这句话的时候，总是哈哈大笑。她总是笑个不停，让我简直搞不明白，她怎么下定决心成为一名传教士。她成为一名传教士，我很欣慰——我曾经祈祷过她要这样——但是——我倒希望她没有做出这个决定。"

谁知，这些轻率的姑娘们全都大笑起来，这样詹姆西娜姨妈更是觉得一头雾水。

那一天，安妮的眼睛里始终闪烁着喜悦的光芒。文学梦在她的头脑里开始萌芽。在她和罗伊尔前去参加詹妮·库博的简装晚会时，她依然欢欣鼓舞，甚至连走在他们前面的吉尔伯特和克丽丝蒂娜也没有扑灭她闪耀的希望之火。不过，她还没有完全沉醉其中，以致失去对世间事物的洞察力，她注意到克丽丝蒂娜走路的样子很难看。

"不过我猜想，吉尔伯特只想看她的脸。男人都是这样。"安妮轻蔑地想。

"你星期六在家吗？"罗伊尔问她。

"是的。"

"我妈妈和姐姐们要来拜访你。"罗伊尔静静地说。

刹那间，一种东西流遍安妮的全身，那可以称作是震撼，但绝对算不上愉快。她还从未见过罗伊尔的家人，她明白这句话的重要意义，但不知道为什么，她想到他和她的事情不可逆转，不由得感到一阵寒意。

"很高兴能见到她们。"她淡淡地说。她暗自思忖着自己是否真的会高兴。当然，她应该感到高兴。但那会不会成为一次严酷的考验呢？有些流言蜚语已经传到安妮的耳朵里，说罗伊尔的母亲是如何看待这个儿子，他姐姐们是如何看待这个弟弟的，他们都认为他是"被爱冲昏了头脑"。为了促成这次拜访，罗伊尔一定给家人施加了压力。安妮知道自己将被"放到天平上称称斤两"，严加审视。安妮意识到，从他们同意来访这一事实可以看出，不管是否情愿，他们都已经认为安妮有可能成为他们家族的一员了。

"我就跟平时一样。我才不要刻意去留什么好印象。"安妮高傲地想。不过她开始考虑起星期六下午穿什么衣服好，琢磨着如果把头发高高盘起来，做一个新发型会不会更好看，她在简装晚会上形象并不好。到了晚上，她已经打定主意，在星期六她要穿自己那件棕色的薄纱裙，但会把头发低低地盘着。

　　星期五下午，姑娘们都没有课。斯特拉利用这个机会，为爱知会写一篇文章。她坐在客厅角落的桌子旁边，周围地板上乱七八糟地摊着笔记和手稿。斯特拉总是宣称，如果她不把每张完成了的手稿扔到地板上，她就什么也写不出来。安妮穿着她的法兰绒衬衫和哔叽裙，因为顶着风走回家，头发被吹得凌乱不堪，她很不雅观地坐在地板中央，正用鱼骨逗弄着莎拉猫。约瑟夫和铁锈都蜷缩在她的膝盖上。屋子里弥漫着热乎乎的梅子香，因为普里西拉正在厨房里做饭。这时候她走过来，身上围了一条硕大的围裙，鼻子上还有面粉的痕迹，她要给詹姆西娜姨妈展示她刚冷冻好的巧克力蛋糕。

　　在这个温馨的时刻，敲门声突然响了起来。除了菲尔，没有人注意到这个声音。菲尔跳了起来，打开了门，她以为是有人把她上午买的帽子送来了。门前的台阶上，站着贾德纳太太和她的女儿们。

　　安妮愣住了，她赶走了膝盖上两只愤怒的猫儿，设法站了起来，并且机械地把鱼骨从右手转移到左手上。普里西拉本来可以穿过房间，回到厨房去的，可她在慌乱之中，急忙把巧克力蛋糕使劲塞进火炉边的沙发垫子下，然后冲到楼上去。斯特拉开始手忙脚乱地收拾她满地的手稿。只有詹姆西娜姨妈和菲尔还保持着常态。幸亏有了她们，大家很快就泰然自若地坐了下来，甚至包括安妮。普里西拉走下楼来，围裙不见了，鼻子上的面粉也消失了。斯特拉把她的角落收拾得井井有条，而菲尔则用一连串闲谈挽救了混乱的局面。

贾德纳太太高高瘦瘦，仪表端庄，服饰考究，态度亲切，不过这种亲切看起来有些勉强。艾琳·贾德纳是她母亲年轻时的翻版，只是缺少了亲切。她竭力想表现出友善，但结果却变成了一副降贵纡尊的傲慢模样。多罗西·贾德纳身材苗条，生性活泼，还有点儿顽皮。安妮知道她是罗伊尔最要好的姐姐，对她很亲热。如果她的眼睛不是顽皮的淡褐色，而是梦幻般的黑色，她和罗伊尔就非常相似了。幸亏有了她和菲尔，这个拜访才进行得非常顺利。不过气氛稍微有点儿紧张，并且发生了两桩很不幸的事件。铁锈和约瑟夫被单独撇下后，它们开始玩追逐游戏，在它们狂野的嬉戏中，它们在贾德纳太太盖着丝绸裙子的膝盖上发疯似的乱跳乱蹦。贾德纳太太抬起她的长柄眼镜，盯着它们跳动的身影，好像她以前从未见过猫似的。安妮咽下微微有些紧张的笑声，尽自己最大的努力向她道歉。

"你很喜欢猫？"贾德纳太太宽容地说，语调中带着一丝不解。

安妮虽然很喜欢铁锈，但并不特别喜欢猫。但是贾德纳太太的语调让她有些恼火。不知道为什么，她一下子想起了约翰·布里兹太太，她特别喜欢猫，在她丈夫的许可范围内，收养了非常多的猫。

"它们是很可爱的动物，对吧？"她故意挑衅说。

"我从来都不喜欢猫。"贾德纳太太冷冷地说。

"我喜欢它们。"多罗西说，"它们很漂亮，以自我为中心。狗儿们太忠诚，太无私了，让我很不舒服。但猫儿很有人性。"

"你们有两只漂亮的古瓷狗。我能走近些看看吗？"艾琳说。她穿过房间，向壁炉那边走去，然后对别的事情概不理会。她拿起迈戈狗，在沙发垫子上坐下来，垫子下面正好秘密藏着普里西拉的巧克力蛋糕。普里西拉和安妮痛苦地交换了一下眼神，但却束手无策。艾琳始终坐在那个垫子上，谈论着瓷狗，一直到她们离开。

多罗西磨蹭到最后一刻才离开，她抓住安妮的手，动情地低声说：

"我知道你和我会成为好伙伴的。噢，罗伊尔把你的一切都告诉我了。在家里，他只能把事情说给我一个人听，可怜的孩子——没人能跟妈咪和艾琳说心里话的，你知道。你们这些姑娘们在这里的生活一定棒极了！你们能让我经常过来分享一下吗？"

"只要你喜欢，我们随时欢迎。"安妮真诚地回答说。幸好罗伊尔还有一个如此可爱的姐姐。安妮永远都不会喜欢艾琳，这是毫无疑问的；同样艾琳也永远不会喜欢她。不过贾德纳太太可以争取过来。总而言之，当这场痛苦结束的时候，安妮如释重负地舒了口气。

"'在所说所写的所有悲惨语言中，这一桩应该是最悲惨的。'"普里西拉悲哀地吟诵道，她掀开垫子，"你们现在可以把这块蛋糕称作是彻底的失败。而且垫子也同样被毁了。别跟我说星期五是个幸运的日子。"

"一个人既然说好了星期六来，就不该在星期五登门拜访的。"詹姆西娜姨妈说。

"我猜是罗伊尔出了错。"菲尔说，"这个家伙在给安妮说的时候，自己也不是非常确定。安妮到哪儿去了？"

安妮已经上楼去了。她有一种很奇怪的感觉，她想痛哭一场，但是她却情不自禁地笑了起来。铁锈和约瑟夫的表现实在是太糟糕了！可多罗西是多么可爱呀！

羽翼丰满的学士

"我真希望自己已经死掉了，或者现在已经是明天晚上了。"菲尔呻吟道。

"如果你活得足够长，两个愿望都会实现的。"安妮平静地说。

"你当然不用紧张，你对哲学很精通。我可不行——只要一想到明天那张可怕的试卷，我就害怕得要命。如果我没有通过，乔会怎么想？"

"我肯定会通过的。今天的希腊文考得怎么样？"

"我不知道。也许很好，也许很糟糕，简直能把荷马气得在坟墓里翻过身来。我一直在努力学习，钻研那些笔记，到最后，什么观点都没有了。当这些考刑都结束后，小小的菲尔该是多么欣慰啊。"

"考刑？我从来没有听过这个词。"

"嗯，难道我没有权利自己造一个词吗？"菲尔问道。

"词不是造出来的——它们是自然产生的。"安妮说。

"无所谓啦——我已经透过考试这个拦路虎，模糊地看到前面那个清新的世界。姑娘们，你们——意识到了没有？我们在雷德蒙的生活就要结束了。"

"我没有。"安妮悲伤地说，"我和普里西拉孤零零地站在新生堆里的场景，恍若就在昨天。可现在，我们已经是接受最后考试的四年级学生了。"

"这些'能干、智慧、可敬的四年级学生'。"菲尔吟诵道，"你们是否觉得，我比刚来雷德蒙时要聪明些了？"

"有时候，你的举动并不比以前聪明。"詹姆西娜姨妈严肃地说。

"噢，詹姆西姨妈，在你像母亲一样照顾我们的这三年里，总体上来说，我们都是很好的姑娘，对吧？"菲尔辩解说。

"你们是有史以来从大学里出来的四个最可爱、最甜美、最出色的姑娘。"詹姆西娜姨妈宣布说。她从来不会吝惜赞美之辞，在这方面她不会错误地使用节省原则，"但是我怀疑，你们并没有多少辨别力。当然，也没人期望你们能有多少辨别力。经历才是辨别力的老师，这是在大学课堂里学不到的。你们上了四年大学，而我没有上，但我知道的比你们要多得多，年轻的女士们。"

斯特拉吟诵道：

> 许多事情并不遵循教条，
> 大量知识在大学里学不到，
> 学习众生万象并不在学校。

"在雷德蒙，你们除了学习一些僵死的语言、几何和那些垃圾外，你们还学到了什么吗？"詹姆西娜姨妈问。

264.

"噢，是的。我想我们还是学到了很多东西，姨妈。"安妮反驳说。

"上次在爱知会，我们学到了伍德利教授告诉我们的真理。"菲尔说，"他说：'幽默是生活盛宴中最鲜美的调料。笑对你的错误，但要从中汲取教训；笑对你的麻烦，但要从中积聚力量；笑对你的困难，但要战胜它。'这难道不值得学习吗，詹姆西娜姨妈？"

"是的，值得，亲爱的。当你们学会去笑对可笑之事，并且严肃对待不可笑的事情，你们就变得智慧而且善解人意了。"

"你从雷德蒙学校的课程中学到了什么呢，安妮？"普里西拉在一旁小声问。

"我想，"安妮慢慢地说，"我的确学到了把小困难当作玩笑看待，把大挫折当成是胜利的前兆。归结起来，我认为这就是雷德蒙教给我的东西。"

"我得引用伍德利教授的另外一句话，来表达我在这里所学到的。"普里西拉说，"你们记得他在演讲中说过的一句话吧？'对于我们来说，世界是丰富多彩的，只要我们拥有观察色彩的眼睛，拥有热爱色彩的心灵，并且自己动手去收集色彩——多彩的男人和女人，多彩的艺术和文学，到处都是让人愉悦的多姿多彩，对此我们应该心存感激。'我想，雷德蒙在一定程度上教会了我这个，安妮。"

"从你们大家所说的来看，"詹姆西娜姨妈评论说，"你们四年大学生活所学到的东西和数量——如果你们本身有足够的进取心的话——比二十年中生活教给你们的还要多。嗯，这改变了我对高等教育的看法。以前我总是对它持怀疑态度。"

"但那些天生没有进取心的人该怎么办呢，詹姆西姨妈？"

"天生没有进取心的人从不会学习的。"詹姆西娜姨妈回答说，"既不会到大学里学习，也不会从生活中学习。就算他们活到一百岁，他们真正知道的东西，也和他们刚出生时差不多。这是他们的不幸，但不是他们的过错，可怜的人。但是我们这些拥有进取心的人，应该真诚地感谢主的恩赐。"

"你能解释一下什么是进取心吗，詹姆西姨妈？"菲尔问。

"不，我不能，年轻的女士。任何拥有进取心的人都知道它是什么，而没有的人永远也无法知道。所以没有必要解释它。"

忙碌的日子飞一般过去，考试结束了。安妮在英文方面得到了最高的奖励。普里西拉拿到了古典文学奖，而菲尔在数学方面无人能及。斯特拉各门功课都很出色。接下来是毕业典礼。

"我曾经把这个时候称作我生命的新纪元。"安妮说。她把罗伊尔送来的紫罗兰从盒子里拿出来，凝视着它们沉思。当然，她准备戴上它。但是，她的目光转向了桌上的另一个盒子，那盒子里装着山谷百合，清醒芬芳，就像六月来到安维利时，盛开在绿山墙的那些百合花。吉尔伯特·布里兹的卡片躺在一边。

安妮不知道吉尔伯特为什么会在典礼前给她送花来。去年冬天以来，她就很少看到吉尔伯特。圣诞节过后，他只在一个星期五的傍晚来过派蒂小屋，除此之外，他们几乎从未碰过面。她知道吉尔伯特学习非常刻苦，他想赢得最高荣誉奖和奖学金，所以很少参加雷德蒙的社团活动。而安妮在冬天里参加了很多愉快的社团活动。她与贾德纳一家人经常见面，她和多罗西十分亲密。大学圈子里的朋友们一直认定，她随时都可能和罗伊尔宣布订婚。安妮自己也这么认为。然而，就在她离开派蒂小屋去参加典礼前那一刻，她扔掉了罗伊尔的紫罗兰，取而代之的是吉尔伯特的山谷百合。她也说不清这其中的原因。不知为什么，在实现夙愿的这一刻，最能与她贴身相伴的，似乎还是往日安维利的岁月、梦想和友谊。她和吉尔伯特曾经幸福地憧憬着，在毕业典礼这一天里，他们穿着学士服，戴着学士帽的模样。当这激动人心的一天来临时，她的内心却没法容纳下罗伊尔送来的紫罗兰。似乎只有她的老朋友——与她分享了如花朵般绽放的往日梦想的老朋友，他送来的花才理所应当属于这一梦想实现的神圣时刻。

多年来，这一天一直吸引着她，召唤着她。但是当它真正来临时，唯一留给她强烈而持久的回忆的，并不是庄严的雷德蒙校长授予她学士帽和学位证，并宣布她成为一名文科学士时那激动人心的时刻；也不是吉尔伯特看到她头上的百合时，眼中闪现出的光芒；也不是罗伊尔在台上经过她身边时，投来的不解的痛苦一瞥；更不是艾琳·贾德纳降贵纡尊的祝贺；也不是多罗西真挚热情的美好祝愿，而是一种难以名状的奇怪痛楚，这种痛楚毁了她梦寐以求的这一天，并在这一天留下了微弱但持久的苦涩滋味。

这天晚上，文科毕业生们举办了一场毕业舞会。当安妮为舞会开始打扮时，她把经常戴的珍珠项链扔在一边，从箱子里拿出一只小盒子，那是在圣诞节那天寄到绿山墙的。里面装着一条细细的金项链和一颗粉色的心形小珐琅坠子。随同寄来的还有一张卡片，上面写着："送上所有美好的祝愿，你的老朋友，吉尔伯特。"安妮看到这个礼物时哈哈大笑，因为心形珐琅坠子使她回想起当年那悲惨的一天，那天吉尔伯特拎着她的辫梢，叫她"胡萝卜"，而他事后曾经徒劳地想用一颗粉色的心形糖果来跟她讲和。安妮给吉尔伯特写了一封动人的短信表示感谢，但她从来没有戴过这条项链。今晚，安妮带着梦幻般的微笑，将它戴在了自己雪白的脖子上。

她和菲尔一起向雷德蒙走去。安妮默默地走着，而菲尔则说个没完没了。突然，她说：

"今天我听人说，吉尔伯特·布里兹和克丽丝蒂娜·斯图尔特订婚了，他们在毕业典礼一结束就宣布了。你听说了吗？"

"没有。"安妮说。

"我想那是真的。"菲尔信口说来。

安妮一言不发。在黑暗中，她感觉自己的脸滚烫。她把手摸索进领口，抓住那条金项链。用力一扭，项链断了。安妮把断项链塞进口袋里。她的手在战抖，眼睛刺痛难忍。

但是在那天晚上，她是狂欢人群中最快乐的一个。当吉尔伯特过来邀请她跳舞时，她冷冷地告诉他，她的舞伴已经排满了。舞会后，当姑娘们穿着薄纱裙挤在派蒂小屋微弱的炉火旁，借以驱赶春寒时，安妮则兴致勃勃地谈着白天的事。

"今天晚上，当你们离开后，穆迪·斯伯金·迈克菲逊到这里来拜访了。"詹姆西娜姨妈说，为了保持炉火不熄，她熬夜守候在旁边，"他不知道有毕业舞会。这个孩子睡觉时应该在头上绑一条橡胶带，把他的耳朵拗过来，免得向外翻得那么厉害。以前我的一个追求者也这样做过，结果好了许多。当时，我向他提出了这个建议，他采纳了，没想到，他从此永远都不肯原谅我。"

"穆迪·斯伯金·迈克菲逊是个非常严肃的年轻人。"普里西拉打了个哈欠，"他考虑的都是一些很严肃的事，他才不会关心他的耳朵呢。他要当牧师的，你知道。"

"好吧，我想主也不会在意一个人的耳朵。"詹姆西娜姨妈

严肃地说。她不再指责穆迪·斯伯金·迈克菲逊。詹姆西娜姨妈
非常尊敬他人，甚至对一个乳臭未干的准牧师也是如此。

幡然醒悟

"只要想象一下——下个星期的今天晚上,我就在安维利啦——真是让人愉快啊!"安妮说。她正俯身在箱子上,收拾着雷切尔·林德太太的被子,"但是又想想——下个星期的今天晚上,我就永远告别派蒂小屋了——这是多么可怕啊!"

"不知道我们所有的笑声会不会留下来,在派蒂小姐和玛利亚小姐纯洁的梦中时常回响。"菲尔猜测说。

派蒂小姐和玛利亚小姐,逛完了世界上有人居住的大部分地方后,准备回家了。

"我们会在五月的第二个星期回来。"派蒂小姐写信说,"在看过卡纳克国王的殿堂后,我觉得派蒂小屋看起来确实小了点儿,但我从来不喜欢住在大房子里。非常高兴我就要回家了。当你晚年才开始旅行时,就会逛得有点儿过头,因为你知道自己所剩的时日不多了。而旅游的兴趣会越来越浓。我担心玛利亚以后再也不会安心待在家里了。"

"我会把我所有的幻想和梦境都留在这里,祝福下一个入住者。"安妮一边说,一边难过地环顾这个蓝色的房间——她美丽的蓝色房间,在这里,她度过了三年快乐时光。她曾经跪在窗前祷告；曾经俯在窗台上，欣赏松树林后面的落日；她曾经聆听秋日的雨滴拍打着窗户；曾经欢迎春天的知更鸟来窗台歇息。她想知道往日的梦能否在这间小屋里驻留——她在这里经历了快乐、痛苦、欢笑和哭泣，当她离开这里后，她生命里的某种东西，虽然看不见摸不着，但绝对是真实存在的，它们能否像被录下的声音那样，永远留在这里呢？

"我想，"菲尔说，"一个人如果在一个房间里体会过梦想、悲伤、欢乐和生活，那么就会与之建立起不可分割的联系，房间将获得独特的个性。我相信，如果五十年后再次来到这个房间，它会对我说：'安妮，安妮！'我们在这里度过了多么美好的时光啊，亲爱的！有过多少闲谈、玩笑和快乐聚会啊！噢，天啊！我六月就要嫁给乔了，我知道我将会幸福得一塌糊涂。可是现在，我似乎更希望雷德蒙的可爱生活能继续下去，直到永远。"

"现在，我也有着这种不理智的想法。"安妮承认说，"不管以后我们会多么快乐，恐怕也再难拥有这种轻松愉悦的生活了。一切都结束了，永远地结束了，菲尔。"

"你准备怎么处置铁锈？"当那只享有特权的猫悠闲地走进房间时，菲尔问。

"我打算把它带回家，跟我、约瑟夫和沙拉猫一起生活。"詹姆西娜姨妈跟着铁锈走进来，宣布说，"既然这些猫已经学会了共同生活，再把它们分开就太不近人情了。这不管是对猫，还是对人来说，都是很残忍的一件事。"

"要和铁锈分开，我感到很难过。"安妮遗憾地说，"但是我不能把它带回绿山墙去。玛莉拉讨厌猫，而戴维会把它折磨死的。而且，我想我在家不会待很长的时间。萨默塞中学让我去负责学校事务。"

"你准备接受这份工作？"菲尔问。

"我——我还没有决定下来。"安妮回答说，一团慌乱的红云飞上了她的脸颊。

菲尔点点头，表示理解。安妮自然要等到罗伊尔表白后，才能确定她的计划。罗伊尔很快就要表白了——这毫无疑问。当他说："你愿意吗？"安妮会说："我愿意。"这也是毫无疑问的。安妮自己对此事也很满意，这种满意很少受到外人的干扰。她深爱着罗伊尔。当然，这同她想象中的爱并不完全相同。但是，安妮无力地询问自己，生活中有与想象完全相同的事物吗？童年时代经历了对钻石想象的破灭——自己第一次看到钻石那清冷的光芒，发现那不是她想象的紫色光彩，她感到极度失望——那种场景如今再度重演，她又体会到了相同的失望之情。"那不是我头脑中的钻石。"她曾经说。但罗伊尔是一个可爱的小伙子，他们在一起会很幸福，即使生活中会少一些无法描述的激情。这天傍晚，罗伊尔来了，邀请安妮到公园里走走。派蒂小屋的人都知道，他是来表白的，而且每个人都清楚，安妮将会作出怎样的回答。

"安妮是个非常幸运的姑娘。"詹姆西娜姨妈说。

"我想是这样。"斯特拉耸耸肩，说，"罗伊尔是个漂亮的家伙，各种优点都有。但是他没有什么内涵。"

"这听上去好像是忌妒的评论，斯特拉·梅纳德。"詹姆西娜姨妈指责说。

"确实很像——但我并没有忌妒。"斯特拉平静地说，"我爱安妮，而且我喜欢罗伊尔。每个人都说他们是天造地设的一

272.

对，甚至连贾德纳太太现在也认为安妮很迷人。所有的一切似乎都表明这是上天特意安排的佳缘，但我表示怀疑。仔细掂量我说的话，詹姆西娜姨妈。"

在海港的小亭子里，罗伊尔向安妮求婚。那里是他们在那个雨天第一次见面时交谈的地方。安妮觉得他选择的地方非常浪漫，而且他求婚的言辞非常动人，就像是从《求爱与结婚的行为举止》中抄袭来的，鲁比·格丽丝的一个追求者就曾干过这种事。求婚的整个过程几乎完美无瑕。而且他态度非常诚挚。无疑罗伊尔是发自肺腑地向安妮表白。在这个求婚的交响乐中，也没有出现任何不和谐的音符。安妮觉得自己应当从头到脚感到无比激动。但是她没有，她冷静得可怕。当罗伊尔停下来，等待安妮的回答时，安妮张开了嘴唇，准备说出她命中注定的那个"我愿意"。然而，就在那个时候——她发现自己战抖不已，就像从悬崖边倒退回来那样头晕目眩。在某一时刻，好像在一道耀眼的启蒙之光下，我们幡然醒悟，这种醒悟比以往学到的所有东西都更为丰富。这样的时刻降临在了安妮身上。她将手从罗伊尔手中抽了回来。

"哦，我不能嫁给你——我不能——我不能！"她狂乱地叫喊道。

罗伊尔脸变得惨白——而且看起来一下子懵了。他本来是十拿九稳的——这可不能怨他。

"你是什么意思？"他结结巴巴地问。

"我是说，我不能嫁给你。"安妮绝望地重复了一遍，"我以为我能……但我不能。"

"为什么不能？"罗伊尔冷静了些。

"因为——因为我不够爱你。"

罗伊尔的脸上涌起一片血红。

"那么这两年来，你只是在自娱自乐？"他慢慢地说。

"不，不，我没有。"可怜的安妮急促地喘着气，噢，她该怎么解释呢？她无法解释。有些事情是无法解释清楚的，"以前我的确以为我爱你——真的——但是现在我知道并不是这样的。"

"你毁了我的生活。"罗伊尔痛苦万分。

"请原谅我。"安妮悲惨地哀求说，她双颊滚烫，眼睛一阵刺痛。

罗伊尔转过身去，眺望着大海，站了几分钟。当他又转向安妮时，他的脸色再度变成惨白。

"你不能给我任何希望吗？"他说。

安妮默默地摇了摇头。

"那么……再见。"罗伊尔说，"我无法理解——我无法相信你并不是我心仪的那种姑娘，我过去一直都认定是你。但是，在我们之间，任何指责都是没有用的。你是我唯一爱过的姑娘。至少，我该谢谢你的友谊。再见，安妮。"

"再见。"安妮低声说。罗伊尔走后，她在亭子里坐了很长时间，看着白雾冷酷地悄然往岸边涌来。她感到羞辱、愧疚，她蔑视自己。这些情感吞噬了她。但是，在这些情感下面，却有一种奇怪的感觉，仿佛自己重新获得了自由。

她在暮色中溜回派蒂小屋，逃进自己的房间。不过菲尔正在房间里，坐在窗下的椅子上。

"等等，"安妮预料到了接下来的场景，红着脸说，"等一下，你先听完我要说的话。菲尔，罗伊尔向我求婚了——但是我拒绝了他。"

"你——你拒绝了他？"菲尔茫然地说。

"是的。"

"安妮·雪莉，你还有理智吗？"

"我想有的。"安妮疲惫地说，"噢，菲尔，别责怪我。你不明白。"

"我当然不明白。这两年里，你以各种方式鼓励着罗伊尔·贾德纳——而现在你却告诉我，你拒绝了他。那么，你只是在可耻地和他调情。安妮，我无法相信你会干出这种事。"

"我没有和他调情——我一直都真心以为我很爱他，直到最后那一刻——然后——嗯，我突然醒悟，我绝不能嫁给他。"

"我想，"菲尔残酷地说，"你为了他的钱，本来打算嫁给他，然而你心里善的一面占了上风，阻止了你。"

"我没有。我从来没有想过他的钱。噢，我无法向他解释清楚，也无法向你解释清楚。"

"嗯，我的确认为你对罗伊尔的所作所为很可耻。"菲尔恼怒地说，"他英俊、聪明、富有、善良。你还想要什么？"

"我想要一个属于我生活的人。他不是。刚开始的时候，我被他英俊的外貌和会说些浪漫恭维话的本事迷倒了，在这之后，我觉得自己应该爱他，因为他长着一双我心目中理想的黑眼睛。"

"我当初也并不知道自己的心思，这已经够糟糕了，但是你比我更糟糕。"菲尔说。

"我知道自己的心思。"安妮反驳说，"问题是，我的心思在变化，每次变化后，我只得重新去适应它。"

"好吧，我想我再说什么对你也没什么用了。"

"确实没有用了，菲尔。我颜面尽失。这把今后的一切都毁了。只要我想到在雷德蒙的日子，就会想起这个耻辱的傍晚。罗伊尔瞧不起我——你瞧不起我——我自己也瞧不起自己。"

"你这个可怜的宝贝。"菲尔心软了，说道，"到这儿来，让我安慰安慰你吧。我没有权利指责你。要不是我遇上了乔，我也会嫁给阿勒克或阿隆佐的。噢，安妮，现实生活真是太复杂了。它们不像在小说里那样简洁明了。"

"我希望，我这辈子再也不会有人向我求婚了。"可怜的安妮啜泣着说。她虔诚地相信自己说的是真心话。

参加婚礼

　　回到绿山墙的最初几个星期，安妮觉得心情跌入了低谷，连生活也黯然失色。她怀念派蒂小屋里欢乐的情谊。去年冬天，她还做着一些绚丽的梦，如今这些梦都坠落在身边的灰土里。此刻她对自己感到厌烦透顶，还没心情重新编织新的梦想。她发现，独自一人去幻想很惬意，而没有梦想的孤独毫无乐趣。

　　自从她和罗伊尔在公园的亭子里痛苦地分手后，就再也没有见过面。不过在她离开金斯波特前，多罗西过来看过她。

　　"你不愿意嫁给罗伊尔，我感到万分难过。"她说，"我真希望你做我的妹妹。但你做得对。罗伊尔会闷死你的。我爱他，他是个可爱善良的孩子，但他的确毫无乐趣。看上去他应该是个有趣的人，但他不是。"

　　"这该不会毁了我们的友谊，对吧，多罗西？"安妮满怀期待地问。

　　"不会，真的。你太好了，我不能失去你。如果你不能做我的妹妹，无论如何我也要让你做我的好朋友。别为罗伊尔的事烦恼。现在他感觉很糟糕——我每天都不得不听他倾诉——但是他会恢复的。他总是能恢复的。"

"噢——总是？"安妮的声音里有细微的变化，"那么他以前也'恢复'过？"

"亲爱的，是的。"多罗西坦率地说，"以前有过两次。每次他都同样冲我大喊大叫。那两位实际上并没有拒绝他——只是她们宣布说跟别人订婚了。当然，他遇上你以后，对我宣称说，他以前没有真正恋爱过——从前的那些恋爱只是孩子气地迷恋。但我觉得你没必要担心。"

安妮决定不再担心。她既感到释然，又感到怨愤，这些情感纠结在一起。罗伊尔曾经明确地告诉过她，她是自己唯一爱过的姑娘。毫无疑问，她相信这是真的。不过，让人欣慰的是，安妮并没有毁掉他的生活。罗伊尔还有别的女神，用多罗西的话来说，他一定还在某个神庙里顶礼膜拜着另外的女神。然而，听到这些话，仿佛生活一下子又被剥去了几层幻想的外衣，安妮开始可怕地想，生活是多么无聊啊。

安妮回到家的那个傍晚，她从东山墙小屋走下来，一脸的悲伤。

"窗户外那棵老白雪王后怎么啦，玛莉拉？"

"哦，我知道你会为此难过的。"玛莉拉说，"我自己也很难过。我还是个小女孩的时候，那棵樱桃树就长在那里了。我们这里三月来了一场暴风，把它刮倒了。树干里面已经烂透了。"

"我会怀念它的。"安妮悲伤地说，"没有了白雪王后，东山墙小屋看上去就走样了。今后我凭窗远眺时，一定会感到无比失落的。而且，哦，以前我每次回绿山墙，戴安娜都会在这里来迎接我。"

"戴安娜现在已经有别的事情要考虑。"林德太太意味深长地说。

"好吧，给我说说安维利有什么新闻。"安妮说。她在走廊的台阶上坐下来，傍晚的落日在她的头发上洒下金黄的色彩。

"除了我们写信告诉你的那些事外，就没有多少新闻了。"林德太太说，"我想你还没听说过吧？西蒙·弗雷奇上星期摔断了腿。这对于他们家来说，算得上是一件天大的事。他们有成百上千件想做的事情，但因为西蒙在场而不敢做，现在，他们想做什么就做什么。坏脾气的老家伙。"

"他在一个令人心烦的家庭长大。"玛莉拉评论说。

"令人心烦，哼，不仅如此啊！他的母亲总在祷告会上站起来，数落自己孩子们的不是，然后为他们祈祷。这把他们都逼疯了，结果情形越来越糟。"

"你还没有把关于简的事情告诉安妮。"玛莉拉提议说。

"哦，简。"林德太太有些不屑一顾，"好吧。"她勉强同意了，"简·安德鲁斯从西部回来了——上个星期回来的——她要跟温尼伯市的一个百万富翁结婚。你可以想象，哈蒙太太现在正争分夺秒地四处宣扬这个消息。"

"亲爱的老朋友简——我太高兴了。"安妮满怀热忱地说，"她值得拥有美好的生活。"

"哦，我不是要说简的坏话。她是个不错的姑娘。但是她不属于百万富翁那个阶层，而且你会发现，那个男人除了有钱，别的方面一无是处。就是那么回事。哈蒙太太说，他是英国人，靠采矿发了财，但我觉得他事实上就是个美国佬。没错，他确实有钱，因为他让简挂满珠宝招摇过市。简的订婚戒指上有一块大钻石，大得就像是贴在简那胖爪子上的一块膏药。"

林德太太无法掩饰声调中的那一丝苦涩。简·安德鲁斯，这个普普通通的小老百姓，竟然与一个百万富翁订了婚，而安妮，不管是有钱人还是穷人，眼下都还没个谱。哈蒙·安德鲁斯太太的吹嘘实在叫人忍无可忍。

"吉尔伯特·布里兹在大学里忙些什么？"玛莉拉问，"上星期他回家来时，我见过他，看上去那么苍白消瘦，我差点儿都认不出他了。"

"去年冬天他在努力学习。"安妮说，"你知道，他获得了古典文学的优异成绩，拿到了库博奖学金。已经有五年没人拿到那个奖项了！所以我想他大概是累倒了。我们学习得都有些累。"

"不管怎么说，你是文科学士了。而简·安德鲁斯不是，而且永远也不是。"林德太太说，这勉强让她感到了一丝满足。

几天后，安妮去看望简，但简去了夏洛特敦——"去做些衣服。"哈蒙太太骄傲地告诉安妮，"当然了，在这种情况下，安维利的裁缝不够格给简做衣服。"

"我听说了一些关于简的好消息。"安妮说。

"是呀，简干得很漂亮，就算她不是文科学士。"哈蒙太太微微地摆动了一下脑袋，说，"英格利斯先生有百万身价呢，他们要去欧洲度蜜月。回来以后，他们会住进温尼伯市的一幢豪华的大理石别墅。简只有一个烦恼——她的厨艺那么好，可她的丈夫不让她下厨。他太有钱了，他雇有专门的厨子。他们家里要雇一个厨子、两个女仆、一个车夫和一个杂务工。可是你怎么样了呢，安妮？你念完了大学，我还没有听到你要结婚的消息。"

"噢，"安妮笑了，"我准备成为一个老姑娘。我的确找不到合适的人。"安妮说话用了点儿心思,刻意提醒哈蒙太太,哪怕她要成为一个老姑娘,也并不是因为没有机会结婚。不过哈蒙太太迅速予以还击。

"是啊,我注意到,太过特别的姑娘总是嫁不出去。而且,我还听说,吉尔伯特·布里兹和斯图尔特小姐订婚了,是吗?查理·斯劳尼告诉我说,斯图尔特小姐非常漂亮,是真的吗?"

"我不知道吉尔伯特是否真的和斯图尔特小姐订婚了。"安妮像斯巴达人一样镇定,她回答说,"不过她非常可爱,这一点儿毫无疑问。"

"我曾经以为,你和吉尔伯特是很般配的一对。"哈蒙太太说,"如果你不多加小心,安妮,你所有的追求者都会从你手指缝里溜掉的。"

安妮决定不再和哈蒙太太继续交锋。你要和对手练习剑术,而对方却挥舞着战斧,那么你是没法和她练下去的。

"既然简不在家,"她高傲地站起身来,说道,"我觉得我也该回去了。等她回来后,我会再来的。"

"一定要来啊。"哈蒙太太热情洋溢地说,"简一点儿也不骄傲。她还是跟从前一样,同她的老朋友保持联系。看到你,她会很高兴的。"

简的百万富翁在五月底来到安维利,与简举行了盛大空前的豪华婚礼。林德太太发现,英格利斯先生已经四十多岁了,而且又矮又瘦,头发灰白,这让她很解气。你可以预料到,林德太太在列举他各种缺点时,是不会给他留任何情面的。

"要让他这种难看的家伙变得好看,就像给一个药丸镀金一样,得花掉他所有的金子才行。就是那么回事。"雷切尔太太严肃地说。

"他看上去善良体贴，"安妮诚实地说，"而且我相信他非常关心简。"

"哼！"雷切尔太太说。

菲尔·戈顿下个星期就要结婚了，安妮赶往博林布鲁克去当她的伴娘。菲尔是位娇艳美丽的新娘，那位乔牧师幸福得容光焕发，因此没有人觉得他长相难看。

"我们要去伊凡吉林度蜜月。"菲尔说，"然后我们在帕特森街定居下来。妈妈觉得那里糟透了——她认为乔负责的教堂至少应该在一个体面的地方。但是对我来说，只要乔在那儿，荒凉的帕特森街贫民区也会像玫瑰花一样美丽绽放。噢，安妮，我太幸福了，我的心都幸福得发疼。"

安妮真心地为朋友的幸福感到高兴，但有时候，当置身于不属于自己的幸福环境中，她会感到一丝丝孤独。安妮回到安维利时，这种孤独感一直跟随着她。接下来是戴安娜的幸福时光，她沐浴在美妙的光辉里，那是一位母亲所散发出来的光芒——她的第一个孩子正躺在她的身边。安妮带着一种敬畏之情，看着这位脸色苍白的母亲。在以前她对戴安娜的感情里，从未有过这种敬畏之情。这位脸色苍白的女人，眼中饱含着欣喜和激动，她还是那个黑色鬈发、脸颊红润的小戴安娜吗？还是那个在逝去的上学时光里，与自己一起玩耍的戴安娜吗？安妮产生了一种奇怪的孤独感，不知怎么的，觉得她自己似乎只属于那些逝去的岁月，而与现在的时光毫无关系。

"他非常漂亮，不是吗？"戴安娜骄傲地说。

这个胖胖的小家伙与弗雷德出奇的像——圆圆的，红彤彤的。安妮的确不能昧着良心说他很漂亮，但是她真诚地称赞道，他很甜美，很可爱，总的来说讨人喜欢。

"在他出生前，我想要个女孩子，那样我就可以叫她安妮。"戴安娜说，"但现在有了小弗雷德，哪怕有一百万个女孩我也不换。他是我们独一无二的宝贝。"

"'每个婴儿都是最甜美，最可爱的。'"艾伦太太快乐地吟诵道，"安妮，如果小安妮出生的话，你对她也会怀有同样的感情。"

艾伦太太正在安维利做客，这是她离开后首次回到这儿。她仍然和以前一样，快乐、甜美，而且富有同情心。从前的这些小姑娘朋友们，欣喜若狂地欢迎她回来。现任牧师的妻子是位可敬的女士，但她绝不是"灵魂的知音"。

"我迫不及待地盼着他快点儿长大，好开口说话。"戴安娜感叹说，"我只希望听到他叫一声'妈妈'。噢，我要让他记得我的第一件事。一定要是件好事。我记得我妈妈对我做的第一件事，就是我犯了错，她在打我屁股。我知道自己该挨打，而且我妈妈也是好母亲，我深爱着她。但是我真心希望我对她的最初印象能更好些。"

"我只记得关于我妈妈的一件事，那是我所有回忆中最美好的。"艾伦太太说，"我那时五岁，有一天，大人允许我和两个姐姐一起去上学。放学后，两个姐姐和各自的朋友结伴回家去了，他们都以为对方带着我。其实，我在课间休息时和一个小女孩玩耍，然后就跟着她跑掉了。我们去了她家，她家离学校很近，我们开始捏泥团玩。我们玩得正高兴的时候，一个姐姐气喘吁吁地找来了，她怒气冲冲。

"'你这个淘气的丫头！'她喊道，她抓着我的手，我极不情愿，她气势汹汹地把我拖走了，'快回家。噢，准备挨打吧！妈妈气坏了。她会好好抽你一顿的。'

　　"我还从来没有挨过打。我可怜的幼小心灵充满了害怕和畏惧。那是我一生中最恐惧的回家经历。我并不是故意要淘气。是菲米·卡梅伦请我一起到她家去，而且我也不知道那是不对的。可现在我就要为此挨鞭打。回到家里，姐姐把我拖进厨房，妈妈正坐在昏暗的炉火旁。我可怜的小腿哆哆嗦嗦，以至于我几乎站立不稳。可是妈妈——妈妈只是把我抱起来，没有一句责骂或者严厉的话，她吻了吻我，抱着我贴在她的胸口。'我真怕你走丢了，亲爱的。'她温柔地说。她低头看我的时候，我能看到她眼中爱的光芒。她没有因为我的行为而责备我，怒骂我——只是告诉我，下次不能未经许可就乱跑啦。不久以后，她就去世了。那是她留给我的唯一记忆。非常美好，是吧？"

　　当安妮经过白桦路和杨柳池向家中走去时，她感到一种前所未有的孤独。已经有很多个晚上，她都没有在月光下走过这条小路了。这是一个繁花盛开的暗紫色夜晚。空气中弥漫着浓郁的花香——太过浓烈了，让人感到有些腻烦，就像是美酒多得都从酒杯里溢出来了似的。路边幼小的白桦树苗已经长成了参天大树。一切都变了。安妮觉得，等到夏天结束，离家去工作的时候，她会很高兴的。也许到那时，生活就不会显得如此空虚了。

　　　　这个世界我已然尝试——
　　　　它昔日的浪漫彩裳已经消失。

284.

安妮叹息着吟诵道——不过，她居然想到这个世界已经被剥去了浪漫外衣，这个浪漫的念头随即让她得到了些许安慰。

启示录

夏天，艾伦一家回到了回音蜗居，在七月里，安妮在那里度过了愉快的三个星期。拉文达小姐没什么变化。夏洛塔四号现在已经是位成年的年轻女士了，不过她依然真诚地崇拜安妮。

"不管怎么说，雪莉小姐，我在波士顿见到的人，都没法跟你相比。"她坦率地说。

保罗几乎长成大小伙子了。他十六岁，栗色的鬈发已被棕色的短发所代替，与童话故事相比，他现在对橄榄球更感兴趣。但他和昔日老师的那份亲密依然存在。"灵魂的知音"并不会因为岁月的流逝而发生改变。

在一个潮湿、昏暗、寒冷的傍晚，安妮回到了绿山墙。猛烈的夏季风暴正在海上肆虐，不时从海湾席卷而过。安妮刚踏进屋，第一场大雨开始凶猛地撞击着窗棂。

"送你回家的是保罗？"玛莉拉问，"你为什么不留他过夜呢？今晚的天气太恶劣了。"

"我觉得在雨下得很大之前，他能赶回回音蜗居。无论如何，他都想在今晚赶回去。嗯，我去拜访他们的时光美妙极了，不过我也很高兴再次见到亲爱的你们。'金窝，银窝，不如家里的草窝。'戴维，你最近又长高了？"

"你走了以后，我又长高了两厘米。"戴维骄傲地说，"我现在跟米尔迪·鲍尔特一样高了。我真高兴。他再也不能吹嘘他个子高了。安妮，你知道吗？吉尔伯特·布里兹快要死啦。"

安妮静静地站着，身子僵直，一声不吭地看着戴维。她的脸变得煞白，让玛莉拉觉得她马上就要晕倒在地。

"戴维，管住你的舌头！"雷切尔太太愤怒地说，"安妮，不要那个样子——不要那个样子！我们本来不打算这样突然告诉你的。"

"这——是——真的？"安妮问道，那似乎不是她的声音。

"吉尔伯特病得很厉害。"玛莉拉沉痛地说，"你去了回音蜗居后不久，他就因为伤寒而病倒了。你一直都没有听说吗？"

"没有。"那个陌生的声音回答说。

"从一开始病情就很严重。医生说他身体太虚弱了。他们请了一位专门的护士，该做的事情都做了。不要那个样子，安妮。只要还活着，就还有希望。"

"今天傍晚，哈里森先生去过了，他说大家都觉得，吉尔伯特已经没有希望了。"戴维重申说。

看上去老迈而疲惫的玛莉拉，这时站起身来，无情地将戴维驱逐出厨房。

"哦，不要那个样子，亲爱的。"雷切尔太太说，她用仁慈苍老的手臂，抱住了脸色惨白的姑娘，"我还没有放弃希望，真的没有。他有着布里兹家族的体质，可以让他支撑下去的。就那么回事。"

安妮轻轻地推开林德太太的手臂，茫然地穿过厨房，走过客厅，爬上楼梯，回到她的老房间里。她在窗口跪下来，失魂落魄地凝望着窗外。外面一片漆黑，雨点砸在战抖的大地上。"闹鬼的树林子"充斥着痛苦的呻吟，那是大树在暴风雨中扭曲着枝干而发出来的。远处，巨浪冲击着海岸，发出雷鸣般的声响，连空气都为之悸动。吉尔伯特就要死了！

就像《圣经》中的《启示录》那样，在每个人的生活中都有一篇《启示录》。在那个痛苦的夜晚，在暴风雨和黑暗中，安妮整晚都在痛苦地读着自己的那篇《启示录》。她爱吉尔伯特——一直都爱着他！她现在终于知道了。她知道，她无法轻松地将吉尔伯特从她的生活中抛开，就好像她无法砍下自己的右手，并把它扔掉。但这个觉醒来到太迟——太迟了，她甚至不能在最后的时刻伴他左右，如果能陪伴着他，那多少也能获得一丝宽慰啊。如果她不是那么盲目——那么愚蠢——她现在就应该有资格陪伴他。但是，他永远也不会知道，她爱他——在他离开这个世界时，他相信自己根本不在意他。噢，摆在她面前的，将是漫长、空虚、黑暗的岁月！她无法在那种生活中活下去——她不能！安妮蜷缩在窗根下，在她年轻快乐的生命中，她第一次希望自己也能死去。如果吉尔伯特没有给她留下只言片语，就离她而去，她也活不下去了。没有了他，一切都失去了意义。她属于他，而他也属于她——在这种极度的痛苦时刻里，她对此深信不疑。他根本不爱克丽丝蒂娜·斯图尔特——从来不曾爱过克丽丝蒂娜·斯图尔特。噢，自己是多么傻啊，竟然没有意识到自己和吉尔伯特那种密不可分的情谊——她竟然以为，她对罗伊尔·贾德纳抱有的那种虚荣的幻想就是爱。而现在，就像罪犯必须接受惩罚，她必须为自己的愚蠢付出代价。

林德太太和玛莉拉在睡觉前，蹑手蹑脚地来到安妮的门前。她们没有听到任何响动，两人疑惑地相互摇摇头，然后离开了。暴风雨肆虐了整整一夜，但在黎明来临的时候便歇息了。安妮在黑暗的边缘看到了一条霞光的彩带。很快，东边山顶的轮廓，披上了火一般的红宝石边线。乌云消散，融入了地平线上那洁白柔软的茫茫云海。天空闪动着蓝色和银色的光芒。世界陷入一片静谧。

　　安妮站起身，轻轻地走下楼去。她走进院子里，雨后清新的风拂过她惨白的脸颊，让她干涩灼热的眼睛感到一丝凉意。一阵欢快的口哨声从小路那边传过来。不一会儿，帕斯菲克·布欧特出现在了她的视线中。

　　安妮突然感到浑身无力。要不是抓住一根低矮的柳树枝，她就要跌倒在地了。帕斯菲克是乔治·弗雷奇的雇工，而乔治·弗雷奇就是布里兹家的隔壁邻居，而且弗雷奇太太是吉尔伯特的姑妈。帕斯菲克应该知道是否——是否——帕斯菲克应该知道那些该知道的事。

　　帕斯菲克吹着口哨，沿着红色的小路稳稳地大步前行。他没有看见安妮。安妮三次试图开口叫他，都失败了。在帕斯菲克就要走远的时候，安妮终于张开了战抖的嘴唇，成功地叫道："帕斯菲克！"

　　帕斯菲克转过身来，咧着嘴笑了，愉快地道了声早安。

　　"帕斯菲克，"安妮无力地说，"你是一早从乔治·弗雷奇家过来的吗？"

　　"是啊。"帕斯菲克亲切地说，"昨儿晚上我得到口信，说俺爹病了。昨晚雨太大，我回不去。所以今儿早上俺一大早就往回赶。俺现在要抄近路，从树林那边儿穿过去。"

"今天早上，你听说了吉尔伯特·布里兹的情况吗？"安妮的绝望驱使她提出了这个问题。无论情况多么糟糕，也总比这可怕的悬念好得多。

"他好些了。"帕斯菲克说，"昨儿晚上，他就好转了。医生说，他很快就会好起来。就差那么一点儿，好险啊！那个家伙，在大学里差点儿把小命都弄没了。好了，俺得赶路了。俺家那老汉还急着见我哩。"

帕斯菲克又吹起了口哨，继续赶路。安妮目送他离开，眼里洋溢起喜悦的光芒，昨夜揪心的痛楚已经被驱散。帕斯菲克是个消瘦、邋遢、难看的年轻人，但在安妮眼里，他英俊得就像是站在山巅，带着好消息凯旋的英雄。在安妮的有生之年，每当看到帕斯菲克的黑眼睛和棕色的圆脸，她就会回想起那温暖的一刻，他给自己送来了治疗伤痛的欢乐油膏。

帕斯菲克欢快的口哨声变得若有若无，渐行渐远到情人之路的枫叶下，最终归于寂寥。安妮依然站在柳树下，品味着巨大的恐惧过后生命的浓郁甘甜。早晨像是一只酒杯，盛满了朦胧和魅力。在身边的一个角落，安妮惊喜万分地发现，一丛玫瑰刚刚盛开，花朵上挂着晶莹的露珠。在头顶的大树上，鸟儿们正唱着高低起伏、清脆婉转的歌曲，那欢快的曲调似乎与她的心情丝丝入扣。在一本非常古老、非常真实、非常动人的书里，有一句话涌到了她的嘴边：

> 虽然在夜里久久地伤心，
> 但欢乐总在黎明时来临。

爱情的黎明

"我来邀请你，今天下午穿过九月的树林，'越过一座座长满香草的山丘'，就像我们昔日的漫步那样。"吉尔伯特突然从走廊的拐弯处冒出来，对安妮说，"我们该去海斯特·格莱的花园走走。"

安妮坐在石阶上，膝上堆着浅绿色薄纱料子，她有些茫然地抬起头。

"噢，我很想去，"她慢吞吞地说，"可是我真的去不了，吉尔伯特。你知道，今天晚上我要参加艾丽丝·彭海洛的婚礼。我得把这件衣服改一改，等一改完，就要准备出发。真抱歉，我真的很想去。"

"好吧，那么，明天下午能去吗？"吉尔伯特问，很明显他并不非常失望。

"好的，我想能去。"

"这样的话，我得马上赶回家去，把一些明天下午该做的事情现在干完。嗯，艾丽丝·彭海洛今晚要举行婚礼了。一个夏天你参加了三场婚礼——菲尔的、艾丽丝的、简的。简没有邀请我参加她的婚礼，我永远都不会原谅她。"

"你真的不该责怪她，你得想想，他们必须要把人数众多的安德鲁斯家的亲戚都邀请来。她家的房子几乎装不下他们。我不过是沾了是简的老朋友的光，才有幸受到邀请的——至少在简那方面是这样。我认为哈蒙太太邀请我的动机，是想让我看看简雍容华贵的样子。"

"据说她戴了太多的钻石，让你都辨认不出哪儿是钻石，哪儿是简了，这是真的吗？"

安妮哈哈大笑。

"她确实戴了很多。在那些钻石、白缎、薄纱、花边、玫瑰和橙花的包裹下，朴素的简几乎都看不见了。不过她非常快乐，英格利斯先生也很快乐——还有哈蒙太太也非常高兴。"

"这是你今天晚上要穿的衣服吗？"吉尔伯特低下头，看着那些绒毛和褶边问道。

"是的。漂亮吧？我还要在头上戴些星星花。这个夏天，'闹鬼的树林子'里全是这种花。"

吉尔伯特的眼前突然浮现出安妮的样子：穿着镶有褶边的绿色长裙，露出手臂和脖子无瑕的曲线，红色发卷闪动着白色的星星花。那幅画面太美了，让吉尔伯特差点儿眩晕了。不过他轻快地把脸转过去。

"那好，我明天来找你。祝你今晚愉快。"

安妮看着他大步离开，不由得发出了一声叹息。吉尔伯特很友善——非常友善——太友善了。自从他康复以后，他经常来绿山墙拜访，他们旧日友谊的那种感觉又回来了。但安妮对此不再感到满足了。在爱情的玫瑰的照耀下，友谊之花显得苍白无味。安妮再度开始怀疑，吉尔伯特现在是否把她只当做朋友。在普通日子的普通时刻里，安妮在那个欣喜若狂的早晨感受到的光辉信念开始渐渐消退。她被痛苦纠缠不休，她担心她的错误再也无法纠正。她担心吉尔伯特爱着的仍然是克丽丝蒂娜。也许吉尔伯特已经和她订婚了。安妮试图将所有不安驱散，用工作和抱负来替代没有爱情的未来，借此了此余生。她将做一名称职的老师，即使不是那么出色。而且，她的许多小速写开始在一些颇有声望的报纸上发表，这预示着她的文学梦已经有了好的开始。但是——但是——安妮拿起她的绿色裙子，又一次叹息道。

第二天下午，当吉尔伯特来到绿山墙时，他发现安妮正在等着他。在经历了昨晚的欢愉之后，安妮清新得像黎明，美丽得像星星。她身着绿色的裙子——不是参加婚礼的那一条，而是一条旧裙子，吉尔伯特曾经在雷德蒙的一个宴会上告诉安妮，他特别喜欢这条裙子。这条裙子的绿色恰到好处地衬托出了安妮光泽的头发，闪亮灰色的眼眸，以及如鸢尾花般娇嫩的皮肤。当他们沿着荫翳满地的小路并肩前行时，吉尔伯特瞥了安妮一眼，暗自觉得她有着前所未有的美丽。安妮也不时瞥一眼身旁的吉尔伯特，心里暗想，自从他生病以后，人就显得老成多了，似乎已将少年时代永远地抛在了身后。

天气宜人，风景迷人。当他们到达海斯特·格莱的花园，在古老的石凳上坐下来时，安妮似乎觉得路程太短，心里还有些遗憾。不过，这里也非常漂亮——在过去那个遥远的时刻，戴安娜、简、普里西拉和安妮举行美妙的野餐，她们无意间发现了这个花园，时至今日，这里美丽依旧。那时，这里遍生着美丽的水仙和紫罗兰，而如今，金色的秸秆在角落举起可爱的火把，紫菀花星星点点地绽放着它的蓝色。潺潺的溪水声从白桦山谷的树林中传来，一如昔日般美丽动听。醇香的空气中弥漫着海浪的低吟。放眼望去，在无数个夏日里一如既往的阳光照耀下，环绕田地的篱笆闪烁着银灰色的光芒。秋天的云朵投下片片阴影，仿佛为连绵的山峦披上了围巾。西风徐徐吹来，送回了旧日的梦想。

"我觉得，"安妮柔声说，"那片'梦想成真的国度'，就在小山谷上面那片蓝色的薄雾之中。"

"你有没有尚未实现的梦想，安妮？"吉尔伯特问。

他的语调中有种东西——这种东西，自从在派蒂小屋的果园那一痛苦的傍晚出现后，安妮就再也不曾听到过了——这让安妮的心狂跳不止。不过她淡然回答说：

"当然有。每个人都有。实现所有的梦想，对我们来说并没有好处。如果没有什么值得去梦想，那我们就如同行尸走肉。那西下的太阳从紫菀和蕨草中提取了多么甜美的浓香啊。我希望我们不但能闻到香气的味道，还能看到香气的形状，我相信它们一定非常美丽。"

安妮转移了话题，吉尔伯特可不会就此被引到歧路上去。

"我有一个梦想，"他缓缓地说道，"我始终怀有这个梦想，虽然我时常觉得，它似乎再也不可能实现了。我梦想有一个家，里面燃着炉火，有一只猫，一条狗，有朋友们的脚步声——还有你！"

安妮想开口说话，她却找不到可说的话。幸福像波浪一样席卷过来，几乎把她吓着了。

"两年前，我向你问过一个问题，安妮。如果今天我再次提出那个问题，你会给我一个不同的答案吗？"

安妮依然说不出话。但她张开眼帘，眼中闪现出光芒，那是自古以来数不清的人们因爱而狂喜的光芒，她看着吉尔伯特的双眸，久久不愿移开。吉尔伯特再也不需要别的答案了。

他们在古老的花园里漫步，直至暮色降临，覆盖了花园。伊甸园中的黄昏也不会比这更加美丽吧。他们有那么多要说的话，那么多要回忆的往事——说过的、做过的、听过的、感觉过的，还有误解的。

"我以为你爱上了克丽丝蒂娜·斯图尔特。"安妮带着责备的语气说，吉尔伯特猜测她爱上了罗伊尔·贾德纳，她似乎没有给出充分的理由来反驳，于是她说了这句话。

吉尔伯特孩子气地笑了。

"克丽丝蒂娜和她的一个同乡订了婚。我知道这件事，她也清楚我知道。她哥哥毕业的时候告诉我，他妹妹在下个冬天要来金斯波特学习音乐，问我是否愿意稍微照顾她一下，因为她什么人都不认识，会感到很孤独的。于是我答应了。我很喜欢克丽丝蒂娜，她是我见过的最可爱的姑娘之一。我知道大学里有些谣传，认定我们彼此相爱了。我没去理会这些话。当你告诉我说，你永远都不会爱我，在那之后，我对一切都不在意了，安妮。没有别的什么人——我永远不会爱上别人，除了你。自从那天在学校，你把石板砸碎在我的脑袋上时，我就爱上你了。"

"我不明白，那时候我还是一个小傻瓜，你怎么能从那时起就爱上我呢？"安妮说。

"嗯，我试着不去爱你，"吉尔伯特坦言，"这并不是因为你是个小傻瓜，而是因为贾德纳出现后，我断定自己没有机会了。我想停止爱你，但是我做不到——我也没法告诉你，这对于我来说意味着什么。这两年来，我深信你即将嫁给他，而且每周都有好事之徒来告诉我，说你马上就要宣布订婚了。我始终相信你就要订婚了，直到那个我战胜病魔的幸运日子到来。那天我收到菲尔·戈顿——应该是菲尔·布雷克——的来信，她在信中告诉我，你和罗伊尔之间实际上什么事也没发生，并且建议我'再试试'。嗯，从那以后，医生都万分惊讶，因为我的康复速度太快了。"

安妮笑了——然后她浑身战抖起来。

"我永远也忘不了那个夜晚，我以为你要死了，吉尔伯特。噢，我醒悟了——那个时候我醒悟过来——但是我想太迟了。"

"可是并不迟，甜心。噢，安妮，现在把一切都弥补回来了，不是吗？为了今天这个礼物，我们一辈子都要珍藏这份完美的回忆。"

"这是我们幸福的诞生日。"安妮轻柔地说，"我一直都非常喜欢海斯特·格莱的这片古老的花园，而今，它比以前更加可爱了。"

"但是，我还得让你等上很长一段时间，安妮。"吉尔伯特难过地说，"三年后，我才能学完我的医学课程。而且，在那之后，我也没有镶有钻石的首饰和大理石豪宅。"

安妮开怀大笑。

"我不想要钻石首饰和大理石豪宅。我只要你。你瞧，在这一点上，我和菲尔一样没羞没臊。钻石首饰和大理石豪宅固然很好，但没有它们，'想象的空间'会更大。至于等待，那没有关系。我们会很幸福，我们彼此为对方等待着，工作着——梦想着。噢，现在的梦想将会更加甜美。"

吉尔伯特将她拥入怀中，亲吻着她。然后，爱情世界里戴着

296.

皇冠的国王和王后乘着暮色并肩回家。蜿蜒的道路两旁，姹紫嫣红的花儿竞相绽放，希望和回忆的风儿在草地上久久盘旋。

小 岛 上 的 安 妮